U0929420

# 诗经审美谈

林祥征 著

學苑出版社

**图书在版编目（CIP）数据**

诗经审美谈 / 林祥征著 .—北京：学苑出版社，2019.1

ISBN 978-7-5077-5653-1

Ⅰ.①诗… Ⅱ.①林… Ⅲ.①《诗经》—诗歌研究 Ⅳ.①I207.222

中国版本图书馆CIP数据核字（2019）第016458号

**出 版 人**：孟　白
**责任编辑**：张　芳
**装帧设计**：逸品书装
**出版发行**：学苑出版社
**社　　址**：北京市丰台区南方庄 2 号院 1 号楼
**邮政编码**：100079
**网　　址**：www.book001.com
**电子信箱**：xueyuanpress@163.com
**联系电话**：010-67601101（营销部）、010-67603091（总编室）
**印 刷 厂**：北京建宏印刷有限公司
**开本尺寸**：880 × 1230mm　　1/32
**印　　张**：8
**字　　数**：180 千字
**版　　次**：2019 年 1 月第 1 版
**印　　次**：2019 年 1 月第 1 次印刷
**定　　价**：88.00 元

# 自　序

《诗经》是中华民族重要的文化元典，又是上古时代诗歌艺术的一座高峰。林兴宅先生在谈到《诗经》在中国文学史上的地位时说：

> 《诗经》是中国文学史上第一部诗歌总集，是至今可见文学创作的完整原始形态，它孕育并繁衍了中国文学传统，其重要性恰似希腊的戏剧和史诗之于欧洲文学传统。因此，要了解中国文学，就不能不读《诗经》。而从文学欣赏的角度看，透过《诗经》的艺术世界，人们可以发现宇宙人生的奥秘和人类心灵的奇幻。《诗经》中《国风》和《小雅》的多数篇章都是灵魂的呐喊，人类的情感活动几乎都在《诗经》中得到某种形式的表现，它为历代诗人提供了表现情感的范型，抒情诗在《诗经》时代就达到使人惊奇的地步，这是令人深思的。(《艺术魅力的探寻》)

文中对《诗经》的评价是合乎实际的，然而《诗经》的艺术成就并没有得到应有的认识和阐释，"五四"时期就有读者认为《诗经》枯燥无味，提不起兴趣，并写信向闻一多求教。时至今日，我们学院中文系的教师和学生也持相同看法，其主要原因是：

一、兴趣规律有两条，太熟悉和不熟悉都不会感兴趣。为什么太熟悉反而没兴趣？因为人的心灵有个经济学原则，凡是熟悉的事物，人们不再注意它了，否则人的心理就会被搞得筋疲力尽；而《诗经》年代久远，许多语词不好懂，自然感到枯燥无味，这就是不熟悉引不起兴趣的原因所在。

二、历来对《诗经》艺术的阐释存在许多问题。在《诗经》学史上，经学研究占主流，它借《诗经》浇自己心中的块垒，以此构成自己的伦理道德、经学体系：把《周南·关雎》这首美丽的爱情诗说成是“歌颂后妃之德”；把一首思念征人的《周南·卷耳》说成是赞美后妃能够帮助君子进用贤人的诗。因为经学家对《诗经》艺术不感兴趣，所以有人批评道：“今之君子只知《诗》之为经，而不知《诗》之为诗也。”（明人万时华语）另外，古人对《诗经》的阐释采用的术语，如气、神、韵、风、骨等，难以把握，也是其中的原因。

三、近代以来，《诗经》学由传统向现代转型，人们开始对《诗经》艺术有较多的研究，但不如对《诗经》学史、《诗经》社会学、民俗学、训诂学等研究热络，甚至认为《诗经》艺术阐释没有学问。更有甚者，由于极左思想的影响，产生了以阶级斗争为纲的庸俗社会学研究，把《陈风·月出》这首杰出的情诗说成是“统治者杀害英俊青年的哀歌”，这就使《诗经》的美感丧失殆尽了。新时期以来，出现了一股鉴赏热，《诗经》及其艺术得到较好普及，并受到读者的欢迎。然而，大多数鉴赏文章采用了段落大意分析法，采了花瓣不是花，读者得不到整体的艺术感受。有些鉴赏文章所用语言多有八股味，缺乏具体问题具体分析的态度。

有些鉴赏文章写得枯燥无味，让人听来好像是解剖报告，不能和原作相映生辉。

科学史表明，研究视角的转变，往往能够让学术取得较大的进步。基于此，本书希望《诗经》的阐释，有以下的转变：

一、审美是人性的一次解放，本书力求从审美的视角进行阐释，使读者在阅读过程中得到美感和快乐，“似乎觉得自己在海妖的美色中陶醉了”（亚里士多德语）。例如在《〈周南·关雎〉审美谈》一文中，阐释了抒情主人公的人性美和作品的和谐美，以及“快适度”的运用等。著名美学家宗白华曾经赞美“月亮是大艺术家”，因为在月亮的清辉下，女人、山石、风景等会产生一种朦胧美。这可从《〈陈风·月出〉对意境的开拓》一文中得到印证。《秦风·蒹葭》是《诗经》中的名篇，传遍大江南北的歌曲《在水一方》就与它有关。我们读《秦风·蒹葭》一文的时候，可以认识到什么叫可望而不可即的艺术境界以及在后代诗词中的运用，还可以体会到什么叫间隔美以及具有哲学意味的象征意蕴，即人类每前进一步，都在接近理想境界，然而又是永远无法达到它的极终的彼岸。人类就是在这不断追求中，提升自己，完善自己。它告诫我们，要永远向前，永不停步。

二、鉴于以往《诗经》的艺术阐释只局限于现实主义创作方法，且修辞上的赋、比、兴等方面不足，本书采用多角度多层面的分析方法。如在《诗经心理审美化及其影响》一文中，阐释了心理空间、心理时间、移情、快适度、内心矛盾的艺术展现等，以见《诗经》艺术的丰富性。如《郑风·东门之墠》：“其室则迩，其人甚远。”为什么情人住得很近，却觉得很远？因为该诗采用心理空间的描写手法，以表现诗人对情人的深切思念之情。《西厢记》"系春心情短柳丝长，隔花阴人远天涯近"，也是心理空间的描写。《卫风·硕人》是一首赞美卫庄姜的诗，被称为"咏美人之祖"，诗中的前五句是对美人的形体描写，正因为有了后面的"巧笑倩兮，美目盼兮"的动态描绘，才把美人写活了。如果没有这两句，前面的描写只能让人感到是一个庙里的观音菩萨，没有灵性。有了后面两句，才有了一个"初发芙蓉，自然可爱"的美人形象，白居易《长恨歌》中的"回眸一笑百媚生，六宫粉黛无颜色"就是从这里发展而来。

三、天文学家拉普利斯说："认识一位天才的研究方法，对于科学的进步，对于本人的荣誉，不比发现本人更少用处，研究方法经常是极富兴趣的部分。"(《宇宙本体论》)本书注重研究方法的运用，如美学方面，就采用接受美学、虚实美学、爱情美学、结构美学等。文学艺术作为人类社会一种特殊的精神现象，不论从创作还是从欣赏方面看，都包含着人的心理活动，如果不对它做研究，人们对文学的认识就是不全面和缺乏深度的。在本书里，注重从审美心理学、艺术心理学、格式塔心理学等角度进行心理分析，此外，还有原型学、文艺思维学的运用，从而以期对《诗经》所表现的情感有更深的体会。《诗经》中的爱情诗占很大比重，书中的《诗经中的爱情美学》一文，对《诗经》中的爱情进行多角度的分析。保加利亚美学家说："爱情是作为男女关系上的一种特殊审美感而发展起来的，爱情创造了美，使人对美的领悟能力敏锐起来，促进了对世界的艺术化的认识。"(《情爱论》)我们学习《诗经》中的爱情诗，能够丰富我们对美的感受，还能够滋润我们的心田。

四、王国维先生在20世纪初就指出："异日发明光大我国之学术者，必在兼通世界学术之人，而不在一孔之陋儒。”学贯中西的钱锺书先生就是这样的代表人物。本书收入了论钱先生研究《诗经》的心理、论《诗经》研究需要有世界眼光的两篇文章，这将有助于当代《诗经》研究向更深入更新的方向发展。应该承认，在当前的学术界，有着雄厚的古典文学修养，又精通外国文化的学者并不多，学习钱先生采用宏观视野研究《诗经》，必将使《诗经》和传统文化的阐析更上一层楼。

中外学术史证明，批评是学术发展的动力，正如丹麦史学家勃兰兑斯所说：“批评是人类心灵路程的指路牌，批评点燃火把，批评披荆斩棘，开辟新路。”我国春秋战国时期学术那么繁荣，原因之一，就是百家争鸣，自由争论，互相批评。“其言虽殊，辟犹水火，相灭亦相生也。”（班固《汉书·艺文志》）可惜在长期的古代社会里，没有批评风气，“文革”期间，批评成为政治工具。当今学术界又走向另一极端，不敢批评。这对学术发展是不利的。本书中对《诗经》学大家程俊英教授有过商榷，对钱锺书先生研究的不足也提出了自己的看法。讲到这里，让我想起《鹦鹉灭火》的寓言故事：鹦鹉居住的山林发生大火，鹦鹉就到水边用它的羽毛沾水，前去灭火。天神说：“你那一点水管什么用？”鹦鹉回答说：“大家都来就管用。”

笔者曾经为我院学生做“诗经的审美价值”的讲座，应学生要求，讲了三点：

一、要注意学习方法的学习。相传八仙之一的吕洞宾到山上一户人家住宿，临走时，用手指点了一块石头变成金子送给主人，主人不要，吕洞宾以为主人嫌太小，便送上了一块大的，主人还是拒绝了。吕洞宾不解地问：“您到底要什么？”主人说：

“要您能变金子的手指。”从伦理学的角度看，这个主人太贪婪；但从方法论的角度看，这个主人很聪明，因为有了点石成金的手指就可受用无穷。成功学有两个要点，其一是努力，其二就是方法对头。

二、要深入了解《诗经》中的要义，并写出有心得的文章。尼采说：“从您的脚下深挖下去，必定有清泉涌出。”有的人读书很多，也很用功，可是什么成果都没有，成了被人嘲笑的“两脚书橱”。

三、要注重理论学习，特别是文学理论的学习。古希腊“理论”一词原意就是“看”，有了理论，眼睛才能雪亮。孟子有一篇《齐人有一妻一妾》的寓言故事，他说这个故事是批判那些在官场中一心要富贵腾达的人，那么主人公“良人”形象与官场又有什么关系？很费解。但从结构主义“二元对立”的观点看，良人所表现的向人乞讨的“卑微”与骄其妻妾的“骄傲”就是“二元对立”，对应官场中习见的对上级像老鼠、对下级对老百姓是老虎的“二元对立”，不是很清楚吗？马克思指出：“现代英国的一批杰出的小说家，他们在自己卓越的描写生动的书籍中，向全世界揭示政治和社会真理，比一切职业的政客、政治家和道德家在一起所揭示的还要多。”（《马克思、恩格斯论文学与艺术》）这就说明，这篇寓言到今天还有生命力。同时也说明，只有有思想的文艺作品才能流传久远。请大家记住 17 世纪英国思想家帕斯卡尔的名言：人只不过是一根芦苇，是自然界里最脆弱的东西，但它是一根会思想的芦苇。

普列汉诺夫说过：“只有极为发达的思想能力，同极为发达的审美感觉结合在一起的人，才可以作为一书的优秀批评家。”

面对这样高的文艺批评标准，笔者高山仰止，心向往之。但正如西方俗语所说，每个人都是上帝咬了一口的苹果。著作也是如此，本书一定有许多不足之处，“人之好我，示我周行（大道）”（《小雅·鹿鸣》），敬请大家批评指正。库恩·伊伯斯在展望未来文学研究的时候说：“文学研究具有诸多方面，以至于一个学者的研究不能涵盖整个领域，只有这种研究的协调分配，才能回答我们所面临的诸多问题。”我们期待《诗经》研究的园地百花齐放、百家争鸣的局面早日到来。

# 目录

# 《周南·关雎》审美谈

## ——兼与程俊英[①]教授商榷

韦勒克、沃伦合著《文学原理》说："一件艺术品的全部意义，是不能仅仅以其作为和作者同时代人的看法来界定。它是一个累积过程的结果。"这就是说，文学作品的价值，并不是一个一经发现便不可再变化的常数。优秀的文学作品是一座可以不断开采、不断有所发现的矿藏。外国有所谓说不完的莎士比亚，说不完的托尔斯泰，原因就在这里。对《周南·关雎》的阅读与鉴赏也应作如是观。[②]《关雎》是《诗经》中的第一篇，也是传诵千

---

① 程俊英（1901—1993），福建福州人。1951 年任华东师范大学中文系教授，1978 年后任华东师大古籍研究所教授。编写、注释《论语》《诗经》等著作，在古籍研究工作中做出显著贡献。83 岁高龄时，被评为上海市"三八红旗手"。

② 法国作家埃尔·勒韦尔说："在诗人写作过程中的诗仿佛是创作的底片，然而它的正片却在读者身上。只有在作品的一切素质在读者的感情上得到反映的时候，它才可以认为是最后完成了，这如同摄像印在照片上一样。"（《外国作家论文学》，三联书店，1984 年）这个比喻很形象，说明了作品的价值是通过读者的不断阐释而不断发展的。而读者对作品的阐释总是依据当时的普遍的文化水平，并结合其时代的需要进行诠释。通过诠释阐述自己的新观点而使作品的价值增值，这是意识形态发展的一条重要规律。

古的名篇，它生长在中国人的心灵里，像生命的泉水一样，滋润着中国人的心田。不可否认，前人对《关雎》已写了不少文章，据寇淑慧《二十世纪诗经研究文献目录》的统计，近100年里，有关的论文多达113篇（台湾、香港及专著中有关资料没统计在内），说明《关雎》的研究也是热点之一。著名的雕塑家罗丹说："所谓大师，就是这样的人：他们用自己的眼睛去看别人见过的东西，在别人司空见惯的东西上，能够发现出美来。拙劣的艺术家永远戴别人的眼镜。"[1] 罗丹讲的是创作，艺术研究也应该如此。当我们用自己的眼睛去看已被多人评论过的《关雎》时，确实能够发现更多的美来。让我们先从程俊英教授《诗经译注》中《关雎》部分谈起吧！程教授的译注原文如下：

## 关　雎

**【原文】**

（一）关关雎鸠，在河之洲，窈窕淑女，君子好逑。（二）参差荇菜，左右流之；窈窕淑女，寤寐求之。（三）求之不得，寤寐思服。悠哉悠哉，辗转反侧。（四）参差荇菜，左右采之；窈窕淑女，琴瑟友之。（五）参差荇菜，左右芼之；窈窕淑女，钟鼓乐之。

**【译文】**

（一）雎鸠关关相对唱，双栖河里小岛上；纯洁美丽好姑娘，真是我的好对象。（二）长长短短鲜荇菜，顺着水流左右采。纯洁美丽好姑娘，白天想她梦里爱。（三）追求姑娘难实现，醒来梦里意常牵。相思深情无限长，翻来覆去难成眠。（四）长长短短荇菜鲜，采了左边采右边。纯洁美丽好姑娘，弹琴奏瑟亲无间。（五）长长短短鲜荇菜，左采右采拣拣开。纯洁美丽好姑娘，敲钟打鼓娶过来。

**【题解】**

这是一位青年热恋采集荇菜女子的诗。诗中所说的“君子”，是当时对贵族男子的称呼；琴瑟、钟鼓是当时贵族用的乐器，可见诗的原作者是一位贵族青年。……全诗集中描写他“求之不得”的痛苦，只能在想象中和她亲近结婚。

## 一、“君子”所追求的是一位“采集荇菜的女子”吗？

程俊英教授认为《关雎》的题旨是一首求爱的情诗，已为当代大多数学者所公认。这个阐释既纠正了《关雎》是“讽刺周康王淫于色”的误解（《三家诗》说），又纠正了“《关雎》后妃之德也”的错误（《毛诗》说）；既跳出了“劳动人民的恋歌”的窠臼，又扬弃了“产生于在抢亲背景下的贵族有关问题的教育诗”（张震泽《说关雎》）的牵强附会，是值得肯定的。然而程教授认为诗中抒情主人公所热恋的是一位“采集荇菜的女子”则是值得商榷了。

第一，诗中“参差荇菜，左右流之”与“参差荇菜，左右采之”是“兴”，与所热恋的女子的身份无关。这跟用“雎鸠”起兴，而雎鸠不是追求的对象同一个道理。在《诗经》中用采物（菜或草）起兴以引起对别人的思念的还有《召南·草虫》《鄘风·桑中》《鄘风·载驰》《魏风·汾沮洳》《唐风·采苓》等。《小雅》中有《采薇》《杕杜》《采芑》《采菽》等。试以《鄘风·桑中》为例，“爰采唐（女萝）兮，沬之乡兮；云谁之思，美孟姜兮”。诗中的“采唐”只用于起兴，以引起对孟姜的思念之情，并不是说所热恋的女子在采唐。

第二，程教授判定抒情主人公是一位贵族青年是相当准确的。因为在当时能够用琴瑟、钟鼓等高等乐器来娱乐的绝不会是普通劳动者。王国维《观堂集林·释乐次》引郑众注说：“凡金奏之乐用钟鼓。天子、诸侯全用之；大夫、士鼓而已。”可见，在古代乐器的演奏有严格的等级划分。鲁迅先生的《门外文谈》把《关雎》中的“君子”翻译成“少爷”，认为《关雎》是一首“宣扬漂亮的好小姐，是少爷的一对儿”的诗，也较准确。应该指出，当时贵族的婚姻跟政治、阶级利益关联密切。恩格斯在《家庭私有制和国家的起源》中指出：“当父权制和一夫一妻制随着私有财产的分量超过共同财产的分量，以及随着继承权的关切而占统治地位的时候，婚姻的缔结便完全依经济上的考虑而转移了。”又说：“结婚是一种政治行动，是一种新的联姻来扩大自己势力的机会，起决定作用的是家世的利益，而绝不是个人的意愿。”[2]根据《列女传》的记载，许穆夫人出嫁前，曾对其傅母曰：“古之诸侯之有女子也，所以苞苴玩弄，系援于大国也。”意思是说，古代诸侯之生女儿，总是把她当作礼品嫁给大国，目的是要把强国作为后盾。在这种背景下，《关雎》中那位上层贵族的少爷还能为追求一个“勤劳美好的农家姑娘”（邓奎《国风译注》）而“辗转反侧”，夜不成寐吗？

## 二、“窈窕”应如何释义？

程俊英教授在《诗经译注》的注③中说：“窈窕（yǎo tiǎo

杳眺）：纯洁美丽。马瑞辰《毛诗传笺通释》：《方言》‘秦晋之间，美心为窈，美状为窕’是窈窕一词，古人兼指内心和外貌两方面而言。淑，善，好。”[①] 笔者认为程先生的注释也值得商榷。如果“窈窕”一词包括内心之美和外貌之美，岂不同“淑女”的‘淑’相重复吗？大家知道，大量运用联绵词是《诗经》语言的显著特色。所谓联绵词是指一个词由两个音节组成，这两个音节有语音的关联（大量的是双声迭韵），但整个词的意义是单一的，分不出两个词素来。可是自毛《传》、郑《笺》以来，大多把联绵词看成复合词，分释上下两字。如《召南·甘棠》：“蔽芾甘棠”中的“蔽芾”本是唇音双声联绵词，意为草木茂盛，而欧阳修《诗本义》却解为“蔽，能蔽风日，俾人舍其下也；芾，茂盛貌”。分开解释显然是望文生义的。此外，人们把“犹豫”释为“两种兽”，“首鼠”解释为“老鼠来回探头”，“狐疑”解释为“狐性多疑”等等，闹出许多笑话。《关雎》中的“窈窕”也是个联绵词，意即“苗条”，专指身段之美。《晋书·皇后传》注“窈窕一作苗条”可

① 程俊英：《诗经译注》，上海古籍出版社，1985年，第4—5页。程先生把第3节的“悠哉悠哉，辗转反侧”翻译成“相思情深无限长，翻来覆去难成眠”也可商榷。我们认为诗中的“悠悠”不是指情思之长而是指时间的漫长，是抒写求之不得之后的痛苦心情。心理常识告诉我们，人在欢乐的时候会觉得时间过得快，所以有“快活”之说。《西游记》里小猴子对孙行者说：“天上一日，下界一年。”天堂里的时间比人间快就是因为天堂使人快活，而人在痛苦时，总觉得时间长，所谓“愁人知夜长”也。张华《情诗》：“居欢惜夜促，在戚怨宵长。”王建《将归故山留别杜侍御》：“沉沉百忧中，一日如一生。”古希腊诗人云：“幸运者一生忽忽，厄运者一夜漫漫”，所谓“悠哉悠哉”即“一夜漫漫”也。

证。余冠英《诗经选译》把“窈窕淑女，君子好逑”翻译成“好姑娘苗苗条条，哥儿想和她成双”是非常准确的。歌德说：“面貌的美丽是爱情的一个因素，但心灵与思想的美丽才是崇高爱情的牢固基础。”《关雎》中的“君子”追求的“窈窕淑女”，“窈窕”指身段之美，“淑”指心灵之美；《邶风·静女》中的“静女其姝”，“静”指品德之美，“姝”指容貌之美。可见《诗经》时代的先民们是懂得并很重视思想品德和美貌并重的爱情美学的。《郑风·叔于田》赞美“叔”“洵美且仁”；《齐风·卢令》称赞心爱的猎人“其人美且仁”；《鄘风·君子偕老》是首讽刺卫宣姜的诗，开头用较多篇幅赞美卫宣姜服饰和美丽，随后用“子之不淑，云如之何”加以否定，说明对人的评价也是注重品德的内在之美和面貌的外在之美的统一，这是我国一个悠久而优良的传统，值得继承。

“窈窕”即苗条还可以从《诗经》时代南北不同的审美观加以说明。《卫风·硕人》：“硕人其颀，衣锦絅衣。”余冠英注：“硕，大。颀，长。古代男女同以长、大为美。”(《诗经选译》)余先生的注释只对了一半。也就是说，以高大健壮为男女共同审美特征的只适用于《诗经》时代的中原或北方地区。唐宋时代女性以高大肥壮为美正是由此而来。而《关雎》的地望属当时的南方，其女子以苗条为美，上流社会更是如此，所谓“楚王爱细腰，宫中多饿人”就是证明。《楚辞·大招》：“小腰秀颈，着鲜卑兮。”宋玉《登徒子好色赋》：“肌若白雪，腰如束素。”等等，也是这种审美观的体现。汉代喜欢赵飞燕的瘦美，清代喜欢林黛玉的身材，正是这种审美观的延续。附带提及，程先生在题解和翻译中把“钟鼓乐之”解释为结婚仪式也是不恰当的。周代结婚不奏乐，《礼记·郊特牲》：“昏（婚）礼不用乐。”《召南》中《鹊巢》《何彼秾矣》《大雅·韩奕》等描写婚礼情节的诗篇，也没有奏乐的记述。据有关文献记载，婚娶举乐的礼俗到了南北朝时才盛行起来。

## 三、关于《关雎》的章法及其艺术

关于《关雎》篇章结构向来有不同的处理。全诗共20句，毛《传》分为3章，首章4句，后2章各8句；郑《笺》分为5章，每章4句；金启华《国风今译》分为4章，首章4句，次章8句，后2章各4句；王宗石《诗经分类诠释》砍去后面8句，剩下12句分为3章。程先生采用郑《笺》的分法可谓慧眼独具。其一，每章4句，每句4字，是《诗经》的基本形态，而且也能体现匀称的形式美；其二，较能呈现作者的创作意图。在程先生之前，较多的研究者把《关雎》看成是一首结婚诗，其章意是，一、二、三章写君子对淑女的追求，四章写君子以琴瑟取悦淑女，最后一章写君子用钟鼓迎娶淑女，完成了由追求到结婚的全过程。程先生不同意这种看法，他在题解中指出："全诗集中描写他'求之不得'的痛苦，只能在想象中和她亲近结婚。"程先生把四、五章看成是想象中的情景，也就是说是虚写而不是实写，是符合诗意的。弗洛伊德在《创作家和白日梦》说："我们可以断言，一个幸福的人，绝不会幻想。幻想的动力是未得满足的愿望。"诗人在写"君子""求之不得"的痛苦之后，用两章诗抒写其幸福的幻想，不是有充分的心理依据吗？关于这个问题，五四时期的刘大白先生就有深切的体会，他说：

> 凡是一个男子爱上了一个女子的时候，不论是互恋或片

恋，他总是在那里预先想象，将来结合以后，怎样怎样地供养她，和她过怎样怎样的快乐生活。所以《关雎》第四第五两章的“琴瑟友之”，“钟鼓乐之”，都是那位单相思的诗人，在“寤寐思服”，“辗转反侧”的时候，预先准备着，将来和这位意中人的“窈窕淑女”，要过这样那样的快乐生活；并非已经结合了，而实行这种生活。……此诗的顶点在第三章。因为“求之不得”所以要“寤寐思服”，所以觉得“悠哉悠哉”而“辗转反侧”，睡不着了。这正是情感的最迫切处，所以从想象中发生出第四第五章的幻象来了。只消注意到“求之不得”一句，就不会误解作结婚歌了。[3]

刘大白先生不仅讲清第四、五章是幻象，而且把该诗的文脉也清理出来了。他的结论可作为程先生“想象说”的补充说明。然而笔者看来，所谓“幻象”，从潜意识的学说看就是梦境，当“君子”在床上单相思而不得其求时，忽然做了一个梦：梦见和“淑女”成了亲，过着“夫妻好合，如鼓琴瑟”(《小雅·棠棣》)的和谐幸福的生活。在现实中得不到满足的时候，往往在梦中得到补偿，不仅有心理学的依据，而且可在后代的诗词中得到印证。《古诗十九首》：“独宿累长夜，梦想见容辉。”后汉阮瑀《止欲赋》：“还伏枕以求寐，庶通梦而交神。”潘岳《寡妇赋》：“庶浸远而哀降兮，情恻恻而弥甚；愿假梦以通灵兮，目炯炯而不寝。”李商隐《过招国家南园》：“唯有梦中相近兮，卧来无睡欲如何？”宋徽宗《燕山亭》词：“怎不思量，除梦里有时曾去。”欧阳修《述梦赋》：“求兮不可遇，坐思兮不可处，可见惟梦里。”等等。我们认为，只有从“思极而求通梦”这一心理去理解第四、五章，才能真正懂得作者的创作用心和艺术情趣。

明了《关雎》的创作文脉之后，我们就可以来体味《关雎》的章法艺术了。一、二章抒写“君子”对“淑女”的思念和追求；第三章写追求不得的痛苦，是全诗的高潮和顶点。如果“沿着同一方向继续写下去，文情势力难以生发”（栾勋《试论〈关雎〉》），于是诗人荡开一笔由实转虚，四、五章抒写一段美丽的一厢情愿的白日梦。另辟境界，顿生波澜，从而使诗歌悲喜相映，虚实相生，增强艺术的感染力。[①] 然而诗贵言外之意，味外之味。读者自然会联想到“君子”梦醒之后的情景，他将重新陷入更深的痛苦之中，其心路历程是：思慕—追求—痛苦—欢乐—更痛苦。美梦之后，陷入更深的痛苦之中是符合心理规律的。有诗为证：鲍照《梦归乡》：“寐中长路近，觉后大江违。惊起空叹息，恍惚神魂飞。”贺铸《菩萨蛮》：“良宵谁与共，赖有窗间梦；可奈梦回时，一翻新别离。”项鸿祚《清平乐》：“归梦不如不作，醒来依旧天涯。”文如见山不喜平，读者在阅读《关雎》的时候，定会如同浏览苏州园林，回廊曲径，别有洞天，得到美的享受。如果按王宗石先生的看法，砍去最后两章，艺术情趣不知将减色多少！

夏传才先生曾说：

> 俗话说：“梦是心头想”，描写幻觉或梦境，实际是描写

① 明代戴君恩《读风臆评》也认为《关雎》四、五章是虚写。他说：“诗之妙，全在翻空见奇。此诗只‘窈窕淑女’便尽了。欲翻出未得时一段，写个牢骚忧受的光景；又翻出已得时一段，写个欢欣鼓舞的光景。无非描写‘君子好逑’一句耳。若认作实境，便是梦中说梦。”

内心的思想感情。在中国古典文学中，这是一种传统的艺术手法，它是由《诗经》开创的。[4]

我们也可以说，虚实相生这一传统艺术手法也是由《诗经》开创的。《关雎》这位无名氏作者是虚实美学的开创者和实践者。杜书瀛指出：

（一位真正的杰出的作家），总是表现出前所未有的“第一次”性质，是在这之前世界上从未出现过的，甚至连他的语言和表现方式也是未曾见过的。总之，这一切都是作家的精神创造，是他第一次带到这个世界上来的，为这个世界增加了新的精神因子。作者正是通过他的精神创造物，激发和启迪着人们的精神潜力。而作家自己在精神创造过程中，他的内心世界似乎也经历了一次质的变化，得到冶炼，得到升华，得到新生，并以他的新的精神素质使他的时代，他的社会，他的民族乃至全人类受益。[5]

这段精彩的创造者的颂歌用来赞颂《关雎》作者对虚实美学的开创是完全合适的。相传毕加索曾对张大千说，“你们中国人真了不起，画鱼竟然不用画水”，就是证明。

## 四、和谐美的艺术体现

我国传统美学认为，大自然及人类社会按其本性来说就是和谐的。最高的美就在和谐之中。“天人合一”是人与自然的和谐，

"政通人和"是政治上的和谐。人际关系讲"和为贵"，经济效益讲"和气生财"，家庭关系讲"家和万事兴"。而《关雎》的美学价值恰恰在思想与艺术两方面体现了"和谐"的美学理想。懂得这一点，我们才能领会孔子在编订《诗经》时，把《关雎》放在第一篇的真正意图，以及《关雎》之所以能够家喻户晓、传诵千古的缘由。在分析之前，让我们先看看胡适先生是怎样诠释《关雎》的，他说：

> 《关雎》完全是一首求爱诗，他求之不得，便寤寐思服，辗转反侧，这是描写他的相思苦情；他用了种种勾引女子的手段，友以琴瑟，乐以钟鼓，这完全是初民时代的社会风俗，没有什么稀奇。意大利、西班牙有几个地方，至今男子在女子的窗下弹琴歌唱，取乐于女子。至今中国的苗民还保存这种风俗。[6]

胡适先生对题旨的理解是正确的，但他把"琴瑟友之""钟鼓乐之"看成是勾引女子的手段则是荒谬的。周代的钟鼓是指编钟和悬鼓，如此大型的乐器怎能搬到"淑女"的窗前呢？这种无稽之谈不仅不符周代社会生活的实际，而且有损"君子"的健全人格。诗中的"君子"追求心上人，既喜欢外貌之美，也顾及人品之善；他明知"淑女"追求不到，却仍不忘情，幻想总有一天得到她，要用钟鼓、琴瑟使她幸福快乐，真是一片痴情，一往情深。一个善良、纯朴、诚挚、敦厚的人物跃然纸上。廖群说得好：

> 这里的爱情内容已不是单纯的性爱欲求。表现的是一种

> 精神依恋，一种希望对方幸福快乐的美好情感，显示出一种爱的升华。[7]

联系今天，有的人由于“求之不得”而用刀砍伤对方，或用硫酸让女方毁容。诗中的“爱的升华”不是很有价值吗？阅读和欣赏《关雎》不是会让我们的灵魂得到净化吗？

在我国古典哲学中，“和”与“同”有着根本的区别。《国语·郑语》记载史伯对郑桓公说：“夫和实生物，同则不继。以他平他谓之和，故能丰长而物归之；若以同裨同，尽乃弃矣……声一无听，物一无文，味一无果，物一不讲。”说明所谓“同”是指事物的单一，而“和”则指事物的对立统一。只有对立的统一才有真正的和谐。近代美学家提出“一致非单调的理论”正是从“和而不同”总结出来的。可喜的是《关雎》在艺术表现上符合这一原则。在章节和句式一致的系统中有着“各种异质并存与调节”机制，例如在结构上是单音和重调的交替进行。一、三章为单音，二、四、五章为重调。错杂开来，抒发情怀，毫无滞碍。[8] 在语言上既有双声叠韵的运用，又有散文式的句法，韵散结合。在韵位安排上，采用一、二、四句押韵法，成为后代五、七言诗押韵的基本法则。

在日常生活中，有一个“度”的问题，天气炎热，到有空调的地方感到很舒服，如果空调温度开得太低，便会冻得受不了；用老头乐抓痒，用力太轻不管用，用力太重则会把皮肤抓破。在艺术上也有一个“度”的问题，艺术心理学称之为“快适度”，它把情感的艺术表现与情感的自然流露区别开来。正如美学家苏珊·朗格所说：“一个孩子嚎啕大哭时的表现比一个艺术家歌唱的情感表现不知强烈多少倍，但又有谁愿意花钱到剧院去欣赏一个孩子的嚎啕大哭呢？”（《艺术问题》）可喜的是，《关雎》的艺术表现完全符合“快适度”的要求，写相思之苦，只用“悠哉悠哉，辗转反侧”来形容；写梦中的欢乐，只用“琴瑟友之”，“钟鼓乐之”来描绘。不很瘟也不过火，恰到好处。乔梦符《蟾宫曲·寄远》“饭不沾匙，睡如翻饼”就过于俗气，孔子用“乐而不淫，哀而不伤”（《论语·八佾》）来评论《关雎》，正是最中肯的评论。明了这一美学原则，对创作和欣赏都将受益无穷。在戏曲舞台上，高明的演员表演痛哭只用水袖掩脸做抽泣状，而蹩脚的演员则捶胸顿足，嚎啕大哭。希腊著名的雕塑《拉奥孔》表现拉奥孔被毒蛇缠捆时的痛苦表情是一种轻微的叹息，具有希腊艺术所特有的恬静与肃穆。① 德国古典美学家拉辛在著名的美学名著《拉奥孔》中总结出两条法则：“他们在表现痛苦时避免丑”，“避免描绘激情顶点的时刻”[9]，这两条被称为美的法则与和谐美学是相通的。

那么，怎样使和谐美学在创作中实现呢？

首先要保持一定的心理距离，对审美对象进行冷静地观照。法国启蒙时代的思想家狄德罗在《演员奇谈》中说：

> 你是否在你的朋友或情人刚死的时候就作哀悼诗呢？不会的。谁在这个当儿去发挥诗才，谁就会倒霉！只有当剧烈

① 拉奥孔是古希腊传说里特罗亚城一个祭师，他警告他的人民，希腊人要用木马偷运兵士进城的诡计，因而触怒了袒护希腊人的阿波罗神。当他在海滨祭祀时，他和他的两个儿子被两条蛇咬着。环视两个儿子正垂死挣扎，他的精神和肉体都陷入莫大的悲愤和痛苦之中。雕像就是根据这个传说塑造而成。

> 的痛苦已经过去，感受的极端灵敏的程度有所下降，灾祸已经远离，只有这个时候当事人才能够回想起他失去的幸福，才能够估量他蒙受的损失，记忆才和想象结合起来，去回味和放大过去的甜蜜时光。也只有这个时候才能控制自己，才能作出好的文章。

狄德罗是从创作心理立论的，认为只有与现实拉开一段距离之后，情感的力度得到控制的时候，才能创作出符合“美的原则”的作品来。英国诗人华兹华斯说：“诗起于经过在沉静中回味来的情绪。”朱光潜解释说：“这是一句至理名言。感受情趣而能在沉静中回味，就是诗人的特殊本领。”所谓“沉静中回味”即拉开一定的距离，使情感表达达到最佳的状态。

其次，要注意情感两极的动态平衡。古罗马文艺理论家郎加纳斯指出：

> 那些巨大激烈的情感，如果没有理智的控制而任其为自己盲目的轻率的冲动所操纵，那就会像一只没有了压舱石而漂流不定的船那样陷入危险。它们每每需要鞭子但也需要缰绳。①

这里的鞭子比喻情感的抒发，缰绳比喻情感的控制。这种

① 关于这个创作原则，英国评论家罗全斯也说：“一个诗人是否伟大，首先要看他有没有激情力量，当我们承认他有这种力量之后，还要看他控制它的力量如何。”

方法不仅适用于诗歌创作，对其他艺术创作也适用。相传法国小说家普鲁斯曾在作品中描写一个男子在他妻子死后，用这样一句话来表达悲痛："我有点想她。"简短的话语比嚎啕大哭更具感染力。著名画家黄宾虹曾说："落笔应无往而不复，无垂而不缩。""纵游山水间，既要有天马腾空之劲，也要有老僧补衲之沉静。"说明保持情感两极的动态平衡是一条重要的艺术规律，值得重视。

再次，就是把握好创作的时机。叶嘉莹指出：

> 一位诗人对于他所欲叙写的主题，自其意念之获得，到其意念之表达，中间所经过的一段酝酿的时间，是极为重要的。其酝酿之时间有所不足者，当然对其所欲写之主题，尚未能有完整深刻之体认，而其情绪之培养，亦尚未臻于成熟之境地，如此迫写出来的作品，往往会不免有肤浅与生涩之病，而其酝酿之时间已过者，则对其所欲写之主题，已失去一份新鲜刺激之感受，而其情绪之培养，亦已因过于成熟，而步入了衰老僵化之阶段。如此所写出来的作品，则往往会因感情之凝固定型已久，而失去了一份作品所应有的生长触发的生命力。[10]

这是叶嘉莹先生的经验之谈，也是前人创作实践的科学总结，值得重视。

**参考文献**

[1] 罗丹 . 罗丹艺术论 [M]. 北京：人民美术出版社，1987.

[2] 马克思恩格斯选集（第 4 卷）[M]. 北京：人民出版社，1975.
[3] 刘大白 . 白屋诗诗 [M]. 北京：中国书店，1983.
[4] 夏传才 . 诗经语言艺术 [M]. 北京：语文出版社，1985.
[5] 杜书瀛 . 文艺创作美学纲要 [M]. 沈阳：辽宁大学出版社，1985.
[6] 胡适 . 谈谈诗经 [A]. 古史辨（第 3 册）[M]. 北平：朴社，1925.
[7] 廖群 . 诗经与中国文化 [M]. 香港：东方红书社，1997.
[8] 金启华 . 诗经鉴赏辞典 [M]. 合肥：安徽文艺出版社，1990.
[9] 莱辛 . 拉奥孔 [M]. 北京：人民文学出版社，1986.
[10] 叶嘉莹 . 迦陵论诗丛稿 [M]. 石家庄：河北教育出版社，1997.

**附记：**

赵沛霖先生在《现代学术文化思潮与诗经研究》一书中指出："《诗经》作为中华民族的文化元典对华夏民族的精神重建和理想人格塑造方面有巨大意义。"又说："在科学技术高度发展和人文教育、人文精神缺失成为世界性普遍性问题的今天，《诗经》所体现的美好道德和人文精神越来越显示其永恒的价值。"鉴于对《诗经》认识作用强调得多，对其美感作用、教育作用缺乏认识的实际，赵先生提出一个很重要的问题，本文可看作对赵先生的观点的回应，今后将继续做下去。

# 《秦风·蒹葭》审美谈

歌德说："优秀的作品无论你怎样去探测它，都是探不到底的。"《诗经》中的《秦风·蒹葭》就属于这样的作品。出版的一些古代文学作品选本和高校某些教材都选入了它，对它详加注释和分析；曾经电视剧《在水一方》的播放，江南塞北的青年男女都哼起了由它改编的抒情小曲，陶醉在那令人神往的意境之中。

蒹葭苍苍，白露为霜。所谓伊人，在水一方。
溯洄从之，道阻且长。溯游从之，宛在水中央。

这首每段33字的联章小诗，何以有这样巨大的艺术魅力，何以能唤起这样广泛的共鸣呢？本文试图从审美角度对该诗进行一些探测。

要审评《蒹葭》的美学价值，首先必须把握该诗的主题，而前人对该诗的主题却有着不同的理解。《诗序》云："《蒹葭》刺襄公也，未能用周礼，将无以固其国焉。"《诗序》用美刺的框子去套这首诗，显然是格格不入的，正如清人王照圆所指出："《蒹葭》一篇最好之诗，却解作襄公不用周礼等语，此前儒之陋，而《小序》误之也。"(《诗说》) 当代学者大都认为《蒹葭》是一首爱情诗，但对抒情主人公的性别却谁也不去断定。余冠英先生说：“这是一首情歌，男或女词。”(《诗经选译》)高亨先生说：“这篇似是爱情诗，诗的主人公是男是女，看不出来。”(《诗经今注》)我们在谈论《蒹葭》的美学价值之前，首先认定它是一首男青年在河边抒发对心爱姑娘的追求和爱慕的情诗，其理由如次：

第一，诗经中的兴，大多有比的作用，即所谓“比而兴”。《周南·桃夭》用“桃之夭夭，灼灼其华”起兴，同时也用鲜艳的桃花暗喻刚要出嫁的少女之美，所以有人誉该诗为“咏美人之祖”。《蒹葭》用“蒹葭苍苍，白露为霜”起兴，既有交待环境和节令的作用，也暗喻诗人所追寻的对象似蒹葭那样窈窕，似霜露那样晶莹、洁白。

第二，由于女性柔顺似水，所以《诗经》中讲到女性常常跟水联系在一起，其诗境的构成也大抵如此。如《周南·关雎》《召南·汉广》《邶风·新台》《鄘风·桑中》《卫风·硕人》《郑风·溱洧》《陈风·泽陂》《齐风·敝笱》等。这种情况不独《诗经》，外国古诗亦然。钱锺书先生说：“但丁《神曲》亦寓微旨于美人隔河而笑，相去三步，如阻沧海。”(《管锥编》)

第三，诗经的时代已是男性为中心的时代，爱情的主动追求者绝大多数是男性，这不仅可以从男性作者的诗中看出，而且也可以从女性诗人的诗中反映出来，前者如《周南·关雎》《召南·汉广》《陈风·东门之池》等；后者如《召南·摽有梅》《郑风·褰裳》《卫风·氓》等。《蒹葭》中抒发的那种不畏险阻，上下追寻的急切心情，也正是一位男青年追寻他的心上人的生动写照：一个深秋的早晨，河湾里的芦苇罩上一层薄薄的霜露。有位青年男子隔着蜿蜒的河水，遥望他心爱的姑娘。然而，她是那样难以追求。

他欲逆流而上，道路是那么崎岖遥远，他欲顺流而下，她又仿佛在水中的小岛上，可望而不可即。于是，他焦急地徘徊，痴心地凝望，直到太阳升得老高老高……

可以看出，这是一首健康而又优美的爱情诗。保加利亚社会心理学家瓦西列夫说："爱情是作为男女关系上的一种特殊的审美感而发展起来的。爱情创造了美，使人对美的领悟能力敏锐起来，促进对世界的艺术化认识。"（《情爱论》）《蒹葭》在诗美的表现上有哪些创造呢？我们以为：

第一，创造了一种可望不可即的境界，增加爱慕之情，增加诗的张力度。心理学常识告诉人们：越是不容易得到的东西，人们便越想得到它。诗人把诗中的伊人置于水之一方，可望而不可即，这就增加了抒情主人公的思慕之情。清人陈启源说："夫悦之必求之，然惟可见而不可求，则慕悦益至。"（《毛诗稽古篇·附录》）这种爱慕之情还可用心理学上的阻塞原则来说明，西方美学家李普斯说："当命运受到遏抑、障碍、隔断时，人们的心理活动受到堵塞，从而对堵塞前的往事更加眷念。这种眷念有更大的强度和逼人性。"（《美学·美的方式》）这种眷念之情不仅属于抒情主人公所专有，也很自然地影响着读者。进入了诗境的读者定会在不知不觉中也产生对带有一定神秘感的女性的思念之情。

这种可望而不可即的境界，又表现了美学上的间隔美。宗白华先生说："美感的养成在于能空，对物象造成距离，使自己不沾不滞，物象得以孤立绝缘，自成境界：舞台的帘幕，图画的框廓，雕像的石座，建筑的台阶、栏杆，诗的节奏、韵脚，从窗户看山水，黑夜笼罩下的灯火街市，明月下的幽淡小景，都是在距离化、间隔化条件下诞生的美景。"（《美学与意境》）为了说明间隔之美，宗先生还借用了古代女子郭六芳《舟还长沙》诗加以说明：

> 侬家家住两湖东，十二珠帘夕照红。
> 今日忽从江上望，始知家在画图中。

家乡的画图之美是由于江的间隔形成的。同理，《蒹葭》中的伊人之美以及全诗的境界之美，都与“在水一方”所造成的间隔密切相关。

这种诗境的建构，在后代诗歌中有着明显的演进轨迹。如《古诗十九首》中的“盈盈一水间，脉脉不得语”，苏轼的“但愿人长久，千里共婵娟”，以及宋代贺铸的《横塘路》、曹植的《洛神赋》等。《西厢记》第二本第四折〔绵搭絮〕：“疏帘细雨，幽室灯清，都只是一层儿红纸，几幌疏棂，兀的不是隔着云山千万重？”第二本第二折〔混江龙〕：“系春心情短柳丝长，隔花阴人远天涯近”等，既有继承又有发展，各臻其妙。值得指出的是，这种建构还影响着仙话的创造。据《史记·封禅书》载，秦代的方士们为了满足秦始皇求仙的欲望，编造了所谓海上三神山：“未至，望之如云；及至，三神山反居水下；临之风辄引去，终莫能至云。”这种虚无缥缈，可望而不可即的仙境，极富诱惑力，难怪秦始皇宁可冒各种风险，也要到东海一睹为快。

第二，藏起“美人”，让读者发挥想象力，去完成美的再创造。俗语说：观景不如听景。这是因为想象中的事物往往比现实更美。在《蒹葭》一诗里，作者不让心爱的姑娘露面，把她的美留给读者去想象、去创造，从而使读者获得更多的美感。为什么发挥读者的想象力能增加他们的美感呢？从接受美学的角度讲，无论什么样的作品，都要透过读者的解释、欣赏和再创造，它的美学价值才能成立。因而意大利唯心主义哲学家克罗齐说：“艺术家的全部技巧就是创造引起读者审美再创造的刺激物。”(《精神哲学》)从艺术哲学的角度考察，陈大成说：“想象力的作为，它是将生理部分的印象能力的听觉能力或视觉能力对客观世界的现实性——形式录印下来的‘物象’，再反映于其范畴中建立意象为其先验职责，一旦想象力完成了意象的作为，也就是尽其职责，于是心灵也就赏赐一份报酬的情绪——美感情绪。”(《文学的哲学》)从格式塔心理学的角度讲，滕守尧说：“当不完全的形(例如一个未画出顶角的三角形△、一个缺一边的正方形或是有一大段缺口的圆)呈现于眼前时，会引起视觉中一种强烈追求完整，追求对称、和谐和简洁的倾向，换言之，会激起一股将它‘补充’或恢复到应有的完整状态的冲动力，从而使知觉的兴奋程度大大提高。……我们还以一个缺少顶角的三角形为例，它既可以在知觉中被恢复为一个梯形(△→⏢)，又可恢复为一个三角形(△→△)。一般说来，将其恢复到一个三角形似乎最简单、最直接，因而可以使知觉的‘完形需要’立即得到满足。但是，对于那些知觉能力发达的人来说，他们可能将它恢复成更复杂的图形，例如，可以将其底线一分为二，恢复成△△的式样，还可以在原来图形之上加一个与之成上下对称的同样图形，从而使之变成一个⧖形。……一个三角形，只能激起一种单调的感受，而后面两种图形，却更富于刺激力，因为有了起伏和变化。”结论是，“在真正的艺术创造中，如何通过不完全的形式造成更大的形式意味或刺激力，是艺术家创造能力发展的一个重要表现”

(《审美的心理描述》)。由此可见，凡是艺术品，越能发挥读者的想象力，读者所得的美感就越多。《蒹葭》之美的奥秘就在这里，《汉乐府·陌上桑》中罗敷之美的奥秘也是在这里，荷马《伊里亚特》中海伦之美的奥秘还是在这里。莱辛指出：荷马故意避免对物体美作细节的描绘，从他的诗里我们只偶尔听到说海伦的胳膊白、头发美之类的话。但是尽管如此，正是荷马才会使我们对海伦的美获得一种远远超过艺术所能引起的认识。试回忆一下他写海伦走到特洛亚国元老们的会议场里那段诗，这些尊贵的老人们看见了海伦，就彼此私语道：

> 没有人会责备特洛亚人和希腊人，
> 说他们为了这个女人进行了长久的痛苦的战争，
> 她真像一位不朽的女神啊！（《拉奥孔》）①

能叫冷心肠的老年人承认为她战争，流了许多血和泪是值得的，有什么比这段叙述能引起更生动的美的意象呢？

有趣的是，《西厢记》第一本第四折写莺莺的美也用此法，〔乔牌儿〕：“大师年纪老，法座上也凝眺，举名的班首真呆傍，觑着法聪头做金磬敲。”和尚是讲色空的，老年和尚更是忘情的人，但一看到崔莺莺竟然发呆，莺莺的美貌如何动人也就在不言之中了。

第三，《蒹葭》之美还表现在具有深刻的象征意蕴上。黑格尔在《美学》中曾引歌德的话说：“古人的最高原则是意蕴，而成

---

① 莱辛：《拉奥孔》，朱光潜译，人民文学出版社，1968 年，第 120 页。

功的艺术处理的最高成就就是美。”（《美学》第一卷）并认为有了象征意蕴，作品才能“显现出一种内在的生气，情感、灵魂、风骨和精神”。所谓意蕴，即作品的内容所隐含的某种深刻的哲理内涵。从作品的角度讲，它是潜藏在作品的具体内容之中的某种人生精义或人性、人情的最隐秘、最深刻的秘密；从作者的角度讲，它是作者所表现的深刻的社会人生观念和感情范型，是一种具有高度概括性的人生感受。可以看出，象征意蕴是作品内容的典型性和深刻性的体现，是能否具有超越性的重要来源，是作品的最高审美价值。那么，被王国维在《人间词话》中称誉为“最得风人深致”的《蒹葭》具有什么象征意蕴呢？如果说《郑风·将仲子》的象征意蕴是深刻地揭示了人类生活中感情和理智的矛盾的话，那么《蒹葭》的象征意蕴则揭示了人类生活中现实和理想的矛盾。诗中的“伊人”象征着人类的美好理想，诗中的抒情主人公象征着现实，诗中的可望而不可即的境界和爱情追求，象征着人类从现实出发而有着不断的理想追求，以及人的精神对更广阔的自由和完善的不懈追求的心态。林兴宅说得好：“人类的历史是一部不尽的追求和自我完善的历史，人类世世代代繁衍无穷，他们的追求也是永无止境的。哲学认识论中的真理，科学中的规律，伦理学中的人格完善，美学中的纯美……这些都是一种既可及又不可及的理想境界，人类每前进一步都在接近这一境界，然而又永远无法达到它极终的彼岸。人类就是在这不断的追求中经受着各种苦难和欢乐，在这种追求中提高自己，完善自己，一步步地向真、善、美靠拢。”（《艺术魅力的探寻》）《蒹葭》正是反映了人类不安于现状，不断进行追求，不断自我完善，不断地向理想境界靠拢的历史。海明威的《老人与海》因具这一深刻象征意蕴曾荣获诺贝尔奖，而我们的无名氏诗人早在2000多年前就揭示了这一生活矛盾及其心灵奥秘，使之成为传诵千古的诗章。

第四，作为爱情诗，诗中缥缈空荡的意境，揭示了爱情的奥秘。爱情是什么？许多作家诗人都认为是谜。莎士比亚说，爱情是个谜，各人对它所做的答案都不尽相同。英国诗人布莱克在《爱情的秘密》诗中说，爱情是永远不能诉说的，用语言无法表达，正像那吹拂着的微风，一点也不露形迹。《蒹葭》里空荡缥缈的意境，"伊人"的神秘和不露形迹，不就是爱情的象征吗？

古希腊有个关于爱情的神话，说的是最初世界上住的是半男半女的人，这些人因自身的完满而骄傲自大，他们居然对众神造起反来，这下子激怒了宙斯，宙斯把他们一个个都劈成两半，并把这些半边人分散到各地，从此，这些半边人一直在寻找自己的另一半。而这种对完满的渴求，就是我们所说的爱情。《蒹葭》诗中的抒情主人公一直在追寻着在水一方的"伊人"，不也体现了对完满的渴求吗？用希腊神话来参照，还可以再次证明，《蒹葭》是一首不可多得的爱情诗。苏联著名社会学家、教育家苏霍姆林斯基说："爱侣未来的一生取决于男女婚前关系的性质，取决于在这些关系中精神心理、道德美学因素占何等重要的位置。取决于对道德理想的高尚气质的信念达到什么程度。爱人者越是把被爱者当作人来尊重，对他（她）享有幸福的权利越是珍惜，男女婚前自觉承担的道德义务就越崇高。"（《关于爱的思考》）在以男性为中心，男子可以随便纳妾或者把妻子抛弃的时代，诗中的抒情主人公表现了对女性的挚爱和尊重，体现了我们民族道德美学中的人性美、情操美，所以舒芜在评论《蒹葭》时说："这些都是什么声音？显然不是女性的声音，而是男性的声音；不是轻薄调笑的声音，而是真挚严肃的声音；不是施以爱宠的声音，而是祈求允诺的声音；不是‘任由我去享受她’的声音，而是‘惟恐她不理睬我’的声音。”(《从秋水蒹葭到春蚕蜡炬》,《光明日报》1983 年 1 月 11 日）

朱自清先生说：“中国缺乏情诗，有的只是‘忆内’‘寄内’或曲喻隐指之作；坦率告白恋爱者绝少，为爱情而歌唱的更没有。”(《中国新文学大系诗集序言》)朱光潜先生说：“中国爱情诗大半写于婚姻之后，所以最佳者往往是惜别悼亡。”(《中西诗在情趣上比较》)以上论断不无道理，特别是秦统一中国之后更是如此。然而，这些论断并不适合于《诗经》时代的爱情诗，《诗经》里的《周南·关雎》《召南·汉广》《郑风·将仲子》《郑风·褰裳》等等都是爱情诗的不朽杰作。保加利亚作家伊伐佐夫在《我的丁香花盛开》一诗中唱道：

啊！亲爱的，我的心灵是七弦琴。
它要放声歌唱：
只因为世上有了你，
宇宙才如此神奇美丽。

我们也可以这样说，只因为有了《秦风·蒹葭》这样的诗，中国爱情诗的百花园才如此神奇美丽。

## 《陈风·月出》对意境的开拓

月出皎兮，佼人僚兮。舒窈纠兮，劳心悄兮。

月出皓兮，佼人懰兮，舒忧受兮，劳心慅兮。

月出照兮，佼人燎兮。舒夭绍兮，劳心惨兮。

这是一首描写月下怀念美人的爱情诗，表现了青年男子对所爱慕的女性的崇高赞美和热烈追求，这种追求是对幸福生活的憧憬，情操是高尚的。

在艺术上，这首诗也有它的特色。郑振铎说："《陈风》里，情诗虽不多，却都是很好的。像《月出》与《东门之枌》，其情调的幽隽可爱，大似在朦胧的黄昏光中，听梵婀铃（手提琴）的独奏，又如在月光皎白的夏夜，听长笛的曼奏。"（《插图本中国文学史》）诗歌是语言艺术，这首形象极为单纯的小诗为什么能够收到如此美妙的音乐效果呢？为什么能够给人这样美的艺术享受呢？原因可能很多，但主要有两点：

第一，纯真的爱情充满幻想和情趣，它跟美妙的音乐一样令人陶醉，因此，人们常常把爱情和音乐联系起来，英国诗人汤姆逊在《葡萄树》诗中唱道："音乐就是爱情的酒浆，爱情的欢乐就是歌唱。"

第二，这首抒情诗以它优美的旋律和幽深而阔大的意境，构成了诗的幽隽可爱的情调，有鉴赏能力的人是能从中体味出余味无穷的爱情之音的。让我们从研究其意境入手，去聆听这支优美动人的“小夜曲”吧！

大自然的景物中，月亮是富有浪漫色彩而令人喜爱的。每当流霞西逝，月亮就冉冉升起，用它的柔和之光，给人们带来良辰美景。它圆润而晶莹地高悬夜空，又是那么令人神往，人们为它编织了许许多多美丽的神话。诗人以他敏锐的审美知觉，捕捉了大自然这一美景，在诗的开头，就给人们描绘出一个开阔而空灵的画面：“月出皎兮，佼人僚兮。”如果说，“月出皎兮”是个远镜头的话，那么“佼人僚兮”则是一个近镜头了。那么，它们之间构成一个什么关系呢？郑玄笺云：“喻妇人有美色之白皙。”是的，用皎洁的明月比喻心爱姑娘的肤色，不正像活画出一个“肤如凝脂”般的美人吗？然而，我们不能单纯地从“比”的角度去理解，还应该从意境的构成上去把握。诗人有意把美人安排在月光下，月光和美人相互映衬，俊美的秀容融入清辉的月色之中，使美人增加一层神秘感，具有一种朦胧状态的美。浙江有个民谚：“月光下看老婆，越看越漂亮；露水里看庄稼，越看越喜欢。”说的就是这个道理。拜伦有一首咏威莫特·霍顿夫人的诗，叫《她走在美的光影里》，也是把威莫特·霍顿夫人放在月光下加以赞美的。

她走在美妙的光影里，好像
无云的夜空，繁星闪烁；
明与暗的最美的形相，

交会于她的容颜和眼波，
融成一片恬淡的清光——
浓艳的白天得不到的恩泽。
多一道阴影，少一缕光芒，
都会损害那难言的优美；
美在她绺绺黑发上飘荡，
在她的腮颊上洒布柔辉；
愉悦的思想在那儿颂扬，
这神圣寓所的纯洁，高贵。
…………

拜伦这首诗可以作为《月出》的最好注脚。

在《诗经》中写女性美的诗篇较多，手法大致有三种：一种是采用工笔画的手法，对美人加以细腻描绘，《卫风·硕人》中刻画卫庄姜的美就是一个很好的代表；另一种是女性全不露面，全用侧面描写的手法加以烘托，《秦风·蒹葭》是最好的代表；第三种可用《月出》作代表，它把美人放在一个特定的环境之中，让美人在明月清辉的衬托下，显得更加美丽动人，这种立体的画面，构成一个意境的表现手法，可以说是最早的也是真正的空间艺术，其作用是不可低估的。

艺术的生命，美的秘密，意象的形成，都在于用有限的具体形象去表现无限的丰富的生活内容。诗中作为意象的明月，具有多边性，它可以激发人们丰富的联想，从而得到美的享受。例如说：

高悬天际的明月是玲珑透澈而澄清的，因而我们可以联想到，姑娘之所以值得爱慕与追求，不仅有如花似月的美貌，还在于有明月般纯洁的心灵。英国诗人彭斯在《简，倒不是你那张漂亮的脸庞》一诗中写道：“尽管你外貌令人喜悦，你的心灵却格外可爱。”说的就是这个道理。

高悬天际的明月是那样高不可攀，因而我们还可以做这样的联想。心爱的姑娘虽然那么好，但却像天上的明月一样可望而不可即。诗中所表现出来的动人心魄的哀伤，其根本原因就在这里。郑玄在笺释“劳心悄兮”时说，“思而不见则忧”正深刻地揭示出其内在的关联。当然，诗中写了美人可望而不可即，不光停留在用明月作比上，还在于采用了“幻想虚神着笔”（陈子展《诗经直解》）描绘出美人仙姿摇曳，若隐若现的身影，它与朦胧的月色一起构成一个迷离缥缈的具有神秘色彩的境界。这种境界的形成与美人可望而不可即和诗人对月怀想从而产生的幻觉有关。这种写法确实更富有诗情画意，而且更增加思念和爱慕之情。诗中的结句所表现出来的痛苦和忧伤也有了感情上的着落。清人陈启源说：“夫悦之必求之，然惟可见而不可求，则慕悦益至。”（《毛诗稽古篇·附录》）正深刻地揭示出这首诗的奥秘。曹植《洛神赋》中写洛神的出现，写洛神“翩若惊鸿，婉若游龙”的体态，以及可望而不可即的行踪，都是从这里演化而来的。所以方玉润《诗经原始》说：“且从男意虚想活现出一月下美人，并非实遇，盖巫山、洛水之滥觞也。”指出了宋玉《神女赋》、曹植《洛神赋》与《月出》之间的渊源关系，是很有艺术见地的。

程大成《文学的哲学》一书中指出：“想象力的作为，它是将生理部分的印象能力的听觉能力或视觉能力对客观界的现实性——形式录印下来的物象，再反映于其范畴中建立意象为先验职责。一旦想象力完成了意象的作为，也就是尽其职责，于是心灵也就赏赐一分报酬的情绪——美感情绪。”这就说明，越能发挥读者的想象力，读者从作品中所获得的报酬，即所得的美感也就越多。过去人们大多注意作者想象力的探讨，而忽视研究如何让读者也发挥想象力，《月出》篇不是给我们提供了许多有益的启示吗？

本来，诗人在意境的构成上并没有一定之规，妙在随物宛转，即景生情。但是在一般情况下，对于自然景物，人们往往会产生某种情志作为对应。萧瑟的秋天之与悲愁，丛生的春草之与离情等等，都发生了一定的对应关系。高悬夜空的明月，可以千里同照；深夜清冷的月色，又容易比白天的景物更容易触动情怀。诗人准确地把思念情人的情节放在一个月色朦胧的情景之中，借助明月这一形象性的特征来唤起人们心中的思念之情。可以说，在中国诗歌史上，是《月出》的作者第一次揭示了望月和思念之间的对应关系，这种对应关系的发现，说明诗人已具有一定的艺术自觉。可喜的是，诗人所揭示的对应关系已在人们审美的经验中得到历史的继承，为后代诗人的构思提供了由此出发的艺术前提和继续拓展的方向。《焦氏笔乘》说：“《月出》，见月怀人，能道意中事；太白《送祝八》，若见天涯思故人，浣溪石上窥明月；子美《梦李白》，落月满屋梁，犹疑照颜色；常建《宿王昌龄隐处》，松际露微月，清光犹为君；王昌龄《送冯六元二》，山月出华阴，开此河渚雾。清光比故人，豁然展心悟。此类甚多，大抵出自《陈风》也。”总而言之，《月出》是历代望月思亲或望月思乡诗的鼻祖，在中国诗歌史上具有重要的地位。

《月出》在节奏和旋律方面也有独特之处，诗篇采用民歌中重叠复沓的形式，一唱三叹，情味无穷。通篇用韵很密，而且多用双声叠韵，增加了诗的音乐感。在节奏方面，每章中的一二四句，都是二字为一个音步，而第三句则是第一个字为一个音步，其余的为一个音步，宛转起伏，顿挫有致，形成了一种朴素的格律。“后世作律诗，欲求精妙，全讲此法。”（姚际恒《诗经通论》）

《诗经》中的风诗属于谣歌，大多以直吐心曲、古朴浑厚见长，像《月出》这样意象、情趣和音律达到如此和谐统一的作品，实不多见。陆侃如《中国诗史》称誉它为“《陈风》中的杰作”，是受之无愧的。

**原诗注释：**

佼：字亦作姣，姣人即美人。

僚（liǎo 了）：面貌美好。

舒：举止温夕舒缓。

窈纠：形容体态婉曲轻盈，具有曲线之美。

劳心：忧心。

悄：深忧的样子。

皓：月光洁白明亮。

懰（liú 刘）：字或作嬼，面貌姣美。

忧受：同窈纠，同义迭韵复词，形容女性体态婀娜。

慅（sāo 骚）：忧愁。

燎：明亮，形容在月光照耀下之美丽。

夭绍：与窈纠、忧受同义。

惨：字当作懆，忧愁不安。

# 关于《王风·君子于役》

黑格尔《精神现象学》序言中说："熟知的东西所以不是真正知道了的东西，正因此它是熟知的。"流传广泛而又长久不衰的古典文学名篇，何尝不是如此。"'夜来风雨声，花落知多少'这首诗几乎家喻户晓，然而是否有一篇文章真正把它的好处说出来了呢？好像没有？"（金开诚《文艺心理学论稿》），被人们誉为"秋思之祖""纯属天籁"的马致远的《天净沙·秋思》也同样存在这个问题。

王国维《人间词话》说："枯藤老树昏鸦，小桥流水人家，古道西风瘦马。夕阳西下，断肠人在天涯。此元人马东篱《天净沙》小令也，深得唐人绝句妙境，有元一代词家，皆不能办此也。"王国维对这支散曲的评价是相当高的，然而，他并没有深入分析它的妙境究竟在什么地方。

先师冯沅君先生曾说，读诗要抓住诗眼，找到诗眼，整首诗就活了。这个方法可以说是探索诗歌奥秘的一把金钥匙。吴调公先生在《怎样做李商隐诗的"解人"》一文中也谈到这个方法，他说："李商隐的优秀诗篇往往是以'比兴'为主而兼用'赋'体的，如名篇《锦瑟》虽然运用了蝴蝶、杜鹃，沧海明珠、蓝田暖玉等一系列空蒙绰约的图景作为比托，很有点恍惚其辞。但如果我们抓住古人的所谓‘诗眼’，掌握其家国和身世之伤，而尤其是抱负未展的悲慨，这一底蕴就昭然若揭了。”(《文史知识》1983 年第 4 期）可见，所谓“诗眼”即是一首诗的眼目，即全诗立意之所在。抓住它，作者的立意就可领会了。那么，《天净沙·秋思》的诗眼又在何处呢？有人可能会说，诗眼在“古道西风瘦马”中的“瘦马”。不错，从瘦马中可引出抒情主人公清瘦而又愁苦的形象，并构成整首诗的中心，具有重要意义，然而，中心或重要并不等于诗眼。其实，诗眼却在不大为人注意的“夕阳西下”这四个字上。整支曲子都由“夕阳西下”这一特定时间而构思而立意的，它是整支曲子的支点。请看第一句“枯藤、老树、昏鸦”，这是由三个词组成的一个画面，画面的中心是昏鸦。言外之意是，夕阳西下的时候，荒野上的昏鸦都有个归宿，我这个天涯漂泊者连荒郊野外的乌鸦都不如啊。王国维说：“昔人论诗词，有景语情语之别，不知一切景语皆情语也。”枯藤、老树、昏鸦是景语，但我们从“夕阳西下”这一特定时间去领会，不是可以领略出这些景语的情意吗？

再看第二句“小桥、流水、人家”，诗人用优美的笔调描绘出幽静而美丽的山村景象，画面的中心是住在这幽美山村的“人家”，其言外之意是，在这“夕阳西下”的时候，山村“人家”的一家老少正围绕在饭桌前共进晚餐，或者坐在一起拉家常，享尽天伦之乐。小桥、流水的美丽山村画面正透露出作者的羡慕之情，也反衬出这个有家难归的天涯漂泊者的悲凄之感，我们只有读懂这一层，才会领会出散曲的标题——秋思和最后一句“断肠人在天涯”的具体情思。所谓情思，是思念故乡的亲人；所谓断肠，是由于诗人在漂泊的旅途中深感人不如鸟、又不如人而引起的欲归不得的悲伤。

正因为诗人抓住了黄昏与思念之间的逻辑联想，才写出这首传诵千古的散曲来的。关于这一点，我们可把它与白朴的《天净沙·秋》比较一下就可以了然：

孤村落日残霞，
轻烟老树寒鸦，
一点飞鸿影下。
青山绿水，
百草红叶黄花。

该文也用同一个词牌，也写秋，也写黄昏，而且也写得很美。青、绿、红、白、黄，写出秋天绚丽多彩的色调，但因没抓住黄昏与思念之间的逻辑联系，就使该散曲只停留在较低层次上。那么，这个逻辑联系在中国诗歌史上，是谁首先揭示的呢？是《诗经·君子于役》的作者：

君子于役，
不知其期。
曷至哉？
鸡栖于埘，
日之夕矣，
羊牛下来。
君子于役，
如之何勿思！

君子于役，
不日不月。
曷其有佸？
鸡栖于桀，
日之夕矣，
羊牛下括。
君子于役，
苟无饥渴。

程俊英先生指出："这是一位妇女思念她久役于外的丈夫的诗。这位农村妇女，在暮色苍茫之中，看到牛羊等禽兽回来休息，而自己的丈夫归家无期，就更觉寂寞、孤独，不禁唱出了这首情景交融的动人诗篇。"（《诗经译注》）方玉润《诗经原始》也说："傍晚怀人，真情真境，描写如画。晋、唐人田家诸诗，恐无此真实自然。"两人都指出该诗中黄昏与怀人的逻辑联系。许瑶光更用诗吟咏这种关系：

鸡栖于桀下牛羊，
饥渴萦怀对夕阳。
已启唐人闺怨句，
最难消遣是昏黄。

（《雪门诗抄·再读诗经四十二首》）

许瑶光指出其逻辑联系是对的，然而，说"已启唐人闺怨句"则不够恰切。其实西汉时代的司马相如就知道这种联系了。

他为失宠的陈皇后写的《长门赋》中就有“日黄昏而望绝兮，怅独托于空堂”。叙写了陈皇后被汉武帝贬入长门宫的痛苦心情，以后应用此法的就逐渐多起来，如西晋潘安仁《寡妇赋》：

时暧暧而向昏兮，
日杳杳而西匿。
雀群飞而赴楹兮，
鸡登栖而敛翼。
归空馆而自怜兮，
抚衾裯以叹息。

到了唐代，应用更多，如李白《菩萨蛮》：“暝色入高楼，有人楼上愁。”白居易《闺妇》：“思缠绵而瞀乱兮，心摧伤而怆恻。”均是好例。到了宋代，许多词人更相学习，踵事增华。李清照《声声慢》：“梧桐更兼细雨，到黄昏点点滴滴。这次第，怎一个愁字了得。”辛弃疾《满江红》：“芳草不迷行客路，垂阳只碍离人泪。最苦是，立尽月黄昏，栏干曲。”他们都是把借鉴和创造完美地结合起来，从而丰富了诗坛中的百花园。更有趣的是，这种写法，外国也有。马克思所收集的19世纪无名诗人的诗歌中，有一首题为《给爱人》的短诗：

明亮的热闹的白昼刚刚静息，
黑夜的阴影又在大地上降临。
黑夜的忧愁紧紧压住我的心，
我的爱人这时在做什么？

也是写黄昏时刻对情人的思念。

那么，黄昏时刻为什么容易引起思念的忧伤呢?

第一，白天人们忙于干事，到了黄昏一静下来，思念之悲苦心情就会乘机冲激人们的心房。

第二，从心理学的角度讲，声音对人的心理有着一定的影响，如角声容易引起人们的悲哀，“无端遇着伤心事，鸣轧江楼角一声。”(元李俊民《闻角集唐诗》)颜色也会影响人们的情绪，暖色容易引起兴奋，冷色容易引起悲哀，“心之忧矣，视丹如绿”(郭遐叔《赠嵇康诗》)、“寒山一带伤心碧”(李白《菩萨蛮》)、“满眼不堪三月暮，举头已觉千山绿”(辛弃疾《满江红》)都是明证。黄昏时候，暖色已尽，冷色降临，自然容易勾起人们伤心的往事。

第三，“夕阳无限好，只是近黄昏。”夕阳西下意味着好景不长，青春易逝，来日无多，怎么不叫人悲哀与惆怅呢?

作家所写的作品不光是为了表达自己的感情，更重要的是为了让读者看，实现创作者与欣赏者之间的感情交流。马致远等作家在学习《诗经》的基础之上写出了《天净沙》，从而拨动了千千万万人的心弦，这就告诉人们一个道理：心理学的研究在文学创作与欣赏中是多么重要。勃兰兑斯在《十九世纪文学主流·序》中说道：“文学史，就其最深刻的意义来说，是一种心理学，研究人的灵魂，是灵魂的历史”，这是千真万确的真理。唐人皇甫冉有句诗“暝色起春愁”，王安石把“起”字改为“赴”(见《苕溪渔隐丛话》)是不懂心理学而产生的笑话，这是值得我们创作者与欣赏者引以为戒的。

# 《陈风·泽陂》的主题

《陈风·泽陂》是一首比较有影响的诗，但对其主题，历来却有不同的看法。《毛传》认为是一首讽刺诗："泽陂，刺时也。言灵公君臣，淫于其国，男女相说，忧思感伤焉。"参照朱熹在《诗集传》中所引《春秋传》的材料，可以看出《毛传》的意思是，夏姬是郑穆公的女儿，嫁给陈国大夫夏御叔，陈灵公与大夫孔宁、仪行父共通夏姬，这种淫乱的行为，在国人中起了很坏的影响。诗人感到忧伤，便作此诗，对这种淫乱的丑行痛加鞭挞和讽刺。尽管《毛传》讲得头头是道，但纯属主观臆测，因为人们很难在诗中找到任何"刺时"的依据。清代以后，特别是近代以来，一些研究者认为是一首情歌，这是对的，但绝大多数人认为是女诗人赞美美男子的情诗。闻一多先生在《诗选与校笺》中持这种看法，余冠英先生在《诗经选译》中也是这个观点，他说，这是"女诗人在荷塘上遇见一个丰满高大的美男子。默默地爱他，热烈地歌颂他，哀伤地想念他"。我们认为，这是一个男子，在荷塘上遇见一个长得丰满而又身材颀长的漂亮女郎后，写的一首对她爱慕的诗。为了说明问题，我们把余冠英先生的译文及所附的原文抄录于下：

在那水塘边儿上，〔彼泽之陂，〕
也有蒲草也有荷。〔有蒲与荷。〕
有个人儿真好看，〔有美一人，〕
心里想他没奈何。〔伤如之何！〕
想他想得睡不着，〔寤寐无为，〕
想他想得泪成河。〔涕泗滂沱。〕
在那水塘边儿上，〔彼泽之陂，〕
莲花蒲草紧紧挨。〔有蒲与蕑（莲）。〕
有个人儿真好看，〔有美一人，〕
英雄气概好身材。〔硕大且卷（拳）。〕
想他想得睡不着，〔寤寐无为，〕
心头疙瘩解不开。〔中心悁悁。〕
在那水塘边儿上，〔彼泽之陂，〕
挨着蒲草开荷花。〔有蒲菡萏。〕
有个人儿真好看，〔有美一人，〕
高高个儿双下巴。〔硕大且俨（嬒）。〕
翻来覆去睡不着，〔寤寐无为，〕
枕儿压在胸膛下。〔辗转伏枕。〕

对诗中“彼泽之陂，有蒲与荷”二句，余先生的翻译是很好的，但似乎没注意到诗人写这两句诗的用意。《毛传》认为这是“兴也”，所谓“兴”，按朱熹《诗集传》的说法是“先言他物以引起所咏之词”。但《诗经》中的“兴”，不仅是引起下文的歌唱，而且还有比喻的作用。朱自清在《诗言志辩》中说：“《毛传》兴也的‘兴’，有两个意义，一是发端，一是譬喻；这两个合在一起才是‘兴’。”这是非常正确的。这首诗里的“兴”，是为了引起下文的“有美一人”的歌咏，也含有比喻“有美一人”的美丽。那么，比喻什么呢？孔颖达《毛诗正义》指出：“蒲之草甚柔弱，荷之茎极佼好，……云汝体之柔弱如蒲然，颜色之美如荷然。”孔颖达对这首诗的理解与《毛传》大同小异，但对这两句的理解却更有合理的成分。荷花颜色粉红鲜艳，正是女人美貌的形象描绘。《周南·桃夭》的起句“桃之夭夭，灼灼其华”是“兴”，也是用鲜红的桃花比喻美人，是“人面桃花”的写法，清人姚际恒在《诗经通论》中曾说，这首诗是用桃花喻美人的鼻祖，我们也可以这样说，《陈风·泽陂》是用荷花比喻美人的鼻祖了。孔颖达认为蒲草是比喻女体之柔弱，即用蒲草的柔弱形容美人体态之婀娜多姿，可备一说，但与下文的“硕大且卷”“硕大且俨”有矛盾。一个体态高大而又肥胖的美人，怎么可能体态柔弱如蒲草呢？我们认为柔弱的蒲草是暗喻女性温柔的性情的。“有蒲与荷”正是从性情和外貌两个方面描绘值得为之倾倒的女性的。

在《诗经》里，出现“有美一人”这样句式的，只有两首，除此以外，就是《郑风·野有蔓草》：

> 有美一人，邂逅相遇，
> 清扬婉兮，适我愿兮。

马瑞辰在《毛诗传笺通释》中说：“盖目以清明为美，扬也明也。《说文》：婉，顺也。顺与美同义。”所以“清扬婉兮”可以翻译为“眼儿明亮又美丽”，可见《诗经》中所出现的“有美一人”，大都是用来形容美女的。

有美一人，
阳（姎）如之何！

余先生把“阳”读为“姎”，并注释为“女性第一人称代名词”，这是值得商榷的。“阳如之何”的“阳”是《鲁诗》的写法，《毛诗》作“伤如之何”。不知为什么，《毛诗》为底本的《选译》本，偏在这里采用《鲁诗》的写法。“伤如之何”的“伤”是哀伤的意思，由于过分的思念而又求之不得，从而产生了无可奈何的哀伤之情，这是可以理解的，下二句“寤寐无为，涕泗滂沱”正是“伤如之何”的具体描绘。退一步说，《鲁诗》的写法对，我们也不能为了证明是女性而硬把“阳”读为“姎”。《尔雅·释诂》：“阳，予也。”郭璞注：“今巴濮之人自称阿阳。”这就说明，“阳”是第一人称代名词，男人也可自称为“阳”的。

有美一人，
硕大且卷（拳）。

余先生读“卷”为“拳”，并注为“勇壮也”，翻译为“有个人儿真好看，英雄气概好身材”。这还是为了把思念的对象说成是男子而做的文字上的努力。其实，“卷”是“美好”的意思，用现在的话说，就是“漂亮”。《毛传》：“卷，好貌。”“卷”来源于“婘”，《经典释文》“卷本又作婘”，《广韵》“婘，美好貌”，都可证明。朱熹认为“卷，鬓发之美也”，与《毛传》说法略有不同，但都认为是赞美女性之美。余先生为什么偏把“卷”读为“拳”呢？这可能是从“硕大”一词引起的误解。“硕大”是身材高大的意思，这不是男子的形象嘛！清人钱天赐早就断定，这是一首“女思男之辞”。什么根据呢？他说“观硕大且卷，硕大且俨”（转见胡承珙《毛诗后笺》）可见，“硕大”一词是人们对本诗误解的失足处。我们不能用今人的美学观点去理解古人，车尔尼雪夫斯基曾说，一代人有一代人的美。美不是绝对永恒的，不变的，它要随着社会生活的变化而相应地发生变化。古人认为留着长长胡子的男子才是美的，即所谓美髯公，汉乐府中的《陌上桑》就是用“颇有须”来赞美自己的男人。而我们则不认为“颇有须”就是美，今天的男子往往把胡子刮得精光。今天的人们，大多喜欢有苗条身段的女子，喜欢“杨柳细腰”。古人的审美观和我们不同，他们喜欢高大而又肌肉丰满的女子，例如被后人称誉为美人赋的《卫风·硕人》，所赞美的卫庄公夫人庄姜，就是一个“硕人其颀”“硕人敖敖”的女子。余冠英先生是用“那美人儿高高”来翻译这些诗句的。再如《小雅·车辖》：

依彼平林，辰彼硕女，
有集维鷮。令德来教。

也是用个儿高大来形容女子的美。因此，我们千万不能因“硕大”一词的出现而误认为是赞美男子的，从而重蹈前人覆辙。

有美一人，硕大且俨（嬐）。

《毛传》和《诗集传》都把“俨”解为“庄矜貌”。这种解释并不准确。余先生读为“嬐”，这是很大的进步，也符合诗人的原意。《说文解字》“俨”字条所引《诗经》例子，正作“硕大且嬐”；《太平御览·人事部》引《韩诗》也作“硕大且嬐”。“嬐”“俨”，迭韵，故通。薛君《章句》说：“嬐，重颐也。”即两个下巴颏，这是脸部肌肉丰满的特征。“婘”与“嬐”均从女，也是描写女性美的证据。钱锺书先生在《管锥编》里说：“《大招》之状美人曰：丰肉微骨，调以娱只；再曰：丰肉微骨，体便娟只；复曰：曾颊倚耳。玉逸注：曾，重也。唐宋画仕女及唐宋墓中女俑皆曾颊重颐，丰硕如《诗》《骚》所云。”[①] 这是千真万确的，它以有力的证据为我们证明了“硕大且俨”是赞美女性美的说法。

那么，春秋时代的美人为什么往往是身材高大而又肌肉丰满呢？关于这一点，我们可以从美的相对性和实用性中找到解释。阿斯木斯在《古代思想家论艺术》一书的序言中指出：“美不是事物的一种绝对属性。美不能离开目的性，即不能离开事物在显得有价值时它所处的关系，不能离开事物对实现人愿望它要达到的目的的适宜性。”春秋时代，生产还落后，人们只有努力从事劳动，才能生存和发展。因而身材高大而又丰满这种健康美，就成为“实现人愿望”的一种必不可少的重要条件。他们是奉行“健康就是美”这一哲学的。童书业先生说：“至当时（按，指春秋时代——引者）美之标准，则似以健康为主，男子尤以有力能武为美（参照徐吾犯妹事[②]、《诗·叔于田》《硕人》《泽陂》等篇，郑国有名的美男子都即为一勇士）是亦时代较为原始之征。”（《春秋左

① 钱锺书：《管锥编》第1册，中华书局，1979年，第127页。

②《左传·昭公元年》记载郑国徐吾犯之妹择婿，对精心打扮的美男子子皙不感兴趣，最后选中了勇武有力的子南。

传研究》)欣赏林黛玉式的弱不禁风、多愁善感的美人，那是古代社会末期，公子哥儿的事了。

总而言也，《陈风·泽陂》是一首男诗人赞美女情人的诗，而不能是相反。

当然，我们不能一概而论，《诗经》时代，北方劳动人民对女子的审美观是以高大粗壮为美，而南方的上层社会审美观则是以女子的苗条身段为美。《周南·关雎》的“窈窕淑女，君子好逑”，君子所追求的“淑女”是什么身材呢？是“窈窕”的身材。过去有许多人把“窈窕”解释为“美心为窈，美状为窕”，认为“窈窕”一词兼指内心和外貌两方面，这是错误的，因为“窈窕”如果包括内心和外貌的话，岂不和“淑”字重复吗？而且“窈窕”是联绵词，不能分开解释，我们不能把“首鼠”解释为“老鼠来回探头”，把“狐疑”解成“狐性多疑”。其实“窈窕”即苗条，形容淑女身段之美，《晋书·皇后传》注“窈窕一作苗条”可证。所谓“楚王爱细腰，宫中多饿人”，宋玉《登徒子好色赋》的“肌若白雪，腰如束素”也是例证。

# 说《小雅·采薇》

韦勒克、沃伦合著《文学原理》说："一件艺术品的全部意义，是不能仅仅以其作者和作者同时代人的看法来界定。它是一个累积过程的结果。"这就是说，文学作品的价值，并不是一个一经发现便不可再变化的常数。优秀的文学作品是一座可以不断开采，不断有所发现的矿藏，外国有所谓说不完的莎士比亚，说不完的托尔斯泰，原因就在这里。

对《小雅·采薇》的阅读和鉴赏也应作如是观。

《采薇》是周宣王时代，一位参加反击猃狁侵暴中原的战争的普通战士所写的诗。诗中严正地控诉了猃狁给中原人民带来的灾难：

靡室靡家，（抛舍亲人离家园，）
猃狁之故。（只因猃狁来侵犯。）
不遑启居，（跪不宁哪坐不安，）
猃狁之故。（只因猃狁来侵犯。）
忧心烈烈，（满腔忧愁似火烧，）
载饥载渴。（又饥又渴真难熬，）
我戍未定，（我的防地还未定，）

靡使归聘。（家信托谁捎回家？）

可以看出，诗人非常热爱和平幸福的生活，对家中的亲人又非常思念。他把战争带来的痛苦，清醒地记在民族敌人的账上，并用夺取胜利的豪气来冲淡思家的悲伤：

岂敢定居？（哪敢安居歇歇脚？）
一月三捷。（一月频频传捷报。）
岂不日戒，（哪敢日日不警惕？）
猃狁孔棘。（猃狁犯边军情急。）

黄永武先生指出：“世界上已没有一件艺术品是完全孤立的，因为每一首诗，每一张画，无不以庞大的民族文化和时代精神为其心智的基础。”[①] 诗人是华夏族最普通的一员，在民族战争中如此深明大义，心甘情原地为正义战争奉献一切。当时并无什么政治工作，这种心理毫无外加因素，完全是从心田里流露出来的。正是这种心理，形成了中华民族的集体意识和民族精神。在世界上，中国是一个文明传统未中断的古国，是唯一形成稳定的统一趋势的古国，这里边的原因很多，但这种热爱自己民族，为民族生存和发展而献身的精神，已成为中华民族得以延续 3000 多年而不被侵略者吞并的强大精神支柱。南宋爱国诗人陆游在临终前写下了绝笔《示儿》：

① 黄永武：《中国诗学·思想篇》自序，台湾巨流图书公司，2009 年。

死去元知万事空，但悲不见九州同。

王师北定中原日，家祭无忘告乃翁。

这首诗很多人做了讲析，唯有被毛泽东同志称颂为“一身重病，宁可饿死，不领美国救济粮”的民族战士和诗人朱自清先生领会最为深刻，他在《爱国诗》一文中说：

《示儿》是临终之作，不说到别的，只说“北定中原”，正是他的专一处。只是对儿子说话，不是什么遗疏遗表的，用不着装腔作势，他尽可以说些别的体己的话；可他只说这个，他正以为这是最体己的话。诗里说“元知万事空”，万事都搁得下；“但悲不见九州同”，只这一件搁不下。他虽说“死去”，虽然“见九州不同”，可是相信“王师”终有“北定中原日”，所以叮嘱儿子“家祭无忘告乃翁”……①

文中所指的“专一处”，“用不着装腔作势”，“最体己的话”不正是陆游真正的民族精神的自然流露吗？李存葆在《高山下的花环》的题词中写道：“记不清哪朝哪代，哪位诗人，曾写下这样一句不朽的诗——位卑不敢忘忧国。”这句诗集中体现了为反击越南侵略者而英勇献身的战士们的民族心理。它正是2000多年前，《采薇》中所反映的民族心理在新时代的继承和发展。俄国伟大的文艺批评家杜勃罗留波夫说：“衡量作家或者个别作品价值的尺度，我们认为是：他们究竟把某一时代，某一民族自然追求

① 朱自清：《爱国诗》，《朱自清选集》，开明书店，1952年。

表现到什么程度。"(《黑暗王国的一线光明》)从《采薇》到《示儿》再到《高山下的花环》，都是表现我们民族精神和民族心理的时代曲，都是拨动千百万人心灵的琴弦，是我们民族文化的宝贵遗产。

李劼同志在论述民族心理时曾这样说过："当文学发展到观照民族历史探索文化心理，就会使人们自然而然地发现：这民族缺乏个性，这历史太过凝重，这文化古老得失去了活力，这心理麻木得好像一潭死水。归结起来，这是一个几乎看不到时间流动的封闭空间。在这封闭空间里，看上去所有的一切似乎都在按部就班地运行，但实际上却已经在一种长年累月的循环往复中无声无息地凝固了，窒息了，僵化了。在这里，虽然有着顽强的生存，但生存得非常悲哀。"①

我们的民族文化及民族心理同任何事物一样，存在着两面性，既有它积极进取的一面，也有它消极落后的一面。片面地夸大文化的优良传统会鼓动盲目排外的自大狂；但是，片面地夸大民族的消极面，既不符合于我国的实情，又会降低民族自信心，还会不自觉地宽免我们理应担负的历史责任。不可讳言，李劼同志的文章是存在这个毛病的。请李劼同志读读《采薇》吧，它会给我们以有益的启示。

当然，《采薇》积极的民族精神是在家国矛盾中表现出来的，诗中并不回避因战争而失去与家人团聚的欢乐，并由此引出带来的痛苦，"曰归曰归，心亦忧止""王事靡盬，不遑启处，忧心孔疚，我行不来"。诗人的高明之处则在于正确地处理了两者之间的关系，并且表现出以国家、以民族为重的理性精神。黑格尔

① 李劼：《刘索拉小说论》，《文学评论》1986 年第 1 期。

说："生命的力量，尤其是心灵的威力就在于本身设立矛盾，忍受矛盾，克服矛盾。"[①] 诗人正是在忍受矛盾，克服矛盾的过程中显示出强大的心灵威力。从艺术表现的角度讲，正因为诗人的崇高思想境界是在"忍受矛盾，克服矛盾"的动态中表现出来的，所以使人感到真实可信，有血有肉，而无拔高、虚空之感。叶嘉莹先生说："诗歌是奇妙的东西，是个活的东西，诗歌是带有生命的东西。我们不要用那些条条框框把它卡死了，把它扼杀了，不要这样做，我们要认识诗歌本身所带着生生不已的千百年仍然使我们感动的生命。"叶先生又说："我以为古典诗词里边所充满洋溢着的是我们中华民族一种美好的精神，一种操守和修养。所以，我们一定要从这种精神感情来认识才是对的。"[②] 我们只有真正领会到《采薇》千百年来仍然使我们感动的生命所在，才算真正读懂了它，理解了它。

《世说新语·文学》记载了这样的故事：

> 谢公（谢安）因子弟集聚，问《毛诗》何句最佳？遏（谢玄，谢安的侄儿）称曰："昔我往矣，杨柳依依，今我来思，雨雪霏霏。"公曰："讦谟定命，远猷辰告。"谓此句偏有雅人深致。

"讦谟定命，远猷辰告"二句是《大雅·抑》第二章中的诗句，意思是说，有伟大的计划定要号召，有远大的政策就随时宣告。

① 黑格尔：《美学》第 1 卷。

② 叶嘉莹：《唐宋词十七讲》，岳麓书社，1989 年，第 51、37 页。

这两句诗虽然表现了政治家的风度，但艺术形象性较差。从艺术欣赏的角度看，谢玄的鉴赏是比谢安要高一筹的。所以王士祯说："玄与之推（按：指颜之推，他推赏《小雅·车攻》：'萧萧马鸣，悠悠旆旌。'《传》：'言不喧哗也。'颜之推在《颜氏家训·文章》中称赞道：'吾每叹此解有情致，籍诗生于此意耳。'）所言是矣，太傅所谓雅人深致，终不能喻其意。"[①] 那么，《采薇》中这四句诗好在哪里呢？

首先是创造了以乐景写哀情，以哀情写乐境的美学境界。王夫之《姜斋诗话》说："昔我往矣，杨柳依依；今我来思，雨雪霏霏。以乐景写哀，以哀景写乐，一倍增其哀乐。"此说是对的。然而，在中国文化史上有着重大影响的还是用"杨柳依依"来描绘送别情景这个问题上。

在《诗经》中，用柳入诗的共四首，其余三首是：

《齐风·东方未明》："折柳樊圃，狂夫瞿瞿。"

《小雅·小弁》："菀彼柳斯，鸣蜩嘒嘒。"

《小雅·菀柳》："有菀者柳，不尚息焉。"

这三首各有长处，但都不如"杨柳依依"好，所以刘勰道："是以诗人感物，联类不穷，流连万象之际，沉吟视听之区；写气图貌，既随物以宛转，属采附声，亦与心而徘徊。故'灼灼'状桃花之鲜，'依依'尽杨柳之貌，……以少总多，情貌无遗矣。虽复思经千载，将何易夺？"[②] 然而，刘勰只从双音词的角度加以赞美，似乎还未能尽其妙，还须详加演说。

---

① 王士祯《古夫于亭杂录》卷二。

② 刘勰《文心雕龙·物色》。

第一，所谓“依依”是形容柳条柔长袅袅的状态。[①] 诗人描绘柳条的特征与送行时依依不舍的情景相互交融，是很形象的。宋祁《宋景文笔记》卷中说：“《诗》曰：‘萧萧马鸣，悠悠旆旌’，见整而静，颜之推爱之；‘杨柳依依’，‘雨雪霏霏’写物态，慰人情也，谢玄爱之。”宋祁认为“杨柳依依”写出送行时的人情，情景交融是对的。李商隐《赠柳》：“堤远意相随”，李嘉祐《自苏台至望亭驿怅然有作》：“远树依依如送客”，正是从这里演化而来的。然而，后人的效仿总不如《采薇》自然而又有韵致，袁枚《随园诗话》卷一赞美李商隐诗句“真写柳之魂魄”。钱锺书先生则认为：“此语乃自《诗经》‘杨柳依依’四字化出，添一‘意’字，便觉著力，写杨柳性态，无过《诗经》此四字者。”[②]

第二，“诗是作者心的投影”，然而，作者对事物的歌咏，无不以民族历史、传统习俗、生活方式、心理特点等庞大的民族文化为背景。例如屈原《九歌·东君》：“操余弧兮反沦降，援北斗兮酌桂浆。”这里作为酒器的北斗是指天上的北斗七星，大熊星座七颗星，金开诚先生说：“北斗星在中国人心目中被视为构成

① 柳在植物学上与杨同属杨柳科，全国分布，有许多品种，但作为中国文学意象指垂柳，属落叶乔木，其特征为小枝细长，下垂无毛，有光泽，叶矩圆形或条状披针形。李渔说：“柳贵乎垂，不垂则可无柳。柳条贵长，不长则无袅娜之致。”（《闲情偶记》）长长的柳条是依依惜别心情的外物化，又是送别时挥手致意的形象化。送别时心情是悲哀的，垂柳也是悲伤心情的外物化。〔美〕恩斯特、阿恩海姆说：“一棵垂柳之所以看上去是悲哀的，并不是因为它看上去像是一个悲哀的人，而是因为垂柳枝条的形状、方向和柔软性本身就传遍了一种被动下垂的表现性。”（《艺术与视知觉》）

② 钱锺书：《谈艺录》，中华书局，1984 年，第 220 页。

酒斗之形，所以称为‘北斗’；若在外国，它是被称为大熊星座，显然没法被视为饮酒的器具。”[①] 诗歌的民族性在“杨柳依依”中也得到充分的体现。诗中的柳，汉语读音与“留”相同，因此有暗含挽留行人的意思；柳树分布广，又易栽，送别时讲到柳，也有预祝行人像生命力很强的柳树，在他乡具有很强的适应性。褚人获说：“（柳）倒插枝栽，无不可活，絮入水亦化为苹；到处生理遂畅。送行折柳者，以人之去乡，正如木之离土，望其如柳之随处皆安耳。”[②] 最后一点是中国人具有的喜聚不喜散的民族心理，因而特别看重象征离别的杨柳。台湾著名学者罗宗涛先生说：“有人说：‘中国文学作品中最常见的树木是杨柳’，似有道理。杨柳是别离的象征，而中国人喜聚不喜散，最怕与亲人或朋友分开，但在人生的旅途中，不管是死别，生离或别离又是经常发生的，于是在我国诗中别离成为重要的主题。诗人笔下，经常出现依依的柳条，飘舞的柳絮，以及笛声呜咽的折杨柳曲。”[③]

由此，形成了折柳送别的民俗。《三辅黄图》说：“灞桥在长安东，跨水作桥，汉人送客至此桥，折柳赠别。”鱼玄机《折杨柳》：“朝朝送别泣花钿，折尽春风杨柳烟。愿得西山无树木，免教人作泪悬悬。”正是根据这种民俗背景而写的诗歌。后代诗人根据“杨柳依依”作为创作基因，写出许许多多情意缠绵各具特色的诗词作品，并由此形成了柳文学：

① 金开诚：《艺文丛谈》，北方出版社，1985年，第100—101页。

② 褚人获：《坚瓠续集》卷四。

③ 罗宗涛：《中国诗歌研究》，《中华文化丛书》，台北“中央文物供应社”，1985年，第334页。

刘禹锡《杨柳枝》：

城外春风吹酒旗，行人挥袂日西时。
长安陌上无穷树，唯有垂杨管别离。

李商隐《离亭赋得折杨柳》二首之一：

含烟惹雾每依依，万绪千条拂落晖。
为报行人休尽折，半留相送半迎归。

至于梁简文帝《送别》："岸柳拂舟垂。"晏殊《踏莎行》："垂杨只解惹春风，何曾系得行人住。"《西厢记·长亭送别》："柳丝长玉骢难系。"更是由此而作的神奇想象，从而创造出新的意境。

综上所述，我们可以清楚地看出，《采薇》一诗在我们民族诗歌史上具有不可忽视的地位，也说明了这样一个道理：新时代的诗人们应该研究我国最具民族特色的诗歌的创作经验，以利于创作出中国人民喜闻乐见的诗篇，也有利于为世界文化宝库提供应有的贡献。

下面谈谈《采薇》的时代问题。关于《采薇》的时代主要有以下两种说法：

（一）周文王时代说。《毛序》："遣戍役也。文王之时，西有昆夷之患，北有猃狁之难。以天子之命，命将率遣戍役、以守卫中国。故歌《采薇》以遣之，《出车》以劳还，《杕杜》以勤归也。"这一说法后人不大相信，主要理由是周文王为周代草创之时，不可能有如此成熟如此完整的诗歌。朱熹说："疑以未必文王之诗。"(《辨说》)程俊英先生说:"旧说是文王时遣送守边兵士出征的乐歌，但从诗的语言艺术风格看来，很像《国风》中的民歌，不像周初的作品。"(《诗经评注》,《采薇》题解)

(二)周懿王时代说。《鲁说》:"懿王之时，王室遂衰，诗人作刺。"《齐说》:"周懿王时，王室遂衰，戎狄交侵，暴虐中国，中国被其苦，诗人始作疾而歌之曰:'靡室靡家，猃允之故。岂不日戎，猃允孔棘。'" 今人程俊英先生和朱东润先生同意此说。朱东润先生说:"《汉书·匈奴传》说:'(周)懿王时，王室遂衰，戎狄交侵，暴虐中国。中国被其苦。诗人始作，疢而歌之曰:靡室靡家，猃允之故，岂不日戒，猃允孔棘。'其说当本于《齐诗》。……当以《汉书》之说为是。"(《中国文学作品选》,《采薇》题解)该说与诗意不符，因《采薇》根本不是讽刺诗，而且没其他旁证材料，故也很难成立。

我们赞同魏源、王国维的说法，认为是周宣王时代的作品，理由如下:

《毛诗序》认为作于文王时代固不足信，但讲到《采薇》《出车》和《杕杜》本是一组诗，则有一定的参考价值。特别是《采薇》和《出车》关系更为密切，现列表比较于下:

| 项目<br>篇名 | 赞颂统帅 | 抒发家国矛盾的心情 | 共同敌人 | 语言相似 |
|---|---|---|---|---|
| 采薇 | 彼路斯何?<br>君子之车。<br>×××<br>驾彼四牡，<br>四牡骙骙，<br>君子所依，<br>小人所腓。 | 靡室靡家，猃狁之故。不遑启居，猃狁之故。<br>×××<br>忧心烈烈载饥载渴。我戍未定，靡使归聘。 | 岂不日戒，<br>猃狁孔棘! | 昔我往矣，<br>杨柳依依;<br>今我来思。<br>雨雪霏霏。<br>×××<br>王室靡盬，<br>不遑启处。 |

**续表**

| 项目<br>篇名 | 赞颂统帅 | 抒发家国矛盾的心情 | 共同敌人 | 语言相似 |
|---|---|---|---|---|
| 出车 | 未见君子，<br>忧心忡忡<br>既见君子，<br>我心则降。<br>× × ×<br>赫赫南仲，<br>猃狁于襄。 | 王事多难，<br>维其棘矣，<br>忧心悄悄，<br>仆夫况瘁。<br>× × ×<br>王事多难，<br>不遑启居。<br>岂不怀归，<br>畏此简书。 | 赫赫南仲，<br>猃狁于襄。 | 昔我往矣，<br>黍稷方华；<br>今我来思，<br>雨雪载涂。<br>× × ×<br>王事多难，<br>不遑启居。 |

通过比较，以上两篇出自同一时代是不成问题的。那么，如果能够确定《出车》的时代，并作为参照系，《采薇》时代就可由此而确定下来了。《出车》歌颂的是主帅南仲，那么，南仲是何时人呢?

《汉书古今人物表》中文王时代无南仲，周宣王时代则有南仲，也作南中，列于上之下。《鲁说》："南仲，宣王时将。"（王先谦《诗三家义集疏》）

《后汉书·马融传》疏云："猃狁侵周，周宣王立中兴之功，是以赫赫南仲，载在周诗。"（《诗三家义集疏》）

王符《潜夫论·叙录》："蛮夷猾夏，古今所患。宣王中兴，南仲征还。"（《诗三家义集疏》）

王国维说："《出车》咏南仲伐猃狁之事，南仲亦见《大雅·常武》篇，然《汉书古今人物表》……《后汉书·庞参传》载马融上书皆以南仲为宣王时人，融且以为《出车》之南仲即《常武》之南仲矣。今焦山所藏《鄦惠鼎》云：'司徒南仲入右鄦惠。'其器称'九月既望甲戌'，有月日无年，无由知其何时之器，然文字不类周初，而与《召伯虎敦》相似，则南仲是宣王时人，《出车》亦宣王时诗也。征之古器，则凡纪玁狁事者，亦皆宣王时器，……由是观之，则周时用兵玁狁事，其见于书器者，大抵在宣王之世，而宣王以后即不见有玁狁事。”(《观堂集林·鬼方昆夷玁狁考》)

综上所述，《采薇》与《出车》一样，是周宣王时代的作品是肯定无疑的。

最后，谈谈对本诗结构的理解问题。《采薇》全诗六章，这六章的主要思想内容及其关系是怎样的呢？《郑笺》云：“我来戍止，而谓始反时也。上三章言戍役，次二章言将率之行。故此章重序其往反之时，极言其苦以说之。”这是根据《诗序》“遣戍役也”而认为前五章具体叙写出戍之事，最后一章是念归期之远，是在出戍中的想象之词。这样理解未尝不可，但扣不紧作品，应以方玉润的看法为依据，他说：“《小序》《集传》皆以为遣戍役而代其自言之作。唯姚氏谓戍役还归诗也，盖以诗中明言‘曰归曰归’及‘今我来思’等语，皆既归词，非方遣所能逆料者也。愚谓曰归，岁暮可以预计，而柳往雪来，断非逆睹。使当前好景亦可代言，则景必不真；景不真，诗亦何能动人乎？此诗之佳，全在末章；真情实景，感时伤事，别有深情，非可言喻，故曰‘莫知我哀’。不然，凯奏生还，乐矣，何哀之有耶？其前五章，不过追述出戍之故与在戍之形而已。”[①] 这就是说，该诗是返乡战士在途中所唱。第六章是实写，而前五章是在途中回忆出戍的往事，是倒叙，这是符合诗的实际的。这种写法与《卫风·氓》差不多，都曲折而富有情致，均可看出《诗经》结构之妙。

① 方玉润：《诗经原始》，中华书局，1986 年，第 341 页。

# 《诗经》心理审美化的艺术特征及其影响（上）

丹麦文学史家格奥尔格·勃兰兑斯说过："文学史就其最深刻的意义来说，是一种心理学，是研究人的灵魂，是灵魂的历史。"这是文学和心理学关系的最简要最直接的说明。这里我们需要补充两点，其一，艺术心理与普通心理有所不同。日常心理是个人心理，不带普遍性，而艺术心理则带有普遍性。日常心理采取直接宣泄的方式，而艺术心理则要求形式化、对象化。其二，常人和艺术家的心理有所不同，人们在日常生活中有着视而不见、听而不闻的习惯，而艺术家则具有敏锐的知觉能力，能把握和表达日常生活中的诗意。

《诗经》作为我国现实主义诗歌创作的源泉，诗人们以其敏锐的直觉能力，传达了先民各种情感和生活，并对后代产生深刻的影响。那么，《诗经》是怎样把先民们的心理和情感形式化和对象化，即审美化呢？本文试就这个问题做初步探讨。

## 一、利用重章复沓法，表现心理活动的动态性

一般说来，心理活动的动态性很难在短小的抒情诗中得到

恰当的表现，而《诗经》采用重章复沓的形式，在不变中求变化，从而把心理活动的发展变化艺术地显现出来。袁梅先生在分析《陈风·泽陂》时指出：“每章都运用比兴手法和迭章迭句，惟妙惟肖地描写一个青年对爱人相思的苦况层层递进，步步加深。……主人公先是哭泣，乃忧伤苦楚之状。但是，由于思而不见，无可奈何，继而转为沉默的抑郁，乃无声的哭泣，这比失声号啕更深沉，心理活动也更复杂，他在沉默中想得更多、更苦、更切。再进一步，又继之以辗转伏枕，这是被剪不断、推不开的思绪纠缠着、折磨着，翻来覆去，以至伏在枕上彻底不眠了。他不但伏枕，而且辗转，可以想见其哀苦怨旷，忧闷欲绝之情状。诗中描写人物心理活动，是多么细致，多么微妙。”[1] 这种相思的痛苦逐步加深，是通过首章的“涕泗滂沱”，第 2 章的“中心悁悁”和第 3 章的“辗转伏枕”而表现出来的。有人认为三章只是简单的重复，是没有从心理活动的角度去领会主人公内心细致变化的结果。有人认为《诗经》之所以采用重章复沓的形式是为了适应乐律的需要，显然是只知其一而不知其二。

《召南·摽有梅》是一首女子希望趁她年轻赶快成婚的诗，首章写的是，当树上的梅子还留有七成时，女子的心情是“求我庶士，迨其吉兮”！意思是“追求我的小伙子，不要错过好的时机”，这是从容等待的语气。2 章，当树上的梅子只留下三成时，女子的心情是“迨其今兮”，意思是成婚的吉日良辰在今天，毛《传》“今，急词也”，说明随着时间的推移，显出焦急的心情了。3 章，当落梅多的需要提筐来盛时，女子的心情是“迨其谓之”，意思是只说句话就行了，其急不可耐的心情跃然纸上。可见，该诗的立意是，树上的梅子越来越少，女子由此联想到自己青春的消逝，从而盼望成婚的心情越来越急切，这种心理上的变化也是通过三章的复沓而表现出来的。《南北朝乐府·地驱歌乐辞》：

驱羊入谷，白羊在前。老女不嫁，蹋地唤天。

立意相同，却缺少抒情主人公的心路历程的展示，其艺术感染力就逊色得多。

《郑风·将仲子》是首抒写在封建礼教压迫下的心理矛盾和痛苦的诗。什么矛盾呢？万云骏先生说：“这首诗反映姑娘内心‘怀’与‘畏’的矛盾，也就是以姑娘和‘仲’为一方，以父母、诸兄、国人为另一方的矛盾。”[2] 这种说法并不完全符合诗的实际，因为诗中的女子因害怕父母、诸兄和国人的闲言碎语，一再要求“仲”不要前来幽会。可见女子和“仲”并不一致，尽管女子深深地爱着“仲”。正确的说法是，女子处于以“仲”为一方，以父母、诸兄、国人为另一方的矛盾之中，处于内心矛盾的漩涡之中，从而展示心灵的辩证法，给人以心灵的震颤。① 然而这首诗的威力还在于内心矛盾的动态显现上。首章当“仲子”来“逾里”（古制二十五家为一里，“逾里”指来到女子所住的村落）时，女子所畏的只是父母；2 章当“仲子”逾墙（跨越院墙）时，所畏的

① 《诗经》许多诗篇采用展现自我意识的矛盾来展示抒情主人公的内心图景及情思是很成功的。《将仲子》是如此，《小雅·采薇》抒写卫国和思亲的矛盾也很真切动人。黑格尔说：“生命的力量，尤其是心灵的威力就在于本身设立矛盾，忍受矛盾，克服矛盾。”（《美学》第 1 卷）只有真切地展现心灵矛盾冲突，才能使人物的形象真实可信，有血有肉。所谓以“高、大、全”理论塑造的人物形象只能给人以拔高的、虚空的感觉，不足为训。

扩大到诸兄；3 章当仲子“逾园”（跨越园墙）时，所畏的则是邻里之人了。《诗经备注》指出：“仲来逾近，所畏逾广”，这就把内心矛盾的动态性揭示出来了。

## 二、选取典型的动作，表现微妙的心理活动

心理学家认为人的内心世界是“第二宇宙”，具有无比的丰富性。然而这个“宇宙”却是无形的，要表现它必须外物化。《诗经》的作者，深深懂得“人的心理状态总会自然地流露到表情和动作”上。因此，选取典型的动作表现其丰富、复杂的心理，成为《诗经》重要的艺术特征。《氓》是首弃妇诗，诗中女子回忆与氓恋爱时写道：

> 乘彼垝垣，以望复关。不见复关，泣涕涟涟；既见复关，载笑载言。

《传》：“垝，毁也。复关，君子之所近也。”所谓“垝垣”就是将要坍塌的高墙。于省吾先生《泽螺居诗经新证》认为毛《传》解释是错误的：“若曰毁垣，垣既毁未可方乘，乘之亦未可望复关也。”[①] 其实《毛传》解释是对的，那么为什么好墙不登，而偏偏写她登上快要倒塌的墙头呢？不顾生命危险，登上既高又险的墙头瞭望情人的到来，正是处于热恋中特定的心理状态的真切写照，正是这个典型环境中的典型动作，才活画出女子对爱情的狂

① 于省吾：《泽螺居诗经新证》，中华书局，1982 年，第 14 页。

热和急切等待情人的心情。1990年4月15日《文汇报》报道："本市（上海）一对男女青年在铁轨上谈恋爱，对火车鸣笛竟然充耳不闻，结果双双被压在车轮下，又死里逃生。"此新闻也可佐证，难怪有人称处于热恋的男女近似疯子，不懂得这种爱情心理是读不懂这首诗的。

《邶风·燕燕》是首卫君送妹妹出嫁的诗。在这首被王士祯誉为"万古送别之祖"的诗中，只写了一个"瞻望弗及，伫立以泣"的动作，好处是：第一，临别时应该是千叮咛万嘱咐，但诗中却一句话也没说，正反映着临别时的无限悲苦之情。所以钟惺说："深情苦境说不得，苦说得，又不苦矣。"第二，"瞻望弗及"是写以目力相送，直到看不见为止，就把依依惜别之情表达无遗了。宋人许顗说："《邶风·燕燕》真可以泣鬼神矣！张子野长短句：'眼力不如人，远上溪桥去'；东坡《与子由诗》云：'登高回首坡垅隔，惟见乌帽出复没'，皆远绍其意。"（《彦周诗话》）说明这种写法的影响是很深远的。李白《黄鹤楼送孟浩然之广陵》："孤帆远影碧空尽，唯见长江天际流"，张先《南乡子》词："春日一篙残照阔，遥遥，有个多情立画桥。"等等，也与《燕燕》血脉相连。而柳永《雨霖铃》"执手相看泪眼，竟无语凝噎"的写分别的名句，也与《邶风·击鼓》中的"执子之手，与子偕老"有着推陈出新的联系。至于用"辗转反侧"（《周南·关雎》）写因思慕心切而心绪不宁，用"搔首踟蹰"（《邶风·静女》）写因看不见前来约会的情人而焦急不安，"颠倒衣裳"（《齐风·东方未明》）写忙中出错的焦急心理，更是脍炙人口，广为传诵。

后代运用这种写法的有鲍照《行路难》："对案不能食，拔剑击柱长叹息。"辛弃疾《水龙吟》："把吴钩看了，栏杆拍遍，无人会，登临意。”(《登建康赏心亭》)用否定性的动作写心理也很成功。《卫风·伯兮》是一首有名的思妇诗：“自伯之东，首如飞蓬，岂无膏沐，谁适为容。”“首如飞蓬”四字就把因思念丈夫而心烦意乱的情绪淋漓尽致地表达了出来。方玉润指出：“宛然闺阁中语，汉魏诗多袭此调。”[3] 是的，徐干《室思》：“自君之出矣，明镜暗不治。”曹植《七哀诗》：“膏沐谁为容，明镜暗不治。”都是由此而来，但都不如《伯兮》真挚自然。学习得更好的还是李清照《凤凰台上忆吹箫》：“香冷金猊，被翻红浪，起来慵自梳头。任宝奁尘满，日上帘钩。”《周南·卷耳》也是怀念外出丈夫的诗：“采采卷耳，不盈顷筐，嗟我怀人，置彼周行。”《小雅·采绿》：“终朝采绿，不盈一掬。”也把怀人的深情写出来了，让我们仿佛看到抒情主人公那发呆的样子。

## 三、心理空间与心理时间

从物理学的角度讲，时间的长短，空间的大小都具有一定的客观性，不因人而异。然而由于人的感情的主观性，同一空间或时间的主观感觉并不一样。爱因斯坦说：“如果你在一个漂亮的姑娘身旁坐一个小时，你只觉得坐了片刻。反之，你如果坐在一个热火炉旁，片刻就像一小时。”同一个人，由于心情不同，对空间和时间的感觉也不同。唐诗人孟郊在失意时写道：“出门即有碍，谁谓天地宽？”(《送崔纯亮》)而在中举之后则写道：“春风得意马蹄疾，一日看尽长安花。”(《登科后》)因此借用心理空间和心理时间来表现特定的心理状态不失为一种好的艺术方法，而这种艺术方法则是由《诗经》开创的。《小雅·节南山》是首充满忧患意识的诗，诗中写道："驾彼四牡，四牡项领。我瞻四方，蹙蹙靡所骋。"天地本来是宽广无边，但在作者看来却是局促狭小，无处可以自由驰骋。《小雅·正月》："谓天盖高，不敢不局（局，卷曲着身子）；谓地盖厚，不敢不蹐（用最小的脚步走）。"意思是：我们说这天是很高的，可我不敢不弯腰；我们说这地是很厚的，可我不敢不轻步行走。这就形象地反映了诗人特定境遇下的痛苦之情，同时也把当时国家混乱，民不聊生的状况呈现出来。左思《咏史》诗第八首："落落穷巷士，抱影守空庐。出门无通路，枳棘塞通途。"李白《行路难》："大道如青天，我独不得出。"等正是从这里演化而来的。值得一提的是，这种写法还影响到海外。如日本万叶时代著名诗人山上忆良的《贫穷问答歌》："虽云天地广，何以我却狭偏，虽云日月明？何以照我天无焰！"

《郑风·东门之墠》："东门之墠（土坛），茹藘（茜草）在阪。其室则迩，其人甚远。"为什么情人住得很近而觉得很远呢？朱熹《诗集传》："室近人远者，思之而未得见之词也。"说明诗人正是运用了心理空间的描写表现对情人的相思之情。元代杂剧作家王实甫也很懂得其中的奥妙。《西厢记》第二本第一折〔混江龙〕曲："系春心情短柳丝长，隔花阴人远天涯近。"第二本第四折〔绵搭絮〕："疏帘雨细，幽室灯清。那只是一层儿红纸，几榥儿疏棂，兀的不是隔着云山几千重？"写张生相思之苦，更为形象。《王风·采葛》则是一首用心理时间写相思之苦的好例："一日不见，如隔三秋。"至今仍活跃在人们的口头。

综上所述，我们可以得出以下两个结论：其一，心理时间和心理空间的描写，实质上是人主观感受上的错觉。作家正是凭借这种主体感受客体而发生的情感错觉写出许多优秀的诗歌，傅玄《杂诗三首》之一：“志士惜日短，愁人知夜长。”张华《情诗》：“居欢惜夜短，在戚怨宵长。”陶渊明《饮酒诗》之五：“结庐在人境，而无车马喧。问君何能尔，心远地自偏。”也是利用这种艺术手法写成的好诗。其二，以往我们把文学定义为“客观世界的如实反映”看来是不全面的，因它忽视了心理世界与物理世界的区别，而犯了机械唯物论的错误。

## 四、比喻与衬托和阻塞原则

亚里士多德曾说，比喻是天才的标识。《诗经》中许多新颖、形象的比喻反映了先民们的智慧与创造力。《周南·桃夭》：“桃之夭夭，灼灼其华（花），之子于归，宜其室家。”王宗石《诗经分类诠释》是这样题解的：“是一篇祝贺少女出嫁的诗。以桃花比喻少女的美，以果实、枝叶的繁茂喻其子孙家族的昌盛，为自古有名的诗篇。”因此，有人把《桃夭》誉为“千古咏美人之祖”。这首诗篇使我们想起一位哲人的名言：“第一个把美人比喻作花的人是天才，第二个人则是庸才，第三人简直就是笨蛋。”《诗经》在心理世界审美化方面也广泛地运用了比喻，《小雅·小弁》：“我心忧伤，惄焉（忧愁的样子）如捣。”一个“捣”字描绘了悲痛欲绝的情状，钱锺书在《管锥编》中誉之为：“可称惊心动魄，一字千金。”[4]《小雅·小弁》：“战战兢兢，如临深渊，如履薄冰。”已成为人们常用的俗语。《诗经》用反比也很成功。《小雅·何草不黄》：“匪兕匪虎，率（循着）彼旷野。哀我征夫，朝夕不暇。”写征夫终年在外行役，其行踪与栖息之地犹如野兽，其心情既有哀伤，也有不满，是很形象真切的，前人抨之为“语愈危苦”也很恰当。

值得一提的是，《诗经》开创了“博喻”的先河。所谓“博喻”是用三个以上的比喻对某一事物或心理状态进行多侧面多层次的描绘，从而显示某一事物或心理状态的立体感。《小雅·斯干》“如跂斯翼，如矢斯棘，如鸟斯革，如翚斯飞”这四句是描绘周王宫的壮丽及其结构特征的。袁愈荽《诗经全译》译为：“如人企立足跟稳，如箭急射镞有棱，如鸟翱翔展翅膀，如雉奋飞五彩新。”诗人用四个比喻描绘周王宫室飞动之美是很形象的，这种屋角反翘，甍宇翚(野鸡)飞的形貌可以减弱屋顶给人的那种沉重感，从而产生一种既稳重又飞动的美感。著名美学家宗白华就指出：“作为中国艺术重要美学特征的飞动之美，正是从周宣王时代的《斯干》开始的。”[5] 如果从心理艺术表现的角度讲，《邶风·柏舟》则是博喻的好例，该诗是首抒写一位女子与意中人矢志相爱，却遭到父母、兄弟干涉阻挠，难以实现其美好生活理想的情歌。诗中“我心匪(非)鉴(镜子)，不可茹(容纳，指镜子什么人都可以照)也，我心匪石，不可转也；我心匪席，不可卷也”，连用镜子、石头、席子三个意象表达对爱情的专一，收到良好的效果。《诗经》的博喻对后代文学创作有较大影响，诸子散文中为了加强理论的说服力，多用博喻的方法。苏轼《百步洪》诗写洪波冲泻一段，四句里连用七个比喻，各极其态，笔墨淋漓恣肆，蔚为壮观。[①]

此外，《诗经》用衬托的手法描写心理也很成功。《桧风·隰有苌楚》是一首乱离之世的愁苦之音。诗人尽力描绘洼地上景物的美好，羊桃树青枝绿叶，摇曳多姿。然后笔锋一转，发出人生不如草木的浩叹。朱熹说："政烦赋重，人不堪其苦，叹其不如草木之无知无忧也。"这种反衬法已为后代作家所借鉴，写出许多情感浓郁的名句，唐代诗人鲍溶《秋思》："我忧长于生，安得及草木？"《红楼梦》第113回紫鹃道："算来竟不如草木石头，无知无觉，倒也心中干净。"衬托手法分两种，《隰有苌楚》属反衬，即用两种相反事物进行衬托，使其更加显明。而《诗经》的正衬也用得很出色。《邶风·谷风》是首著名的弃妇诗，当抒情女主人公被男人抛弃时，她悲愤地唱道："谁谓荼苦，其甘如荠。"

① 百步洪在徐州东南二里，昔日悬流湍急，乱石激涛，最为壮观。原诗是："长洪斗（陡）落生跳波，轻舟南下如投梭。水师绝叫凫雁起，乱石一线争磋磨，有如兔走鹰隼落，骏马下注千丈坡。断弦离柱箭脱手，飞电过隙珠翻荷。"后四句是"博喻"，形容水波有如狡兔的疾走、鹰隼的猛落，又如骏马奔下千丈的险坡，这轻舟如断弦离柱，如飞箭脱手，如飞电过隙，如荷叶上跳跃的水珠。四句七个比喻把百步洪迅猛的水势以及船在波涛上动荡的情景，渲染得有声有势，十分传神。

在我们评述用比喻能使心理审美化的同时，我们还应提及《诗经》用赋法所取得的艺术效果。《王风·兔爰》是首抒写小民们在现实压迫下的痛苦呻的诗："我生之初，尚无造（指劳役），我生之后，逢此百忧，尚寐无觉。"诗人愿意长眠不醒，这是对生活的绝望，对现实的控诉，纯用赋法，却"语直而情切"。这种写法使我们想起米开朗琪罗在他的著名雕塑《夜》的座子上刻的诗："只要世上还有苦难和羞辱，睡眠便是甜蜜的。要能成为顽石，那就更好。一无所见，一无所感，便是我的福气。因此，别惊醒我。啊！说话轻些吧！"

荼，苦菜；荠，一种有甜味的蔬菜。意思是，荼菜虽苦，但和我内心之苦相比，它却像荠菜那样甜。贾岛《渡桑乾》："客舍并州已十霜，归心日夜忆咸阳。无端更渡桑乾水，却望并州是故乡。"思念并州正是为了衬托对故乡的思念之情。可见正衬艺术也是具有相当强的表现力的。

从心理美学的角度讲，抑止和反衬都属于逆向强化（正衬属于顺向强化），都是强化情感的一个很有力的手段。抑止也称为"阻塞原则"。西方美学家李普斯在《美学和美的方式》中说："当命运受到遏抑、障碍、隔断时，人们的心理活动受到堵塞，从而对堵塞前的往事更加眷念。这种眷念有更大的强度和逼人性。"①阻塞原则之所以有强化情感的心理力量就好像把浩荡的长江拦腰截断，筑起堤坝，水势越蓄越足，势不可挡，甚至可以发电。《诗经》时代的诗人们是很聪明的，深深懂得阻塞原则的妙用，《秦风·蒹葭》就是一个好例。诗人把心爱的"伊人"置于在水一方，可望而不可即。正是这水的阻塞，增加了思慕之情。清人陈启源说："夫悦之必求之，然惟可见而不可求，则慕悦益至。"

---

① 阻塞原则在美学上表现为间隔美。宗白华先生说："美感的养成在于能空，对物象造成距离，使自己不沾不滞，物象得以孤立绝缘，自成境界：舞台的帘幕，图画的框廓，雕像的石座，建筑的台阶、栏杆，诗的节奏、韵脚，从窗户看山水，黑夜笼罩下的灯火街市，明月下的幽淡小景，都是在距离化、间隔化条件下诞生的美景。"（《美学与意境》）为了说明间隔之美，宗先生借用古代女子郭六芳《舟还长沙》诗加以说明："侬家家住两湖东，十二珠帘夕照红。今日忽从江上望，始知家在画图中。"家乡的画图之美是由于江的间隔形成的。同理，《蒹葭》中"伊人"之美以及全诗境界之美，都与"在水一方"所造成的间隔相关。

(《毛诗稽古篇·附录》)一语道出了诗人的良苦创作用心。后人应用这个法则的有欧阳修《踏莎行》:“楼高莫近危栏，平芜尽处是春山，行人更在春山外。”范仲淹《苏幕遮》:“山映斜阳天接水，芳草无情，更在斜阳外。”张潮《江南行》:“茨孤叶烂别西湾，莲子花开犹未还。妾梦不离江上水，人传郎在凤凰山。”等，都是借用山水的阻隔来增加思念力度的。

### 五、移情与快适度

所谓“移情”说，是指美感的产生是在审美时，人们把自己的情感投射到审美对象上去，或者是设身处地地与审美对象融为一体，达到物我同一。移情说是由 19 世纪德国美学家里普斯等人提出来的，但其应用早在《诗经》时代就已出现了。《邶风·静女》:“自牧归(馈赠)荑(茅草)，洵美且异。匪女之为美，美人之贻。”山地里的茅草非常普通，为什么抒情主人公那么喜欢它呢？朱熹《诗集传》:“然非此荑之为美，特以美人之所赠，故其物亦美耳。”正是这种移情艺术，才把热恋的心理描绘得那么真切动人。《召南·甘棠》运用移情手法也很成功。相传召伯曾在甘棠树下听狱断案，持正秉公。后人爱屋及乌，对那棵甘棠树有着一份爱惜之心:

> 蔽芾(枝叶茂盛的样子)甘棠，勿剪勿伐，召伯所茇(bá 拔，居住)。

诗中的移情法确能充分地表达出对召伯的怀念之情，所以吴闿生《诗义会通》称之为“千古去思之祖”。杜甫《古柏行》写对诸葛亮的敬慕之情，辛弃疾《浣溪沙》写对友人的怀念也用此法。①

在日常生活中，有一个“度”的问题，天气炎热到有空调的地方感到很舒服，如果空调温度开得很低便感到冻得慌。用老头乐抓痒，用力太轻不管用；用力太重会把皮抓破。在艺术表现上也有一个“度”的问题，艺术心理学称之为“快适度”。这个问题很重要，它把情感的艺术表现与自然表现区别开来。正如美国符号学美学家苏珊·朗格所说：“一个孩子嚎啕大哭时的表现比一个艺术家歌唱的情感表现不知强烈多少倍。但又有谁愿意花钱到剧院去欣赏一个孩子的嚎啕呢？”[6]《诗经》已注意到这个问题，《周南·关雎》是首青年男子思念情人的诗，写思念之痛苦只用“辗转反侧”来形容；写爱情的欢乐只用“钟鼓乐之”“琴瑟友之”来描绘，不过火又不太瘟，恰到好处。难怪孔子评之为“《关雎》乐而不淫，哀而不伤”，体现了中庸之美。

那么，怎么才能做好快适度呢？关键是要注意情感两极的动态平衡。古罗马文艺理论家郎加纳斯指出：“那些巨大激烈的情感，如果没有理智的控制而任其为自己盲目的轻率的冲动所操纵，那就会像一只没有了压舱石而漂流不定的船那样陷入危险。它们每每需要鞭子，但也需要缰绳。”[7]鞭子比喻情感的抒发，缰绳比喻情感的控制在“快适度”的范围之内。这种方法不仅适用于诗歌创作，对其他艺术形式也同样适用。著名画家黄宾

① 杜甫《古柏行》：“君臣已与时际会，树木犹为人爱惜。”辛弃疾《浣溪沙》：“自笑好山如好色，只今怀树更怀人。”

虹说："落笔应无往不复，无垂不缩"，"纵游山水间，既要有天马腾空之劲，也要有老僧补衲之沉静"。说明绘画也要讲究两极的动态平衡。有一位画家曾经把绘画和书法的用笔比作是一辆从高坡上冲下来的载重板车。这时，推车的人不是把车推向前，而是向后拉，让它一步一步放下来。这种运笔法讲求在车的下冲力与推车人之拉力的对立统一中达到动态平衡。[8] 懂得这个奥秘对我们的创作与欣赏都将有莫大的好处。

## 六、几点体会

第一，从人类心理发展的历史看，人类早期只能表达低级的感官感受，尔后才能表达复杂的心理经验；只能表达简单的心理活动，尔后才能表达微妙的感情。然而《诗经》的心理世界审美化却达到了"使人惊奇的成熟地步"。它充分说明我们中华民族是早熟的民族，对人类早期文明做过卓越的贡献。《诗经》是值得我们引为自豪的。《诗经》的时代，是中国历史大写的"人"首次站立起来的伟大时代，诗作中所传达的对人的尊严的维护，对爱情的自由追求，对亲情、友情的钟爱，都是这个时代的艺术折光。黑格尔在《历史哲学》一书中说："中国人从来都把自己看作最卑贱的，自信生下来是专给皇帝拉车的。"这恰恰违反了中国历史的实际，其荒谬是显而易见的。

第二，《诗经》是我国文学史上第一部诗歌总集，是至今可见的我国诗歌创作的原始形态。然而在审美化的方式上却具有高度的技巧和复杂繁多的表现形式，甚至是当代流行的意识流手法在《诗经》中的《氓》《采薇》《东山》等篇中早已运用，它们都采用了以思绪为核心的时序颠倒、时空倒错的艺术手法。由此可见,《诗经》对我国审美心理世界的开拓是多方面的。然而我们对《诗经》这一方面的研究仍然是个薄弱环节,人们光停留在现实主义和赋、比、兴艺术手法的层面上是远远不够的,需要鼓起勇气,辛苦耕耘,开拓艺术研究的新局面、新空间。

第三,《诗经》研究已有2000多年的历史,积累了极其丰富的资料和研究成果。时至今日,如何把研究引向深入,已成为学界共同关心的话题。不可讳言,我们过去的研究大多着重于外部研究(有一篇借助《诗经》看夏、商、周对我国西部开发的论文就很典型)而忽视文本的内部研究,对《诗经》的心理及其审美化的研究更是少之又少。因此,“向内转”应该是今后《诗经》研究的主攻方向。相传范文澜有两句诗:“板凳要坐十年冷,文章不著一字空。”让我们戒掉虚荒浮躁的习气,发扬坐冷板凳的精神,努力奋进吧!艰难的学术之旅如歌如诗,它定会给我们的学术及本身带来幸福的补偿。

**参考文献**

[1] 袁梅 . 诗经译注(国风部分)[M]. 济南:齐鲁书社,1980.
[2] 万云骏 . 诗词曲欣赏论稿 [M]. 北京:中国社会科学出版社,1986.
[3] 方玉润 . 诗经原始 [M]. 北京:中华书局,1986.
[4] 钱锺书 . 管锥编 [M]. 北京:中华书局,1978.
[5] 宗白华 . 美学与意境 [M]. 北京:人民文学出版社,1987.
[6] 滕守尧 . 审美心理描述 [M]. 北京:中国社会科学出版社,1987.
[7] 西方文论选(上册)[M]. 上海:上海译文出版社,1979.
[8] 金开诚 . 艺文丛谈 [M]. 北京:北京出版社,1985.

# 《诗经》心理审美化的艺术特征及其影响（下）

《诗经》作为我国现实主义创作的源头，以具敏锐的艺术知觉，传达了先民们的情感与生活，并对后代产生了深远的影响，那么《诗经》是怎样把先民的情感艺术化即审美化呢？本文试就这个问题再做一探讨。

## 一、内心矛盾的艺术展现

辩证法认为，人的内心世界是充满着矛盾运动的，每一个活生生的人，他自身总要进行新与旧，正确与错误，感情与理智的斗争。任何作品，如果不去揭示人物精神世界的复杂性，艺术形象往往苍白无力，不真实可信。所以苏联名作家阿·托尔斯泰说："只有当这种针锋相对的矛盾在一个虚构的人物身上冲突起来的时候，才可以把悲剧的幕布揭开。"远在2700多年前，《诗经》在心理审美化的过程中，就真实地再现了充满矛盾的内心世界。《小雅·采薇》是周宣王时代，一位参加反击猃狁（即后来的匈奴）侵暴中原的战争的普通士兵所写的诗：

> 靡室靡家，猃狁之故，不遑启居，猃狁之故。忧心烈烈，载饥载渴。我戍未定，靡使归聘。……岂敢定居？一月三捷。岂不日戒，猃狁孔棘。

诗人非常热爱和平幸福的生活，对家中亲人也非常思念，他把战争所带来的痛苦清醒地记在民族敌人的账上，并用夺取胜利的豪气来冲淡思念所带来的悲伤。诗歌正是在家与国、个人与社会的矛盾斗争中，展现心灵深处的搏斗，并在斗争中完成爱国精神的升华。《郑风·将仲子》在展现人物内心矛盾斗争方面，更显复杂和深刻，全诗 3 章，只录 1 章：

> 将仲子兮，无逾我里，无折我树杞。岂敢爱之，畏我父母，仲可怀也，父母之言亦可畏也。

该诗是春秋时期流行于郑国（今河南新郑一带）的民间情歌，抒写了在封建礼教氛围中，一位女子矛盾复杂的爱情心理。什么矛盾呢？万云骏先生说："这首诗反映了姑娘内心'怀'与'畏'的矛盾，也就是以姑娘和'仲'为一方，以父母、诸兄、国人为另一方的矛盾。"[1] 这种说法并不完全符合诗的实际，因为诗中的女子因害怕父母、诸兄和国人的责骂和流言，一再要求"仲"不要贸然前来约会，可见"女子"和"仲"并不一致。正确的说法应该是女子处于以"仲"为一方，以父母、诸兄和国人为一方的矛盾之中，矛盾的中介则是：杞·桑·檀。示图如右：

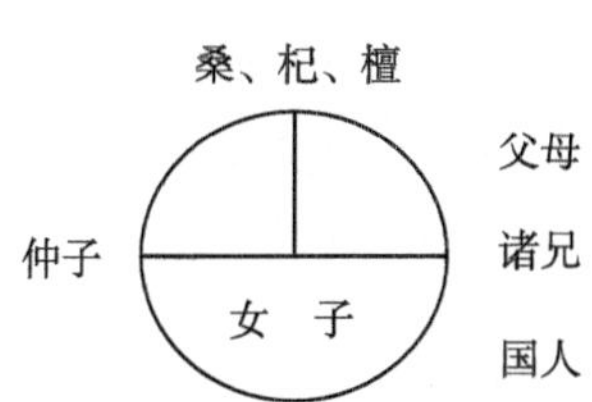

其心路历程，正如林兴宅所说："首先，她站在仲子的对立面，保护杞、桑、檀；继而她又否定了对杞、桑、檀的爱护，而表露她对父母、诸兄、邻人的畏恐。这样，他的感情经历了'之'字形的波折之后，就陷入了无法挣脱的激烈冲突的漩涡。"[①]

这是一幕表现内心冲突的心灵剧作，表现了内在感情动力与外在社会理性规范的冲突，具有动人心魄的震撼力，是那种公式化、概念化的作品难以望其项背的。

可喜的是，这种艺术传统在后代得到了发扬光大。《离骚》中"余固知謇謇之为患兮，忍而不能舍也"就深刻揭示了屈原忠言直谏的思想斗争过程。[②] 在恶劣的政治形势下，诗人"长太息以掩涕兮，哀民生之多艰"，坚决表示"亦余心之所善兮，虽九死其犹未悔"，这种崇高的悲剧个性，使我们联想起西方悲剧之父埃斯库罗斯《普罗米修斯被缚》中的诗句：

> 我不会用自己的痛苦，去换取奴隶的服役。我宁愿被缚住在崖石上，也不愿作宙斯的奴隶。

人们读白居易的《卖炭翁》，对卖炭翁的遭遇给予深切的同情。诗中"可怜身上衣正单，心忧炭贱愿天寒"成为千古名句，

---

① 林兴宅：《艺术魅力的探寻》，四川人民出版社，1985 年。林兴宅说"最后又以对仲子的爱恋对抗对父母、诸兄、邻人的畏恐"并不准确，"仲可怀也，父母之言亦可畏也"，女子对"仲子"的爱与对父母的恐惧是并列的，从而陷入无所适从的矛盾中，而不是以对仲子的爱来对抗父母的责难。

② 这句话的意思是，"我很清楚地知道，继续向楚王忠言直谏，将面临灭顶之灾，然而为楚国的利益，我将坚持操守，绝不退缩"。

正是真切地描写了卖炭翁身上穿着单薄的衣裳却希望天气寒冷的悖论。黑格尔说:“生命的力量,尤其是心灵的威力,就在于本身设立矛盾,忍受矛盾和克服矛盾。”[2]这就说明了一条重要的艺术规律:在艺术作品中,唯有努力表现人物内心世界的矛盾,才能生气勃勃,具有感人的力量。内心世界审美化的过程,就是艺术地再现充满矛盾的人的内心世界的过程。

## 二、黄昏与思念

《王风·君子于役》是一首一位妇女思念久役在外的丈夫的诗。全诗2章,只录1章:

> 君子于役,不知其期。曷至哉?鸡栖于埘,日之夕矣,羊牛下来。君子于役,如之何勿思。

这首名诗前人对其评论很多,贺贻孙《诗筏》评论道:“‘苟无饥渴’,浅而有味。闺阁中人不能深知栉风沐雨之劳,所念饥渴而已。此句不言思而思已切矣。”(“苟无饥渴”是第2章的诗句)说明该诗在生存之最根本处抒写思念,确实深切动人。今人扬之水《诗经别裁》评论道:“《诗》常在风中雨中写思,《君子于役》却不是,甚至通常的‘兴’和‘比’也都没有,它只是用了它不着色泽的极简极净的文字,在一片安宁中写思。”[3]也很有道理。然而,该诗的最大特色是选择了黄昏时刻写思念这一独特视角。方玉润《诗经原始》评论道:“傍晚怀人,真情实境,描写如画。晋、唐田家诸诗,恐无此真实自然。”[4]许瑶光在《雪门诗抄·再读诗经二十四首》中更是用诗的形式揭示其黄昏与思念的关系：

> 鸡栖于桀下牛羊，饥渴萦怀对夕阳。已启唐人闺怨句，最难消遣是昏黄。

许瑶光指出诗中黄昏与思念的逻辑联系是对的，但他说“已启唐人闺怨句”并不准确。西汉司马相如为失宠的陈皇后写的《长门赋》，就有“日黄昏而望绝兮，怅独托于空堂”的描写。西晋潘安仁《寡妇赋》：

> 时暖暖而向昏兮，日杳杳而西匿。雀群飞而赴楹兮，鸡登栖而敛翼。归空馆而自怜兮，抚衾裯而叹息。

到了唐宋，学习的更多，李白《菩萨蛮》：“暝色入高楼，有人楼上愁。”李清照《声声慢》：“梧桐更兼细雨，到黄昏点点滴滴，这次第，怎一个愁字了得。”辛弃疾《满江红》：“芳草不迷行客路，垂杨只碍离人目。最苦是，立尽月黄昏，栏杆曲。”他们都是把借鉴和创造结合起来，从而丰富了诗坛中的百花园。有趣的是，这种艺术视角，外国也有。马克思所收集的19世纪无名诗人的诗歌中，有首《给爱人》的短诗：

> 明亮的热闹的白昼刚刚静息，黑夜的阴影又在大地上降临。黑夜的忧愁紧紧压住我的心，我爱人这时在做什么？

需要提及的是，我们明了黄昏与思念的逻辑关系，对我们理解诗歌的内在构思有着重要的帮助。被人们誉为“秋思之祖”“纯属天籁”的《天净沙·秋思》广为传诵，但人们并不知道马致远在小曲中的构思之妙。如果我们懂得黄昏与思念的关系，读这首曲子将会有更深切的领悟。请看首句“枯藤、老树、昏鸦”，由3个词组合的画面，“昏鸦”是画面的中心点，其用意是说：夕阳西下的时候，荒野上的乌鸦有归宿，而我这个漂泊者连乌鸦都不如。第二句“小桥、流水、人家”，诗人用优美的笔调描绘出幽静而美丽的山村景象，画面的中心是“人家”，意思是说，在这黄昏的时候，山村的“人家”正在吃晚餐，享尽天伦之乐，而我这个游子却有家难归啊！我们只有懂得这一层意思，才懂得“断肠人在天涯”的具体情思。①

## 三、月亮与怀念

《陈风·月出》是首描写月下怀念美人的爱情诗，全诗3章，只选1章：

---

① 马致远《天净沙·秋思》全文是：“枯藤老树昏鸦，小桥流水人家，古道西风瘦马。夕阳西下，断肠人在天涯。”“夕阳”是点明时间，又是全曲的基本点，古道西风瘦马三者的中心是“瘦马”，言外之意是，在外奔波久了，以至于马都瘦了，那么骑在马上的人一定非常消瘦、憔悴。白朴也有一首《天净沙·秋》：“孤村落日残霞，轻烟老树寒鸦，一点飞鸿影下。青山绿水，百草红叶黄花。”也写秋，也写黄昏，而且也写得很美。青、绿、红、白、黄、写出秋天绚丽多彩的色调，但因没抓住黄昏与思念的逻辑联系，就使该散曲停留在较低层次上。

月出皎兮，佼人僚兮，舒窈纠兮。劳心悄兮！

郑振铎《插图中国文学史》指出："《陈风》里，情诗虽不多，却都是很好的。像《月出》与《东门之枌》，其情调的幽隽可爱，大似在朦胧的黄昏光中，听梵婀玲的独奏，又如在月光皎白的夏夜，听长笛的曼奏。"那么，这首形象极其单纯的小诗为什么能够收到如此美妙的艺术效果呢？

第一，纯真的爱情充满幻想和情趣，它跟美妙的月光一样，令人陶醉，正如英国诗人汤姆逊在《葡萄树》一诗中所唱："音乐就是爱情的酒浆，爱情的欢乐就是歌唱。"

第二，大自然的景物中，月亮是富有浪漫色彩而令人喜爱的。每当晚霞西逝，月亮就冉冉升起，用它的柔和之光，给人们带来良辰美景。它圆润而晶莹地高悬夜空，又是那么令人神往。诗人以他敏锐的审美知觉，捕捉了大自然这一美景。在诗的开头，就给人们描绘出一具开阔而空灵的画面。诗人有意把美人安排在月光下，月光与美人相互映衬，俊美的秀容融入清辉的月色之中，使美人增加一层神秘感，具有一种朦胧状态的美。浙江民谚"月光下看老婆，越看越漂亮；露水里看庄稼，越看越喜欢"说的就是这个道理。拜伦有一首咏威莫特·霍顿夫人的诗，叫《她走在美的光影里》：

她走在美妙的光影里，好像无云的夜空，繁星闪烁；明与暗的最美的形象，交会于她的容颜和眼波，融成一片恬淡的清光——浓艳的白日得不到的恩泽。多一道阴影，少一缕光芒，都会损害那难言的优美；美在她绺绺黑发上飘荡，在

> 她的腮颊上洒布柔辉；愉悦的思想在那儿颂扬，这神圣的寓所纯洁、高贵。

拜伦这首诗也是把美人放在月光之下加以描绘，可作为《月出》的最好注脚。宋代词人晏几道《临江仙》："当时明月夜，曾照彩云归。"也是把心爱的彩云放在月光的背景下，传达出依依惜别之情。李煜《玉楼春》："归时休放烛光红，待踏马蹄清夜月。"也是使用同样的手法。

著名美学家宗白华曾经赞美"月亮是大艺术家"，并用明人张大复在他《梅花草堂笔谈》中的一段话加以印证：

> 邵茂齐有言，天上月色能够移世界，果然！故夫山石泉涧，梵刹园亭，屋庐竹树，种种常见之物，月照之则深，蒙之则净，金碧之彩，披之则醇，惨悴之容，承之则奇，浅深浓淡之色，按之望之，则屡易而不可了。以至河山大地，邈若皇古，犬吠松涛，远于岩谷，草生木长，闲如坐卧，人在月下，亦尝忘我之为我也。今夜严叔向，置酒破山僧舍，起步庭中，幽华可爱，旦视之，酱盎纷然，瓦石布地而已。[①]

该文记述得清楚，有了月色，世界真美，否则，"瓦石布地而已"。从这个意义讲，《月出》的作者是我国文学史上发现"月亮是大艺术家"的第一人。

① 宗白华：《美学散步》，上海人民出版社，1981年，第20页。所谓"移世界"，指改变客观世界的形象，使它成为美的对象。

从以上分析，可以得出这样一条创作美学规律：利用光影的若明若暗，可以产生或增加艺术对象的美。钱锺书先生曾经指出：

古罗马诗人马提雅尔尝观赏“葡萄在玻璃㨹幪（罩）中，有蔽障而不为所隐匿，犹纱縠内妇体掩映，澄水下石子历历可数”。十七世纪英国诗人赫克里《水晶中莲花》一首发挥此意尤酣畅，历举方孔纱下玫瑰，玻璃杯内葡萄，清泉底琥珀，纨素中妇体，而归宿于“光影若明若昧”之足以添媚增姿。[5]

从《诗经》中学习活鲜的生动美学，正是我们所期待的。保加利亚学者瓦西列夫说：“爱情是作为男女关系上一种特殊审美感而发展起来的。爱情创造了美，使人对美的领悟能力敏锐起来，促进了对世界的艺术化的认识。”[6]《陈风·月出》的成功再次印证了这一真理。

## 四、关于“咏美人之祖”

《卫风·硕人》是首卫人赞美卫庄公夫人庄姜的诗，第 2 章对庄姜的仪容做了精彩的描绘：

手如柔荑，肤如凝脂，领如蝤蛴，齿如瓠犀，螓首蛾眉，巧笑倩兮，美目盼兮。

这一章被后人誉为“咏美人之祖”，在美学上具有重要价值：

第一，春秋以前，由于劳动和繁殖人口的需要，对女子人体美的要求是高大粗壮，这种审美观春秋时代中原地区仍然存在，但从赞美“手如柔荑”和“肤如凝脂”看，人们的审美观已由欣赏女性的高大粗壮转向欣赏女性的柔性之美，劳动的实用价值让位于纯审美价值。

第二，黑格尔说：“眼睛是最能充分流露灵魂的器官，是内心生活和情感主动性的集中点。”[2] 诗中的前5句纯属形体美的描写，正因为有“巧笑倩兮，美目盼兮”的描写，才把庄姜写活了。宗白华说：“前五句堆满了形象，非常‘实’，是‘错采镂金，雕绘满眼’的工笔画；后二句是白描，是不可捉摸的笑，是空灵，是‘虚’。这两句不用比喻的白描，使前面五句形象活跃起来了，没有这两句，前面五句可以使人感到是一个庙里的观音菩萨，有了这二句，就完成了一个如‘初发芙蓉，自然可爱’的美人形象了。”①

庄姜为什么能够让人觉得活灵活现呢？关键在“化美为媚”。拉辛在《拉奥孔》中说：“诗想在描绘物体美时能和艺术争胜，还可用另一种方法，那就是化美为媚。媚就是在动态中的美……阿尔契娜（奥维德《情诗集》中主人公）的形象到现在还能令人欣喜和感动，就全在她的媚。她那双眼睛所留下的印象不在黑和热

① 见宗白华《美学散步》，宗白华还说：“古代诗人随手牵来的这两句诗，却使孔子以前的中国美人如同在我们眼面前。达·芬奇用了四年工夫画出蒙娜丽莎美目巧笑，在该画初完成时，当也能给予同样新鲜生动的感受。现在我却觉得我们古人这两句诗仍然是千古如新，而油画受了时间的侵蚀，后人的修补，已只能令人在想象里追寻旧影了。我曾经坐在原油画前默默领略了一小时，口里念着我们古人的诗句，觉得诗启发了画中的意象，画给予诗以具体形象。诗画交辉，意境丰满，各不相下，各有千秋。”

烈，而在它们娴雅地左顾右盼，秋波流转。”[7] 白居易《长恨歌》“回眸一笑百媚生，六宫粉黛无颜色”，正是从“巧笑倩兮，美目盼兮”而来的。

第三，扬之水《诗经别裁》说：“《硕人》是《诗》中写女子写得最美的一篇，却又是最无情思的一篇。”这种看法是值得商榷的。明人钟惺说：“‘巧笑’二句画美人，不在形体，要得其性情。此章前五句犹状其形体之妙，后二句并其性情外写出笑。”写出性情即写出情思，试想一下，卫庄姜在卫人面前笑容可掬，不就表现出作为国君夫人的平易近人，和蔼可亲吗？卫人用最美的笔活画出庄姜的美，不就表现出卫人对这位国君夫人的好感吗？①

## 五、贫贱相依，富贵见弃的问题

《诗经》中有三首弃妇诗，分别是《卫风·氓》《邶风·谷风》《小雅·谷风》。令人惊异的是，三位弃妇都是经历着贫贱相依、富贵被弃的辛酸历程。孙以昭说：“《氓》中女主人公‘心力交瘁，未老色衰，因此色衰爱弛’。但这并不是主要原因，主要原因则是‘氓’逐渐富有了。‘氓’是兼营商业的，再加上女主人公勤俭操持家务，‘靡室劳矣’，也可能兼织布，因而‘氓’不断外出经商，才较快富裕起来了。所谓‘贵易友，富易妻’，于是‘氓’就

① 《鲁颂·泮水》是首赞美鲁僖公战胜淮夷之后在泮宫庆功的诗。诗中用“载色载笑，非怒伊教”（意为鲁僖公性情温和脸带笑，从不发怒善教导）来赞美鲁僖公，既表现了鲁僖公的性情，又表达了鲁人对自己君主的爱戴之情。

喜新厌旧，抛弃女主人公了。”[8]

关于《邶风·谷风》，程俊英《诗经译注》题解：“这是一首弃妇诉苦的诗。她的丈夫原也是一个贫穷的农民，由于两口子努力劳动，生活慢慢地好起来，男的就变心了。”

再看《小雅·谷风》第1章：

习习谷风，维风及雨。将恐将惧，维予与女；将安将乐，女转弃予！

“将安将乐，女转弃予”不就是“生活好起来，男的却变心”吗？三首弃妇诗，问题竟然相同，说明这种现象在当时比较普遍。《韩非子·内储说左上》：“卫人有夫妻祷者而祝曰：‘使我无故，得百束布。’其夫曰：‘何少也？’对曰：‘益是，子将以买妾。’”卫人的妻子之所以不愿有更多的财富，就是害怕丈夫富了会变心。时至今日，这种现象更加严重，“男人有钱就变坏，女人变坏就有钱”这则民谚就反映了这个问题，可见这个“问题”值得今天的艺术家们大大留意。

在心理描写方面，弃妇诗也很有特色：

第一，借故以观姿心理。《氓》：“氓之蚩蚩，抱布贸丝。匪来贸丝，来即我谋。”“氓”以“贸丝”为借口，以亲近女方，希望得到心爱女子的爱情。这种心理在后代艺术作品中也有所表现。刘义庆《幽明录》中的《买粉儿》，记述一个富家子弟看见一个卖粉的女子非常漂亮，就常去买粉，时间长了，那位女子就问他：“买粉是女人的事，你买这么多的粉干什么用？”他回答说：“我喜欢上你，但又不好意思说出口，就借买粉欣赏你的美（原文是

‘借故以观姿’)。”《聊斋志异》中《阿绣》也有类似的情节，刘子固看见杂货铺中的阿绣很漂亮，便借买扇子和她亲近，几经波折，终于和阿绣完婚。“爱美之心，人皆有之”，为了观赏女方的姿容，找个借口亲近对方在日常生活中是常有的事。但用艺术的形式把它表现出来，则要数《氓》诗最早。

第二，慌急心理。《氓》第3章在抒写女主人公被抛弃后回娘家途中写道：“淇水汤汤，渐车帷裳。”意思是“滔滔的淇水，沾湿了车两旁的帘子”。为什么要写淇水沾湿了车帘子呢？牛运震说：“淇水渐车，与前淇水车来，关照有情，此归途所经也，写得景物萧条，正伤心独至处。”陈继揆曰：“淇水犹是，悲欢有别。”两人的意思是主人公前次渡淇水完婚是喜事；这次渡淇水返乡，用萧条的景色抒写心中的悲伤。但从诗中看不出萧条景象的描写。其实，这两句诗是写心情的，被弃回家不免慌张狼狈，车帘子被淇水打湿也顾不得了。不从慌急心理去理解是讲不通的。

## 六、无理而妙

在文学中，无理和有情常常是一对可以统一的矛盾。所谓“无理”，指违反一般的生活常识以及思维逻辑而言；所谓“妙”，则是指通过似乎无理的描写，反而更深刻地表现了在特定情况下的感情。《卫风·伯兮》是一位女子思念远征丈夫的诗。诗中“自伯之东，首如飞蓬，岂无膏沐，谁适为容”已广为传诵。但还应该重视第3章的艺术价值：

其雨其雨，杲杲日出。愿言思伯，甘心首疾。

蒋立甫先生《风诗含蓄美》中说："此为无理而妙。依常理，'首疾'是痛苦，谁也不愿意此病，而她却偏说心甘情愿，无理之极！然而从她对丈夫无时不在的刻骨思念说，这以苦为乐的祈求，又是可以理解的。是她无法承受长期精神折磨而唯求心理得到暂时平衡的傻话。诗趣也由此而生出。"①

人的生命只有一次，然而《秦风·黄鸟》却喊出："如可赎兮，人百其身。"意思是，如果能赎回为秦穆公陪葬的"三良"，死一百回也心甘情愿。这跟《离骚》中"亦余心之所善兮，虽九死其犹未悔"一样，都是"违情悖理之语"，却真切地表达出诗人特定情况下的情感。它说明理性是对现实的认同，而情感却是对外在现实的超越。

这种艺术手法在后代诗词中得到发扬光大。相传欧阳修喜欢张先《一丛花令》（伤高怀远几时穷）中的"沉思细恨，不如桃杏，犹解嫁东风"的名句。张先因此也博得"桃杏嫁东风郎"的雅号。其原因也得力于"无理而妙"的应用。《皱水轩词筌》评论道："唐李益诗曰：'嫁得瞿塘贾，朝朝误妾期，早知潮有信，嫁与弄潮儿。'子野（张先的字）《一丛花令》末句：'沉思细恨，不如桃杏，犹解嫁东风。'此皆无理而妙。"

桃杏是无情之物，是不懂得出嫁的，但正是这种无理之言，才能表达出在形影相吊中消尽青春的痛苦。苏轼《水调歌头》（明

① 潘啸龙、蒋立甫：《诗骚诗学与艺术》，上海古籍出版，2004年，第80页。茨威格《一个陌生女人的来信》也有近似的描写："我终日忧伤，也愿意那样忧伤；凡是能够加重我的无可慰藉的痛苦——由于看不到你的每一点哀伤，我都心甘情愿，并使我为之陶醉。"（《中外著名中篇小说选》第2卷）

月几时有）中的“转朱阁，低绮户，照无眠。不应有恨，何事长向别时圆。”词人埋怨天上的圆月也是怨得无理，但正是这种无理之怨，才传达出离人在明月之夜的痛苦之情。晏殊《蝶恋花》（槛菊愁烟兰泣露）中的“明月不谙离别苦，斜光到晓穿朱户”也是无理而妙，但不如苏轼用得情景交融，因而不如苏轼名句流传得广。

## 七、用他思写己思

思念是《诗经》中最常见的主题，按常规，总是以自我为中心进行抒写，《周南·关雎》《卫风·伯兮》《召南·草虫》等是这种写法的代表。然而《周南·卷耳》写思念在外的丈夫，只用 1 章写自己的思念，而用 3 章写丈夫思念自己，方玉润《诗经原始》评论道：“下三章皆从对面着笔，历想其劳苦之状，强自宽而不能自宽，末乃极意摹写，有急管繁弦之意。后世杜甫‘今夜鄜州月’一首，脱胎于此。”所谓“从对面着笔”即是用“他思写己思”，应用这种艺术的还有《魏风·陟岵》：

> 陟彼岵兮，父曰：嗟！予子行役，夙夜无已。上（尚）慎旃哉！犹来无止！……

全诗 3 章，重章迭唱，直接描写征人思亲只有头两句，然后笔锋一转，写起父母和兄长如何思念自己，祝福自己。其优点是：

第一，人们在思念亲人的时候，往往会联想亲人也在想念自己，诗人抓住这个思维特征，在征人思念家里亲人的时候，更为具体展开父、母、兄在家思念征人的场面，这就像电影的双摇镜头，把不易把握的思绪形象化。有人把用他思写己思说成是“倩女离魂法”（钱锺书《管锥编》）并不准确，因为倩女离开躯体而又回归躯体的是自己的灵魂。

第二，《陟岵》既写了征人登高望乡，又出现家中亲人思念的场面，就把他乡和故乡联结在一个大空间之中，大大地扩充了诗的境界。王国维《人间词话》讲意境有造境与写境之分，《陟岵》纯属想象中的造境，丰富了读者的联想，又能收到“咫尺论千里”的艺术效果。

第三，这种艺术手法已广泛为后代所继承，王建《行见月》：“家中见月望我归，正是道上思家时。”白居易《邯郸冬至夜思亲》：“想得家中夜深坐，还应说着远游人。”柳永《八声甘州》（对潇潇暮雨洒江天）：“想佳人，妆楼颙望，误几回，天际识归舟。”当然也包括方玉润所提及的杜甫的《月夜》一诗，“别裁伪体亲风雅”的杜甫是深得《陟岵》的志趣的①。

如果说以上的诗例都是“此地想异地之思此地”的话，那么还有写“今日想他日之忆今日”的，如温庭筠《题怀贞池旧游》“谁能不逐当年乐，还恐添为异日愁”；朱服《渔家傲》“拼一醉，又是今年忆昔年”；吕本中《减字木兰花》“来岁花前，又是今年忆昔年”，“一施于空间，一施于时间，机杼不二也”。[9] 而唐代李商隐《夜雨寄北》则把空间和时间的往复集于一炉，更臻其妙。霍松林先生评论道：

① 浦起龙《读杜心解》分析道：“《月夜》心已驰神到彼，诗从对面飞来，悲婉悲至，精丽绝伦。”“诗从对面飞来”是“用他思写己思”的更为形象的说法。

姚培谦在《李义山诗集》中评《夜雨寄北》说："'料得闺中夜深坐，多应说着远行人'是魂飞家里去。此诗则又预飞到归家后也，奇绝！"这看法是不错的，但只说一半。实际上是："魂""预飞到归家后"，又飞回归家前的羁旅之地，打了个来回。而这来回，既包含时间的往复对照，又体现空间的回环对比。桂馥在《札朴》卷六里说："眼前景反作后日怀想，此意更深。"这着重空间方面而言，指的是此地、彼地、此地的往复对照。徐德泓在《李义山诗疏》里说："翻从他日而话今宵，则此地羁情，不写自深矣。"这是着重时间方面而言，指的是今宵、他日、今宵的回环对比。在前人的诗作中，写身在此地而想彼地之思此地者，不乏其例；写时当今日而想他日之忆今日者，为数更多。但把两者统一起来，虚实相生，情景交融，构成如此完美的意境，却又不能不归功于李商隐既善于借鉴前人的艺术经验，又勇于进行新的探索，发挥独创精神。[10]

李商隐对待《诗经》艺术经验的态度是值得我们学习的。

## 八、错觉艺术

错觉是文学作品中常见的艺术手法，《笑林》中有一则笑话：

丈夫为妻子从市场上买回一面镜子，妻子照后生气，对自己的母亲说："他又带回一个女人！"她母亲也照了照镜子说："他又领回来一个亲家母。"

这是误我为我的错觉。佛教著作《大庄严论经》卷十五有则故事说：

> 一个妇女因被婆婆责骂，独自走进树木，躲在一棵树上，树下有个池塘，水中映出这位妇女的影子，这时，她的婢女来到池边担水，见到水中的影子，竟以为是自己，便叫道："我多美啊！为什么要替人担水？"气得把担水的瓮打碎了。

这是误人为我的错觉。《诗经》应用错觉艺术也很精彩，《齐风·鸡鸣》就是一例：

> 鸡既鸣矣，朝既盈矣。匪鸡则鸣，苍蝇之声。
> 东方明矣，朝既昌矣。匪东方则明，月出之光。

该诗在艺术上的特色是开"用问答联句体"的先河。其次则是错觉艺术的应用。姚际恒《诗经通论》评论道："警其夫，欲令早起，故终夜关心，乍寐乍觉，误以蝇声为鸡声，以月光为东方明，真情实境，写来活现。"这种错觉描写，确能传达其妻"终夜关心，乍寐乍觉"的精神状态。

后代诗歌中也有类似的描写，《子夜歌》："长夜不得眠，明月何灼灼。想闻郎唤声，虚应空中诺。"明代民歌《认错》："月儿高，望不见乖亲（即情郎）到，猛望见窗外，花枝影乱摇。低声似指我名儿叫。双手推窗看，原来是狂风摇花梢。喜变作羞来，羞变作恼。"李白《静夜思》："床前明月光，疑是地上霜。举头望明月，低头思故乡。"也是应用错觉艺术的好例。诗人为什么要把月光错认是"地上霜"呢？其用意在于透露出今晚天上的月亮是圆（月牙儿不可能产生这种错觉），而我却不圆（不能和家人在故乡团圆），从而自然地产生返回故乡和家人团圆的思乡之情。遗憾的是，许多有关鉴赏的文章，并没有把这层意思讲清楚。[①]

## 余　论

卡尔·马克思《〈政治经济学批判〉导言》中说："困难不在于理解希腊艺术和史诗同一定社会发展形式结合在一起。困难的是，它们何以仍然给我们以艺术享受，而且就某方面说，还是一种规范和高不可及的范本。"对《诗经》的研究也存在着同样的困难。在《诗经》研究史上，贬低《诗经》的艺术成就是一种普遍的现象。"五四"时期，有位读者觉得《诗经》枯燥无味，艺术性差而写信向闻一多先生请教，闻一多先生以《周南·芣苢》为例加以说明：

> 现在请你再把诗读一遍，抓紧那节奏，然后合上眼睛，揣摩那是一个夏天，芣苢都结子了，满山谷是采芣苢的妇女，满山谷响着歌声。这边人群中有一个新嫁的少妇，正燃着希望的玑珠出神，羞涩忽然潮上她的靥辅，一个巧笑，急忙地把它揣在怀里了。然后她的手只是机械似的替她摘，替她往怀里装。她的歌喉只随着大家的歌声啭着歌声——一

① 李白《早发白帝城》也是写错觉的好例。诗中"两岸猿声啼不住"的"啼不住"，不是"猿声不住地啼"，而是"猿声犹在耳"，从而写出船行之快以及诗人遇赦后无比欢快和急于返乡的心情。而诗人到达江陵时是不可能有猿声的，所以是错觉描写。王维《山中》："山路元无雨，空翠湿人衣。"通过错觉描写，把苍翠欲滴的绿色形象地表达出来了。

片不知名的欣慰，没遮拦的狂欢。不过，那边山坳里，你瞧，还有一个伛偻的背影。她许是一个中年的硗确的女性。她在寻求一粒真实的新生的种子，一个祯祥，她在给她的命运寻求救星，因为她急于要取得母的资格以巩固她的妻的地位。在那每一掇一捋之间，她用尽了全副的腕力和精诚。她的歌声也便在那“掇”“捋”两字上，用力地响应着两个顿挫，仿佛这样便可以帮助她摘来一棵真正灵验的种子。[11]

闻一多先生精妙的解读说明，《诗经》不是缺乏艺术性，而是在于诠释。如果说，一般的读者对《诗经》艺术缺乏了解情有可原的话，那么，一些《诗经》研究者对《诗经》艺术评价不高则令人遗憾了。俞平伯先生说：“《诗三百篇》非必全是文艺，但能以文艺的眼光读诗方有是处。不但不得当经典读，且亦不得当高等的诗歌读，直当作好的歌谣读可耳。”[12] 俞平伯先生主张读《诗》应该跳出“以经解经”窠臼是对的，但认为《诗经》不是“高等诗歌”则欠妥当了。一切高等艺术都具有象征品格，《郑风·将仲子》象征着人类现实与理想的矛盾。林兴宅在《象征论文艺学导论》中的《引言》里赞颂《秦风·蒹葭》说：

面对这首二千多年前的抒情诗，我们不能不为它所通达的境界感到惊叹：它竟然那样准确地概括了人类亘古存在的生存状态——自由与必然的冲突；竟然喊出了人类永恒体验的痛苦——理想和现实的阻隔；竟然表达了人类不灭的精神——对美的执着追求。……抒情主人公那不畏艰难曲折，执著地追求自己所爱的历程，不正是整个人类永恒地追求

> 真、善、美境界的生动写照吗？那些优秀的文艺作品似乎都能洞见人类灵魂的隐秘，都能传达出历史深层的悸动，它们就是人类历史魂魄的深层模式。[13]

难道说传达“人类历史魂魄”的作品不是“高等的诗歌”吗？如果我们能够跳出“赋、比、兴”的旧框，从心理审美化的视角进行深入的研究，是不可能做出低估其艺术价值的结论的。《诗经》是先民艺术才华和智慧的体现，① 我们不反对《诗经》的经学、历史学等学科的研究，但如果不重视艺术与美学研究，将是丢了西瓜捡了芝麻，是很可惜的。《诗经》是民族精神家园中一朵奇

---

① 从西周到春秋中叶，为什么能够产生出达到很高水平的《诗经》艺术，有人从“轴心时代说”加以阐释，供参考。德国存在主义哲学家、历史学家雅斯贝尔斯在其《历史的起源与目的》一书中认为，人类以公元前500年为中心，公元前800年到200年之间，世界上同时出现了几个高度发展的文明，中国的老子、孔子、庄子、孟子，印度佛陀，伊朗的袄教，希腊的荷马、赫拉克利特、柏拉图、阿基米德等，都出现在这一时期。“人类的精神基础同时或独立地在中国、印度、巴勒斯坦和希腊开始奠定。而且直到今天人类仍然附着在这种基础上。”（田汝康、金重远：《现代西方史学流源文选》，上海人民出版社，1982年，第35—46页）雅斯贝尔斯所说的“轴心时代”，具体体现在中国的西周和春秋战国时代，与《诗经》产生的年代相符。所以闻一多先生在《文学的历史动向》中说：“人类在进化的过程中蹒跚了多少万年，忽然这对近世文明影响最大最深的四个古老民族——中国、印度、以色列、希腊——都在差不多同时猛抬头，迈开了大步。约当纪元前1000年左右，在这个国度里，人们都唱起歌来，并将他们的歌记录在文字里，流传到后代。在中国，《三百篇》里最古部分——《商颂》和《大雅》，印度《黎俱吠陀》，《旧约》里最早的《希伯来诗篇》，希腊的《伊利亚特》和《奥德赛》——都约略同时产生。再过几百年，这四处思想都觉醒了，跟着是比较可靠的历史记载的出现。”

葩，对它的艺术研究有助于加强民族自信心和凝聚力，我们千万不可等闲视之。黑格尔说：每个有教养的欧洲人，提到古希腊，都有一种回家的感觉。我们研究好《诗经》，也定有“一种回家的感觉”。

**参考文献**

[1] 万云骏 . 诗词曲欣赏论稿 [M]. 北京：中国社会科学出版社，1968.

[2] 黑格尔 . 美学 [M]. 北京：商务印书馆，1989.

[3] 扬之水 . 诗经别裁 [M]. 南昌：江西教育出版社，2000.

[4] 方玉润 . 诗经原始 [M]. 北京：中华书局，1986.

[5] 钱锺书 . 钱锺书论学文选（第 3 卷）[M]. 广州：花城出版社，1990.

[6] 瓦西列夫 . 情爱论 [M]. 北京：三联书店，1997.

[7] 莱辛 . 拉奥孔 [M]. 北京：人民文学出版社，1989.

[8] 金启华、朱一清、程自信 . 诗经鉴赏辞典 [M]. 合肥：安徽文学出版社，1990.

[9] 钱锺书 . 管锥编 [M]. 北京：中华书局，1979.

[10] 霍松林 . 唐宋诗文鉴赏举隅 [M]. 北京：人民文学出版社，1984.

[11] 闻一多 . 诗经研究 [M]. 成都：巴蜀书社，2002.

[12] 俞平伯 . 葺芷缭衡室读《诗》礼记 [M]. 北平：朴社，1926.

[13] 林兴宅 . 象征论文艺学导论 [M]. 北京：人民文学出版社，1993.

# 《诗经》的艺术范型

林兴宅先生在谈到《诗经》在文学史上的地位时说:《诗经》是中国文学史上第一部诗歌总集，是至今可见的文学创作的原始形态，它孕育并繁衍中国历代文学传统。其重要性恰似古希腊的戏剧和史诗之于欧洲文学的传统。因此要了解中国文学，就不能不读《诗经》，而从文学欣赏的角度看，通过《诗经》的艺术世界，人们可以发现宇宙人生的奥秘和人类心灵的奇幻。人类的基本情感活动几乎都在《诗经》中得到某种形式的表现。它为历代诗人提供了表现各种情感的范型。抒情诗在《诗经》时代就达到使人惊奇的地步，这是令人深思的。[1]

这段精彩的论述，既讲清了《诗经》的价值，又指出其重要影响表现在“为历代诗人提供了表现各种情感的范型”这一方面。可谓独具慧眼，遗憾的是，林先生并没有对《诗经》的艺术范型做深入的探讨，我们认为“人类的基本情感活动几乎都在《诗经》中得到某种形式的表现”，恰恰表现在《诗经》所提供的艺术范型上。历史向前一步的进展，要求伴随着向后的探本溯源。在《诗经》学告别20世纪，走上21世纪的今天，对《诗经》的艺术范型进行探讨是必要的。

所谓“艺术范型”，它是艺术手法的基元，是一种超越时空，具有情境的心理结构形式。自它诞生之日起，就具有生生不息的生命。例如，泪是人情的流露，雨是天上水汽的降临，而诗人把它们构成一个范型，以抒发连绵不断的悲伤之情。《北梦琐言》记载徐月英诗“枕前泪与阶前雨，隔个窗儿滴到明”，并成为“雨与泪共滴”艺术范型的祖构。后代刘媛《长门怨》：“雨滴梧桐秋夜长，愁心如雨断昭阳；泪痕不学君恩断，拭却千行更万行。”抒写妃子被打入冷宫的辛酸。曾揆《谒金门》：“伴我枕头双泪湿，梧桐秋雨滴。”一个“伴”字把雨写活了，使该范型更有情趣。白仁甫《梧桐雨》第四折写唐明皇思念杨贵妃：“斟酌来这一宵雨和人紧厮煞，伴铜壶，点点敲；雨更多，泪不少。雨湿寒梢，泪染龙袍，不肯相饶，共隔着一树梧桐直滴到晓。”把这个范型铺写得更加具体生动。它说明艺术范型能唤回人对生活更深切的感受，是体验人情感的创造性的形式。那么，《诗经》的艺术范型有哪些？并给后代以影响呢？

## 一、关于抒写思念的范型

### （一）“思极而做梦”型

《周南·关雎》是一首著名的爱情诗，全诗5章，后两章“窈窕淑女，琴瑟友之”“窈窕淑女，钟鼓乐之”，当代学者认为是实写，《关雎》是首结婚歌这个看法是错的，因为第3章的“求之不得”是关键词，哪来的结婚典礼？因此，最后两章是主人公在床上所做的美梦。梦见和淑女过着“夫妻好合，如鼓琴瑟”和谐美满的生活。心理学家认为，幸福的人很少幻想，梦是人生愿望的改装，是有心理依据的。后代相关的诗有《古诗十九首》：“独宿累长夜，梦想见容辉……即来不须臾，又不处重闱。”鲍照《梦归乡》：“寐中长路近，觉后大江违。惊起空叹息，恍惚神魂飞。”李白《白头吟》：“且留琥珀枕，或有梦来时。”贺铸《菩萨蛮》：“良宵谁与共，赖有窗间梦；可奈梦回时，一番新别离。”① 都说明梦是心境的延续。

该诗的思想内容也是好的，诗中的主人公追求心上人，既重外貌之美，又顾及人品之善。明知追求不到，还梦想有一天得到她，要让她过幸福快乐的生活。一片痴情，一往情深，一个善良、诚挚的人物跃然纸上。联系今天有人因为“求之不得”而让对方毁容或砍死女方一家，诗中的“君子”不也是一个可供学习的范型？

**（二）“谁适为容”型**

《卫风·伯兮》：“自伯之东，首如飞蓬。岂无膏沐，谁适为容？”其意是“士为悦己者容”，而今“悦己者”远离而去，哪有心思梳妆打扮呢？真切地写出正值爱美年华的女主人公，爱人不在时空虚寂寞的心境和百无聊赖的情怀。《周南·卷耳》“采采卷耳，不盈倾筐，嗟我怀人，寘彼周行”和《小雅·采绿》“终朝采绿，不盈一掬”都是这种心境的流露。心理学认为，表现是指内心的情绪状态，通过外部动作或表情呈现出来，比如喜怒哀乐都会有不同的动作和表情。“谁适为容”型正是形象而生动地表现了因思念而无心做事的心绪。后代有徐干《室思》：“自君之出矣，

① 关于这个范型，从陆游一首长诗题中看得更清楚：那就是《五月十一日，夜且半，梦从大驾亲征，尽复汉唐故地，见城邑人物繁丽，云‘西凉府也’。喜甚，马上作长句，未终篇而觉，乃足成之》。

明镜暗不治。”曹植《七哀诗》：“膏沐谁为容，明镜暗不治。”杜甫《新婚别》：“罗襦不复施，对君洗红妆。”等，而写得更好的是李清照《凤凰台上忆吹箫》：“香冷金猊（狮子型的香炉），被翻红浪，起来慵自梳头，任宝奁（梳妆匣）尘满，日上帘钩。”“慵”是该词的词眼，香炉的香懒得点，被懒得铺，头懒得梳，梳妆匣懒得拂拭，更无心去用润头发的油膏了，都是离情别苦真切而生动的写照。

有首近代民歌也表现这种类型：“乖姐住在竹林坡，手扶竹椏望情哥。娘问女儿做什么？我数竹子多几棵。昨日数来九十九，今朝数来少一棵。少一棵，一心一意望情哥。”

**（三）“在水一方”型**

《秦风·蒹葭》是一首著名的爱情诗，诗的意境的构成是，求爱的对象在水一方，抒情主人公从上游从下游去寻找，始终没找着，从而产生不尽的思念。心理学告诉人们：越是不容易得到的，人们便越想得到它。诗中的“伊人”被置于在水一方，可望而不可即，从而增加思念之情，增加诗的张力。西方美学家李普斯说：“当命运受到遏抑、障碍、割断时，人们的心理活动受到堵塞，从而对堵塞前的往事更加眷念。这种眷念有更大的强度和逼人性。”（《美学·美的方式》）这种“在水一方”的眷恋之情，不仅属于抒情主人公，也使读者产生对带有神秘感的“伊人”的思慕。这种诗境的建构后代有《古诗十九首·迢迢牵牛星》：“盈盈一水间，脉脉不得语。”这是水的阻隔；欧阳修《踏莎行》：“楼高莫近危栏，平芜尽处是春山，行人更在春山外。”这是山的阻隔。这种建构也用于方士对三神山的描述上，《史记·封禅书》记载，方士描述东海三神山：“未至，望之如云，及至，三神山反居水下，临之，风辄引去……”也是可见而不可即。难怪秦始皇非到东海寻找不可了。

（四）“月下怀人”型

《陈风·月出》是首月下思念美人的诗，首章翻译是：月亮出来亮晶晶，照着美人多么俊；步态安闲苗条的影，我的心儿怎安宁？

这首被研究者称为“杰出的诗”，最大的特色是，诗的开头描绘出一个开阔而空灵的境界，并有意把美人安排在月光下，让美人具有一种朦胧的美，使思念之情更加浓郁。浙江民谚：“月光下看老婆，越看越喜欢；露水地里看庄稼，越看越喜欢。”说的也是这个道理。晏几道《临江仙》：“记得小苹初见，两重心字罗衣。琵琶弦上说相思。当时明月夜，曾照彩云归。”也是把美人放到月光下，传达出依依惜别之情。张九龄《望月怀远》：“海上生明月，天涯共此时。”苏轼《水调歌头》：“但愿人长久，千里共婵娟。”意境更加广大，感情更加浓郁，是该范型的拓展。

著名美学家宗白华曾经赞美“月亮是个大艺术家”，并用明人张大复《梅花草堂笔谈》中的一段话加以印证，文中说，月亮能够移世界，山寺有了月色真美，幽华可爱，白天一看，“瓦石布地而已”。[2] 从这个意义上说，《月出》的作者是我国文学史上发现“月亮是个大艺术家”的第一人。

从以上分析可以得出这样一条创作美学规律：利用光影的若明若暗，能够增加艺术对象的美。拜伦有一首咏威莫特·霍顿夫人的诗，叫《她走在美的光影里》，正是利用光影的明与暗，而使霍顿夫人的形象更美。17 世纪英国诗人赫克里《水晶中的莲花》也说，方孔下的玫瑰、玻璃杯内的葡萄，清泉底的琥珀，纨素中的妇体等，都因光影的若明若暗而添媚增姿。从《诗经》中学习活鲜的美学，正是我们所期待的。

此外，《王风·君子于役》是一首“黄昏思念”型的诗，抒写一位妇女在黄昏时候，看到牛羊从山上回来，鸡栖息于鸡窝，触景生情，思念久役在外的丈夫。后代采用这种范型的诗词很多。例如辛弃疾《满江红》：“芳草不迷行客路，垂杨只碍离人目。最苦是，立尽月黄昏，栏杆曲。”还有被誉为“秋思之祖”的马致远的《天净沙·秋思》等。《郑风·东门之墠》也是一首爱情诗，属于“室近人远”型。为什么心爱的人很近，反而觉得很远？陈子展《诗经直解》：“意味咫尺天涯，莫能相近，极言相思之甚也。”后代有《西厢记》第2本第1折〔混江龙〕“系春心情短柳丝长，隔花阴人远天涯近”等。

## 二、抒写人生痛苦的范型

### （一）“落花伤感”型

《小雅·苕之华》：“苕之华，芸其黄矣。心之忧矣，维其伤矣。”《毛传》：“苕，陵苕（凌霄花），将落则黄。”诗人见到凌霄花的凋零，联想到青春将逝，好景不长，从而发出深深地叹息。《离骚》：“惟草木之零落兮，恐美人之迟暮。”刘希夷《代悲白头翁》：“洛阳女儿好颜色，坐看落花长叹息。今年花落颜色改，明年花开复谁在？”李煜《浪淘沙令》：“流水落花春去也，天上人间。”[①] 李清照《一剪梅》：“花自飘零水自流，一种相思，两种闲愁。”林黛玉《葬花吟》：“花谢花落飞满天，红消香断有谁怜……侬今葬花人笑痴，他年葬侬知是谁？”等。《文心雕龙·明诗》：“人禀七情，应物斯感。感物吟志，莫非自然。”在大自然中，足以触景生情的事物很多，而花是其中的最常见一种。鲜艳美丽的花，从开放到凋零是如此明显而迅速，容易引起生命的共感，从而产生美（年华、美貌、理想等）的失去后的惆怅和悲伤。“岁华尽摇落，芳意竟何成？”（陈子昂《感遇》）的伤感就很有代表性。孟浩然《春晓》是孺幼皆知的名篇，有的学者认为该诗是表现诗人“喜爱春天的感情”（《唐诗鉴赏辞典》），值得商榷，应该从“落花”型的视角去理解一生不得志的孟浩然的惜春之情。而龚自珍《己亥杂诗》：“落红不是无情物，化作春泥更护花。”则是与古为新，别开生面。

**（二）“局天蹐地”型**

《小雅·正月》是一首周大夫忧国忧民，愤世嫉俗的诗，诗中写道：“谓天盖高，不敢不局（跼）；谓地盖厚，不敢不蹐。”其

---

① 叶嘉莹认为这一长句可以有四种解释，因为“天上人间”四个字没有主语，又没有述语，就有四种解释的可能：1. 是一种问句，说流水落花春去也，那是去了天上还是人间？是一个问句。2. 是一种抒发感叹的语气，说流水落花春去也，天啊，人啊！ 3. 是说从前是在天上，现在是在人间。4. 是承接前面的词句：“独自莫凭栏，无限江山，别时容易见时难。”是对“别时容易见时难”的一种诠释，“流水落花春去也”是写“别时容易”，而“天上人间”是写“见时难”。叶先生认为四种解释都可能存在。（叶嘉莹：《古典诗词讲演集》，河北教育出版社，1997 年，第 139—140 页）

意：人说老天高远，可我不敢不弯腰；人说大地厚重，可我不得不小步走。诗人用反衬法，写出在国家混乱，民不聊生状态下的窘态及痛苦的心情。《小雅·节南山》“驾彼四牡，四牡项领，我瞻四方，戚戚靡所骋”的写法也一样。左思《咏史》八：“落落穷巷士，抱影守穷庐。出门无通路，枳棘塞通途。”李白《行路难》：“大道如青天，我独不得出。”日本万叶时代著名诗人山上忆良《贫穷问答歌》：“虽云天地广，何以载我却偏狭？虽云日月明，何以照我天无焰？”等，都是从《正月》的范型演化而来的。

从物理学的角度讲，时间的长短，空间的大小，都有一定的客观性，不因人而异。但由于人的主观性，同一空间或时间的主观感觉并不一样，文学心理学称之为心理空间和心理时间，同一个人，由于心情不同，对于空间与时间的感受也不同。孟郊在失意时写道：“出门即有碍，谁云天地宽?”；而在中举之后，则写道：“春风得意马蹄疾，一日看尽长安花。”说明“局天蹐地”型是一种痛苦心理的真实抒写。而《王风·采葛》“一日不见，如三秋兮”则属心理时间的描写了。何汶《竹庄诗话》记载有首《长夜吟》：“南邻火下冷，三起愁夜永；北邻歌未终，已惊初日红。不知昼夜谁主管？一种春宵有长短。”正是心理时间的反映。我们以往把文学定义为“客观世界的如实反映”并不全面。

## 三、关于厌世的范型

### （一）“羡慕草木”型

《桧风·隰有苌楚》：“隰有苌楚，猗傩其枝。夭之沃沃，乐子之无知……”人类是万物之灵，竟然羡慕起无情草木的无知，无家室来，其痛苦、厌世可想而知。这个“羡慕草木”型的范型，后代有鲍溶《秋思》：“我忧长于生，安得及草木？”姜夔《长亭怨慢》：“阅人多矣，谁得似长亭树，树若有情时，不会得青青如许。”《红楼梦》第113回紫鹃道：“这活着真苦恼伤心，无休无了。算来竟不如草木石头，无知无觉，倒也心中干净。”

**（二）“尚寐无觉”型**

《王风·兔爰》第2章：“我生之初，尚无造（指繁重劳役），我生之初，逢此百忧，尚寐无觉。”诗人在遭受苦难之后，希望长眠不醒，是对生活的绝望。由于生命的不可重复性，求生欲望便成为人类的最基本诉求。然而《小雅·苕之华》却喊出“知我如此，不如无生”，其悲怨与痛苦之情与《兔爰》是相通的。后代有戴望舒《生涯》：“人间伴我惟孤苦，白昼给我是寂寞；只有甜甜的梦儿，慰我在深宵。我希望长睡沉沉，长在梦里温存。”刘德华演唱《忘情水》：“给我一杯望情水，换我一生不伤悲。”等。而米开朗琪罗在著名雕塑《夜》的座上所刻的诗：“只要世上还有苦难和羞辱，睡眠便是甜蜜的，要能成为顽石，那就更好，一无所见，一无所感，便是我的福气。因此，别惊醒我，啊！说话轻些吧！”一个在古代的东方，一个在近代的西方，所写的范型如此一致，是值得深思的。林先生所说“人类的基本情感活动几乎都在《诗经》中得到某种形式的表现”，可在这个范型中得到印证，同时也说明《诗经》的范型具有一定的普世价值。

此外，《小雅·六月》“秋日凄凄，百卉俱腓，乱离瘼矣，奚其适归”是最早的“悲秋型”的诗，后代相关的诗词不胜枚举。而刘禹锡《秋词》之一：“自古逢秋悲寂寥，我言秋日胜春朝。晴空一鹤排云上，便引诗情到九霄。”一反悲秋的传统，唱出了让人精神一振的高歌。《豳风·七月》:“春日迟迟,采蘩祁祁,女心伤悲,殆及王子同归。”则是“伤春”型。王昌龄《闺怨》:“忽见陌头杨柳色,悔教夫婿觅封侯。”是因伤春而后悔的,而张仲素《春闺思》:“袅袅边城柳,青青陌上桑,提笼忘采叶,昨夜梦渔阳。”则是因伤春而忘采桑。《卫风·氓》的《小序》:“花落色衰,复相弃背。”说明《氓》诗属于“色衰爱弛”的范型。与这个范型相反的是《郑风·出其东门》的“爱情专注”型,其诗是说尽管美女如云,但我只爱那个装饰简朴的女人。后代有《上邪》等。

## 三、分别情景的范型

### (一)“瞻望不及”型

《邶风·燕燕》是一首卫君送妹出嫁的诗,在这首被誉为“万古送别之祖”的诗中,只写了一个“瞻望弗及,伫立以泣”的守望情景,其好处是:(1)“瞻望弗及”写了用目力相送,直到看不见还在那里瞻望,就把惜别之情表达出来了;(2)诗中没有写分别的话语,钟惺说:“深情苦境,说不得,若说得,又不苦矣。”后代有屈原《哀郢》:“望长楸而太息,涕淫淫其若霰。”[①] 李白《黄鹤楼送孟浩然之广陵》:“孤帆远影碧空尽,唯见长江天际流。”

---

① 南朝著名文学家江淹在《别赋》中抒写了各种各样的离别,总结为“黯然销魂者,唯别而已”。古代的许多送别诗,也大多表现了人世间生离死别,沮丧惨苦的情感。而王勃《送杜少府之任蜀州》中的“海内存知己,天涯若比邻。无为在歧路,儿女共沾巾”一洗悲酸之态,意境开阔,音调爽朗,独标高格。

苏轼《与子由诗》:“登高回首坡垅隔,惟见乌帽出复没。”等。而左纬《送许右丞至白沙为舟人所误以诗寄之》:“水边人独立,沙上月黄昏。”可谓后来居上。

### (二)“杨柳依依”型

《小雅·采薇》:“昔我往矣,杨柳依依。”该诗是回乡战士回忆当年奔赴战场时与亲人依依惜别的情景。所谓“依依”是形容柳条柔长飘浮的状态,与送行时依依不舍挥手告别的情景相互交融。后代有李商隐《离亭赋得折杨柳》其一:“含烟惹雾每依依,万绪千条拂落晖。为报行人休尽折,半留相送半迎归。”而李嘉祐的“远树依依如送客”,李商隐的“堤远意相随”则是该范型的名句。诗是作者心的投影,对于事物的歌咏,无不以民族的历史、传统习俗、生活方式和心理特点等民族文化为背景。汉语中的“柳”谐音“留”,暗含着挽留的意思;垂柳向着地,象征期盼回归故乡;杨柳分布广,又易栽,预祝行人在他乡随遇而安。中国人喜集不喜散,但在人生旅途中别离又是常有的事,因此,杨柳成为古代诗词中常见的离别象征,该范型更具普泛性。

## 四、艺术手法的范型

### (一)“画眼睛”型

《卫风·硕人》是一首赞美卫庄公夫人庄姜的诗。第 2 章对庄姜的仪容做了精彩的描绘:

> 手如柔荑,肤如凝脂,领如蝤蛴,齿如瓠犀,螓首蛾眉。巧笑倩兮,美目盼兮。

这一章被后人誉为“咏美人之祖”，在美学上具有重要价值。古代文论强调要写出人的灵魂，最好的方法是“画眼睛”，因为眼睛是脸上最能表达情性的感官，是心灵的窗户。诗中的前5句是形体美的描写，如果没有后两句，只能像庙里的观音菩萨；有了后两句，才把庄姜写活了。《硕人》是我国诗歌中最早“画眼睛”的艺术范型。白居易《长恨歌》“回眸一笑百媚生，六宫粉黛无颜色”正是从《硕人》演化而来的。还有《楚辞·大招》：“嫭目宜笑，蛾眉曼只。”陶渊明《闲情赋》：“瞬美目而流眄，含言笑而不分。”李白《越女词》：“卖眼掷春心。”等，眼睛不仅会笑，会说话，还会挑逗，这是在《硕人》原型基础上的踵事增华。

**（二）“取影法”型**

所谓“取影法”，意谓只要有光，物体总是有影。静物写生、摄影都要顾及物体又取其影子，以构成完整的画面。“取影法”是王夫之在《姜斋诗话·诗铎》中，评论《小雅·出车》和王昌龄《青楼曲》时提出来的。《小雅·出车》是一首征人抒写随主帅南仲征伐猃狁凯旋的诗。最后一章表达征人凯旋的喜悦之情，想象其妻在家中听到丈夫将归的期盼与欣喜。借妻子的喜悦写征人的喜悦，以虚衬实，收到由此及彼，意在言外的艺术效果。《魏风·陟岵》是一首征人思念家中亲人的诗，而展现在主画面的却是家中父母、兄弟思念征人。好像电影的迭镜头，一幅银幕四个画面，扩大了诗的境界和感情空间。“他人有心，予忖度之”（《小雅·巧言》），这种写法是有心理依据的。后代有王建《行见月》：“家中见月望我归，正是道上思家时。”白居易《邯郸冬至夜思亲》：“想得家中夜深坐，还应说着远游人。”柳永《八声甘州》：“想佳人，妆楼颙望，误几回，天际识归舟？”等。杜甫写

《月夜》，当时他在长安，而诗中出现的却是家中的妻子思念他的情景，杜甫是深得取影法的旨趣的。如果说，以上写法是同一时间的此地——彼地——此地的往复的话，那么，李商隐《夜雨寄北》一诗，不仅有此地（巴山）——彼地（西窗）——此地（巴山）的往复，还有空间的今宵——他日——今宵的往复，对该范型做了新的拓展。

**（三）“错觉艺术”型**

该范型是文学作品中常见的艺术手法，而最早运用这种手法的是《齐风·鸡鸣》，姚际恒《诗经通论》说：“警其夫，欲令早起，故终夜关心，乍寐乍觉，误以蝇声为鸡声，以月光为东方明，真情实境，写来活现。”[3] 这种描写，确能传达其妻“终夜关心，乍寐乍觉”的精神状态。有学者认为“苍蝇之声”应该是“青蛙之声”之误，这是不懂错觉艺术所致。后代有《子夜歌》：“长夜不得眠，明月何灼灼。想闻欢唤声，虚应空中诺。”明代民歌《认错》：“月儿高，望不见乖亲到，猛望见窗儿外，花枝影乱摇。低声似指我名儿叫。双手推窗看，原来是狂风摇花梢，喜变做羞来，羞变做恼。”等。李白《静夜思》正是运用错觉艺术而成为名篇的。

**（四）“无理而妙”型**

在文学中，有情与无理常常是一对可以统一的矛盾。所谓“无理”，指违反一般生活常识或思维逻辑；所谓“妙”，则是指通过似乎无理的描写，更深刻地表达特定的情感。《卫风·伯兮》是一首思念远征丈夫的诗，诗中“愿言思伯，甘心首疾”，“首疾”是痛苦的，哪有甘心痛苦的？这就是无理，但却表现出希望丈夫早日回到身边的强烈愿望。人的生命只有一次，但《秦风·

黄鸟》为了挽救为秦穆公陪葬的“三良”而喊出“如可赎兮，人百其身”，这跟《离骚》“亦余心之所善兮，虽九死其犹未悔”一样，都是“违情悖理”的话，但却真切地表达了特定下的愿望。它说明理性是对现实的认同，而情感是对外在现实的超越。苏轼《水调歌头》：“不应有恨，何事长向别时圆？”埋怨天上的圆月也是无理，但却传达出词人在明月之夜不能与亲人团圆的痛苦之情。李端《闺情》：“月落星稀天欲明，孤灯未灭梦难成。披衣更向门前望，不忿朝来喜鹊声。”“不忿”是不满、恼恨的意思，恼恨喜鹊是无理，却写出多年来独守空房的痛苦，以及不能把握自己命运的无望怨叹。

此外，还有《小雅·车攻》：“萧萧马鸣，悠悠旆旌。”《毛传》“言不喧哗也”，说明《车攻》是“以动衬静”型。后代有王籍《入若耶溪》：“蝉噪林愈静，鸟鸣山更幽。”王维《鸟鸣涧》等，都是心理学“同时反衬现象”在艺术上的表现。

## 结　语

《诗经》艺术范型的研究使我们认识到，在抒情诗歌中，有一个相对稳定的艺术符号系统，它存在于艺术与人生的契合点上，是生活经验和思想感情与审美经验的结晶，它是先民在充满矛盾的人生中开放出来的心灵之花，是心灵世界的自觉表达，它承载着民族的情感、精神、气质、心理等内在的东西。同时，也使我们体会到先民有很强的情感体验的形象传达力，并对后代产生深远的影响。我们过去常讲《诗经》是我国现实主义创作的源头，了解《诗经》的范型，对这个问题将有更深的体会。对许多诗词的艺术手法和内部结构，也将有新的认识。从欣赏的角度看，既见森林又见树木，对提高鉴赏力、审美力也有助益。相传郭沫若从小读《诗经》，丝毫也没有觉得《诗经》的美感，后来读了美国诗人朗费罗的诗后，才感受到《诗经》同样美妙，同样清新。我们单独读《诗经》，也往往不能感受到它的美，但联系后代的艺术范型，即可了解民族心灵发展史，又能感受到《诗经》的美感效应那么强烈，那么深入人心。

纵观《诗经》范型史，只有个别人的毫无生气地沿袭祖构，而大多数的作者都是在借鉴中力求创新。《桧风·素冠》："庶见素韠（皮制的蔽膝）兮，我心蕴结兮。"首倡用丝的缠绕抒写心中的郁闷与痛苦。后代有《楚辞·悲回风》："纠思心以为纕（佩带），编愁苦以为膺（胸前的饰物）。"施肩吾《古别离》："三更风作切梦刀，万转愁成系肠线。"张籍《古别离》："离爱如长线，千里系我心。"李煜《乌夜啼》："剪不断，理还乱，别是一番滋味在心头。"姜夔《长亭怨慢》："算空有并刀，难剪离愁千缕。"德得玛演唱的《蓝色蒙古草原》："轻轻牵起记忆长线，漂泊的白云唤起我的眷恋，梦里常出现故乡的容颜。"等，都用"线"的意象，表达方式却千变万化，说明《诗经》的艺术范型之所以富有生命，与后来者与时俱进，推陈出新分不开。在肯定《诗经》贡献的同时，对后代者的拓展也应给予正面的评价。在 19 世纪德国植物学家施莱登和施旺提出细胞学说之前，人类对生物界的认识，只停留在不同个体的单纯描述阶段。细胞学说的提出，才使人类认识到，自然界的动物、植物之间存在一种共同的基本结构，它是一切生物存在和发展的基元，从而使人类对生物结构的观察和研究进入一个新阶段。它同时说明现代学术有一种力图把握研究对象内部结构的大趋势，对《诗经》艺术范型的研究是符合现代学术的大趋势的。

**参考文献**

[1] 林兴宅 . 艺术魅力的探寻 [M]. 成都：四川人民出版社，1985.
[2] 宗白华 . 美学散步 [M]. 上海：上海人民出版社，1981.
[3] 方玉润 . 诗经原始 [M]. 北京：中华书局，1986.

# 《诗经》中的爱国精神

世界历史的发展，是统一性和多样性的辩证结合，因而反映社会经济形态的社会思潮也往往有规律可循。公元前5世纪前后，是世界爱国思潮大高涨的时期，产生于这个时期的“希腊悲剧兴盛于民主制战胜独裁和希腊人战胜波斯侵略的时代。它的基本主题是写古代的民主斗争，悲剧中贯穿了反对独裁、侵略和压迫的精神，歌颂为自由和正义而斗争的英雄行为和爱国思想”。（杨周翰等编《欧洲文学史》）这一时代精神，在我国第一部诗歌总集——《诗经》中也同样得到充分的反映。然而，过去对《诗经》的研究，大多注意讽刺诗和爱情诗，对其中具有爱国精神的诗篇却重视不够，这是有碍于对这一宝贵的民族遗产的继承的。

## 一

《诗经》中的爱国精神首先表现在歌颂抵抗外族的入侵与压迫，维护华夏族的统一上。当时，中原处于四夷的包围之中，他们都曾不断进犯中原地区，其中以猃狁的破坏性最大、侵扰的时间最长。《汉书·匈奴传》说：“戎狄交侵，暴虐中国，中国被其苦”，周厉王时“戎狄寇掠，乃入犬丘，杀秦仲之族”，《后汉书·西羌传》说：“宣王时，西夷并侵，猃狁最强。”[①] 为此，周宣王曾发动多次自卫反击战争，并取得某些战役的胜利。《资治通鉴》：“宣王元年，以吉甫为将，北伐猃狁，至于太原。”《小雅·六月》就是记述尹吉甫奉周宣王之命，北伐猃狁，取得胜利的事迹的。

猃狁孔炽，我是用急。王于出征，以匡王国。

这几句诗的意思，朱熹在《诗集传》中做了阐释：“《司马法》：冬夏不兴师，今乃六月而出师者，以猃狁甚炽，其事危急，故不得已而王命于是出征，以正王国也。”可见，这次北伐完全是为了自卫。

猃狁非茹（柔弱），整居焦获。侵镐及方，至于泾阳。

泾阳在泾水的北面，在丰、镐（同为西周国都，故址在今陕西西安市西），说明猃狁已经侵入到周朝的腹地了。《六月》是一首赞美抵抗外族侵扰的正义战争的颂歌。

《小雅·出车》是一首歌颂周宣王的大臣南仲率师征伐猃狁的诗，诗中充满着英雄气概和战斗豪情。蒋伯潜说：“《小雅·出车》亦从征之诗，但不以从征为苦，而以卫国御侮美将帅耳。此

① 猃狁、戎狄皆一个国家不同时期的异名。王国维《观堂集林·鬼方昆夷猃狁考》：“其见于商周者曰鬼方曰混夷曰獯鬻，其在宗周之季则曰猃狁，入春秋则始谓之戎，继号曰狄。战国以降，又称之曰胡曰匈奴。”

诗为美周宣王时之南仲而作，显而易见。南仲城朔方，夷猃狁，伐西戎，于役之区，不可谓不广。第五章言稷方华时出征，雨雪载途时归来，末章又谓凯旋时已春日迟迟，于役之期，不可谓不久，而通篇无怨尤之辞。”(《十三经概论·毛诗概论》)这种“卫国御侮”、自我牺牲的精神是很感人的。欧阳修《诗本义》说：“述其归时，春日暄妍，草木荣茂而禽鸟和鸣，于此时，执讯(女俘虏)获丑(男俘虏)而归，岂不乐哉。”这些评论都是正确的，在这首诗里洋溢着为正义而战的爱国豪情。

《小雅·采薇》是著名诗篇之一，诗中不仅揭露了猃狁侵扰，给中原人民带来的无穷灾难：“靡室靡家，猃狁之故。”更重要的是揭示了在反侵略的爱国战争中，战士们的高度责任感：“岂敢定居，一月三捷”，“岂不日戒，猃狁孔棘”。这种责任感和牺牲精神是反侵略战争的精神支柱和取得胜利的力量源泉。

这里需要指出的是，有人对第五章中“驾彼四牡，四牡骙骙。君子所依，小人所腓”作了曲解，说：“第四、五章中描写了军中的阶级差别，‘君子’和‘小人’的不同生活，‘小人’是‘载饥载渴’，‘不遑启居’，君子则‘四牡骙骙’，‘象弭鱼服’，显然，诗人做这样的对照描写绝不会是无意的，这表现了被压迫阶级对统治者的愤懑。”(杨公骥《中国文学》)肖箑甫等编的《中国哲学史》还把它跟《魏风·伐檀》一起作为“揭露西周末年社会上新旧势力的矛盾”的材料。我们认为这样的认识，掩盖了诗中的主要矛盾——猃狁。因为“小人”之所以“载饥载渴”，“不遑启居”，是由于“猃狁之故”，而诗人充满情感地描写“四牡骙骙”[①]，“象弭鱼服”[②]则是豪迈而自信地描绘自己军队的声威，并不是发泄对指挥官的不满。而要正确地理解这二章，必须从整首诗着眼而不能断章取义。所谓“君子所依，小人所腓”只是指军队高大的战车，统帅靠它乘载，士兵靠它掩护，去攻击敌人。在这里，请细心读读第 4 章吧：

彼尔维何，　　（那盛开的花是什么？）
维常（棠）之华。（是棠棣之花。）
彼路斯何，　　（那高大的车是谁的？）
君子之车。　　（是将帅之车。）

这里为什么要用棠棣之花起兴呢？王安石说得好：“常（棠）之华，上承下覆，甚相亲比，犹之路车，将帅乘之，以庇其下，师徒恃之，以载其上。上载下庇，甚相亲比。”（《诗义钩沉》）可见，这里“上载下庇”的描写，并不是揭露阶级对立，而是对将帅和士兵利用战车配合作战的生动反映。

在《秦风》中反映与西戎斗争的诗歌有《小戎》和《无衣》，它们都是秦襄公时的作品。《毛传》：“小戎，美襄公也，备其兵车，以讨西戎。西戎方强，而征战不休，国家则矜其车甲，妇女能闵其君子焉。”这就说明，这是一位女子思念在外与西戎战斗的征人，并赞美秦襄公武力大盛的诗。诗人对秦国军队的赞美，

① 四牡骙骙：牡，驾车的雄马；骙骙，强壮的样子。

② 象弭：用象牙做成的弓弭。“弭”是弓两头接弦的部分。鱼服：用鱼兽的表皮做成的装箭的器具。

反映了人民对战争的支持。诗歌在这样的高潮中结束：

言念君子，载寝载兴。厌厌良人，秩秩德音。

什么叫德音呢？《礼记·乐记》："天下大定，然后正六律，和五声，弦歌诗诵，此之谓德音。"诗人希望爱人在前方多打胜仗，频传捷报，早日天下大定，返回家园过和平幸福的生活。与李白的"何日平胡虏，良人罢远征"的意思相近。这首诗把爱丈夫和爱国统一起来，是不可多得的作品。

在《秦风》中影响最大的具有爱国思想的诗要算《无衣》了。金开诚说："当时的秦地僻处于祖国的西陲，常有外族入侵的忧患，所以在秦国出现这样一首歌谣就不是偶然的。它表现了秦国劳动人民坚决保卫国家的慷慨意志。"这样领会是正确的。该诗的断年，有秦庄公、秦襄公、秦康公、秦哀公诸说，我们认为秦襄公最为可信，因为秦襄公是秦国建国的第一个国君，林剑鸣《秦史稿》说："秦国虽然建立，但首先面临着能不能存在下去的问题。周平王虽赐给秦以'岐以西之地'，让它在这里建国，但在这一带几乎布满了戎人和狄人……使秦国无驻足之地。这些戎狄部落大部分尚处于'游牧生活向定居的农牧生活转化'阶段，社会经济较为落后，他们长期以来是以富庶的关中地区为目标，或掠夺，或骚扰，使居于这里的以农业生产的经济生活为主要内容的人民，在生产上和生活上都受到了极大的影响。"秦国这种形势和背景我们可以从《无衣》中找到内证。"岂曰无衣，与子同袍"正是祖国处于生死存亡的关头，军需品异常缺乏的情况下，人们奋起保卫祖国的真情流露。

这里有个问题，即诗中的“王于兴师”的王应该指谁？翟相君在《北门臆断》(《山东师大学报》1984年第1期)中认为：“《诗经》雅诗中的王字，也没有指诸侯者，难道风诗中的‘王’字能指诸侯吗？考察一下全部国风，共有七篇诗用了14个‘王’字，我们认为都是指周王……《秦风·无衣》的三句‘王于兴师’，应是秦襄公以周平王之命伐戎。”我们认为这个结论武断些，诗里的“王”应指秦襄公而不是周平王，因为先秦时期诸侯也可称王的。王国维《观堂集林别集·古诸侯称王说》：“古时天泽之分未严，诸侯在其国自有称王之俗，世疑文王受命称王，不知古诸侯于境内称王与称君无异，则无怪乎文王受命称王而仍服事殷矣。”(《王国维遗书》第四册)郭沫若《中国古代社会研究·矢令簋考释》说：“王，公，侯，伯，子，乃古国君之通称。”都是明证。

除了上述诗篇以外，《小雅·采芑》记叙了周宣王时期，方叔率领军队南讨“蛮荆”的战争，《大雅·江汉》记叙了周宣王命令召穆公平定淮夷的战争，《大雅·常武》记叙了周宣王亲率军旅讨伐徐国的战争，这些战争对反抗异族的侵犯，以及对中国的统一都有着重要作用。

自古以来，发生了无数次战争，它们有正义与非正义的区别。以上具有爱国精神的诗大多控诉了外族侵扰给中原各国人民带来的深重灾难，揭示了卫国战争的正义性，具有进步的意义。反映战争的诗也有两大类，即肯定战争与否定战争。在我国诗歌史上，否定战争诗屡见不鲜，像《诗经》中这样理直气壮地描写和歌颂正义战争的诗并不多见，从这一点讲，更觉得这些诗歌的可贵。

这些诗在歌颂了人民所支持的正义战争的同时，突出地颂扬了卫国战争中的民族英雄，如周宣王、南仲、方叔、召伯虎、尹吉甫等，他们在民族战争中站在最前哨，起着动员、组织和指挥的作用，理应受到历史的颂扬。程俊英《诗经漫话》中说："如《小雅》中的《采芑》,《大雅》中的《江汉》《常武》等等，这些诗篇歌颂了种族战争的胜利，并把胜利归功于天子，归功于将帅，夸大个人的作用，抹杀了士兵的力量。"这种批评是缺乏说服力的，因为马克思主义一点也不否认卓越人物的作用，列宁说："历史必然性的思想也丝毫不损害个人在历史上的作用，因为全部历史正是由那些无疑是活动家的个人的行动构成的。"(《什么是"人民之友"以及他们如何攻击社会民主主义者？》)当然，他们与从戚继光抗倭开始，直到近代史和现代革命史上反抗外国侵略者的斗争中出现的民族英雄有着一定程度的不同。但没有西周时期的民族英雄，则不可能出现戚继光、林则徐等人物，那是肯定无疑的，因为历史不能割断，我们民族的爱国主义精神是有继承和发展的。

## 二

文学史上大量具有不朽美学价值的好诗，大多是以诗人的内心对于一切美丽、善良、神圣而又崇高的事物的向往作为基础的。对祖国的爱，对故乡的爱，无疑也是一种崇高的感情。"千古英雄，爱国同怀赤子之心。"春秋时期的许穆夫人用她崇高的感情写下《鄘风·载驰》这首诗。《毛传》在解释这首诗时说："《载驰》，许穆夫人作也，闵其宗国颠覆，自伤不能救也，卫懿公为狄人所灭，国人分散，露于漕邑。许穆夫人闵卫之亡，伤许之小，力不能救，思归唁其兄，又义不得，故赋是诗。”揭示了这首诗的爱国主义性质。《列女传·仁智篇》说：“初，许求之，齐亦求之。懿公将与许，女因其傅母而言曰：‘……今者许小而远，齐大而近；若之今世，强者为雄，如使边境有寇戎之事，惟是四方之故，赴告大国，妾在，不犹愈乎？’卫侯不听，而嫁之于许。”这则材料被许多人用来说明许穆夫人在年轻时就有爱国思想，但这则材料是靠不住的，因为许穆夫人并不是卫懿公的女儿而是卫宣公儿子公子顽同宣姜私通所生，这则材料显然是一则民间传说，但正是这则传说充分说明了许穆夫人和《载驰》在当时民众中具有深刻的影响。陆侃如先生《中国诗史》说：“《载驰》在当时一定很传诵，对她祖国恢复的助力一定很大。”这个分析是合乎事实的。

《载驰》诗深刻地揭示了爱国思想同礼俗的矛盾。当时礼俗，出嫁为诸侯夫人的妇女，如果父母已亡，就不许再回娘家，有事也只能让大夫们去办，这就是许国贵族反对许穆夫人“归言卫侯”的理由。许穆夫人受爱国思想的支配，敢于反抗这种礼俗。为此，她曾赢得孟子的赞扬。《韩诗外传》记载孟子对这件事的评论：“夫道二，常谓之经，变谓之权。怀其常道而挟其变权，乃得谓贤。夫卫女行中孝，虑中圣，权如之何。”它说明这样一个道理，爱国主义是一种崇高的信念，每当国家危难之际，它可以冲破一切旧观念的束缚，而具有强大的感召力和号召力。

家乡是人们世世代代生长、生活和劳动的地方，热爱家乡是热爱祖国的组成部分。《卫风·河广》可算是这种诗的代表。袁梅《诗经译注》说：“这是流浪在卫国的宋人所唱的思乡歌。”恰当地点明了该诗的主题。这里需要探讨的是，在《诗经》的评论中，过去往往把《郑风》《卫风》中的诗称之为淫诗，或靡靡之音，关于这一点，陆侃如先生《中国诗史》已做了深刻的辩证。我们要补充的是，《卫风》中的爱情诗大部分是健康的，而且具有爱国思想的诗占了很大比重。邶、鄘、卫三风共29篇，具有爱国思想的诗就占1/5，在各风中首屈一指，而且各具特色。例如《卫风·伯兮》，表面看是一首常见的思妇诗，“岂无膏沐，谁适为容”，“愿言思伯，甘心首疾”已成千古佳句，但更重要的是，该诗表现了一个普通卫国妇女对待卫国战争的态度，她为有一位站在卫国前线的丈夫而感到自豪，并深深思念他。它深刻地揭示了我国古代妇女的美德及其具有民族特征的审美思想：即在伦理道德上更重视理性的自觉。这对研究我国古代民族的审美观具有重要价值。

## 三

中国各族人民创造了光辉灿烂的古代文明，使我们祖国成为世界上文化发达的国家之一，对东方以及世界的文明产生了深刻影响。因此《诗经》中一些歌颂在我国历史上披荆斩棘、征服自然、创造灿烂古代文明有贡献的代表人物及其业绩的诗篇，也是具有爱国精神的诗篇的重要组成部分。如被称为周族英雄史诗《大雅》中的《生民》《公刘》《緜》《皇矣》《大明》等以及歌颂卫文公在卫国被狄攻破之后，整军经武，重建卫国的《鄘风·定之方中》等，都是重要的代表作。

《生民》是歌颂周族始祖后稷光辉业绩的诗篇，他是父系时代周族第一个祖先，从小就有播种百谷的天赋，他教导百姓种庄稼，领导周在邰（约今陕西省武功县）成家立业。由于他是农业生产的创始人，所以被后世尊称为谷神，并用他的名字“稷”代表五谷的名称。由于他在农业生产上对中华民族的贡献，得到了后代人们的颂扬。《孟子·滕文公上》：“后稷教民稼穑，树艺五谷，五谷熟而育人民。”孙中山先生也曾说：“中国的后稷教民耕田，法国柏斯多发明微生物对于动植物的利害，都是功德无量的大事。”《公刘》是周人歌颂公刘的诗篇，他是后稷的曾孙，夏代末期周族的酋长，当他们居住在邰地时，由于戎狄的侵扰，公刘便带领周族人民迁到豳地，并在豳地建国立业，发展农业生产。《史记·周本纪》：“公刘虽在戎狄，复修后稷之业，务耕种，行地宜。自漆渡渭，取材用，行者有资，居者有蓄积。民赖其庆，百姓怀之，多从而保归焉。周道之兴自此始，故诗人歌乐思其德。”说明公刘是一个使周族由弱变强的关键人物。《緜》歌颂了文王祖父古公亶父由豳迁岐，艰苦创业的历史。《大雅·皇矣》赞美了太王、王季、文王在岐周的经营，着重记叙了文王开疆拓土的业绩。《大明》赞美了武王伐殷，歌颂了正义的战争。胡念贻在评论这些史诗时说：“读了这些诗，在我们眼前立即展开了一幅这样的图画，在遥远的古代，在西北黄土高原上，来了一群开拓者，他们一迁再迁，在愉快的紧张劳动中，把一片荒凉山川，交错的丘陵和原野，改变成了获得丰稔收成的美丽的国土，他们在那里营建城郭宫室，建立了强大的国家。”（《先秦文学论集》)[①] 我们中华民族之所以能够发展到今天这个样子，是跟这些历史的开拓者艰苦奋斗、创造发明分不开的。

## 四

法国著名雕塑家罗丹说："艺术家和思想家好比十分精美、响亮的琴——每个时代的情境在琴上发出颤动的声音，扩展到所有其他人。"(《罗丹艺术论》)，我们同样可以说，《诗经》中具有爱国思想的诗也好像一把精美、响亮的琴，它弹奏出西周到春秋时期的时代精神、中华民族的最强音。这个琴音鸣响于整个古代社会，直至今天还拨动着我们的心弦。《离骚》是我国古代第一位伟大诗人屈原的代表作。汉刘安《离骚序》中赞道："《国风》好色而不淫，《小雅》怨悱而不乱，若《离骚》者可谓兼之矣。"明确地指出它和《诗经》的继承关系。刘熙载在《艺概·赋概》中说："屈子之《骚》，不沾沾求似《风》《雅》，故得《风》《雅》之精。"这个"精"，我们认为应该是指对爱国思想的继承和发展。例如《离骚》中所反映的热爱祖国、热恋故土、尊贤任能、改革弊政等。到了建安时代，曹操写出了《观沧海》等歌颂统一的壮丽诗

① 英国历史学家汤恩比在其名著《历史研究》中，把人类文明的起源与发展，归结于挑战与应战。他指出：冰河时期结束之时，欧洲大陆上冰河收缩，大西洋的气旋地带渐向北移，使非洲草原出现了逐渐干旱的过程。当地狩猎的居民凡是不改变生活方式，仍然居留于原地的，都相继灭亡了，而迁徙到其他地方的人们，都活了下来，并且创造了古埃及文明和苏美尔文明。周族早期历史发展，不也证明了这条历史规律的存在吗？先民们那种勇于挑战、勇于开拓的精神，不也让我们自豪和无比崇敬吗？

篇。到了唐代，慨叹“大雅久不作”的李白写出了“愿斩单于首，长驱静铁关”等爱国诗；“别裁伪体亲风雅”的杜甫写出了《闻官军收河南河北》《恨别》等著名诗篇。宋代以至清末，《诗经》中反抗异族侵犯，主张祖国统一的诗对陆游，辛弃疾、顾炎武、黄遵宪等爱国者更有深刻的影响。

上述诗的艺术风格是丰富多彩的，但总的倾向是属于雄伟、崇高的阳刚之美。清人姚鼐在论阳刚之美时说：“其得于阳与刚之美者，则其文如霆，如电，如长风之出谷，如崇山峻崖，如决大川，如奔骐骥；其光也，如杲日，如火，如金镠铁；其于人也，如冯高视远，如君而朝万众，如鼓万勇士而战之。”（《给鲁絜非书》）这个比喻用来形容爱国诗的艺术风格再恰当不过了，例如《大雅·常武》第5章：

王旅啴啴，如飞如翰，如江如汉，如山之苞，如川之流，绵绵翼翼，不测不克，濯征徐国。

这是最早应用博喻的典型用例，作者应用了一系列比喻，形容南征军队的勇猛，严整迅疾，形象鲜明，刚健有力。姜南《学甫馀力》在阐释这章时说：“如飞，疾也；如江，众也；如山，不可动也；如川，不可御也；绵绵，不可绝也；翼翼，不可乱也；不测，不可知也；不克，不可胜也。《孙子》曰：‘其疾如风，其徐如林，侵略如火，不动如山，难知如阴阳，动如雷霆。’《尉缭子》曰：‘重者如山如林，轻者如炮如燔。’二子言兵势，皆不外乎《诗》之意也。”可以说是一语破的。《大雅·大明》篇描写武王伐殷的牧野之战，从武王誓师，战前动员写起，大军勇猛进攻，战车雷鸣，战马奔腾，大将姜尚率领骑兵如雄鹰飞扬，冲入敌阵，一战而定天下。场面宏伟，气势磅礴，形象生动，音韵铿锵，是中国文学中描写战争的名篇佳作。

韩愈《荆潭唱和诗序》中说过，“欢愉之辞难工，愁苦之言易巧”，是有一定道理的，流传千古的名诗词，大多是愁苦之音，至于写颂歌更是难上加难。只要我们读《周颂》《鲁颂》《商颂》及汉代的大赋就可明白，然而《诗经》中的具有爱国精神的诗，虽然绝大多数是赞颂诗，但都写得很成功，研究这类赞颂诗对写好社会主义时代的诗歌将有一定的借鉴作用。

过去我们对古代文学作品往往重视讽刺和暴露，而对赞颂一类的作品往往以歌颂统治阶级、粉饰升平为由加以否定。茅盾在《夜读偶记》中认为《诗经》中的赞颂诗：“它们或者是奴隶主颂扬自己的祖宗的‘盛德’和‘武功’，或者是夸耀奴隶主‘政绩’如何好，奴隶们如何感恩戴德，或者是叙述生产成绩，那也无非是夸耀、歌颂奴隶主的圣明”……“大部分诗篇实在是反现实主义的，而且成为后代的反现实主义文学的始祖。”[①] 这种一笔抹杀的评论并不符合《诗经》的实际，特别是对那些表现爱国思想的赞颂诗更是失之过激。

---

① 日本著名学者白川静说：“把诗篇当作经书赋予特殊的解释，这种古典化发端甚早，然就诗篇本身而言，此倾向并不必然发生。古代文学兼具活泼的民族精神，是民族精神的胚胎，权威化的形式之后，反而成为丰富生命的障碍，诗失落在猜谜式解释学的歧途上，古代文学的正确了解之道也断绝了。”（《诗经研究》）这个反思与批判是深刻的。

# 《诗经》战争诗的审美价值

在我国，最早的战争可推溯到传说中的黄帝时代，黄帝曾与炎帝大战于阪泉之野。自此之后，战争从未停止过。《诗经》战争诗只有七篇(《小雅》中的《采薇》《出车》《六月》《采芑》;《大雅》中的《江汉》《常武》;《秦风》的《小戎》和《无衣》)，是我国最早以战争为题材的文学作品，其思想与艺术都需要我们进行探讨。

列宁指出："爱国主义是由于千百年来各自的祖国彼此隔离而形成的一种极其深厚的感情。"[①] 这种美好的感情在战争诗中得到鲜明生动的体现。西周时期，中原处于四夷的包围之中，四夷不断进犯中原地区，其中以猃狁的侵扰时间最长，破坏性最大。猃狁是散布于陕西西部、北部、山西、河北广大地区的游牧民族，实行"无君长，无语言文字"的军事民主制，这种特点决定其以掠夺为生的侵略性。正如恩格斯所指出的："在这些民族那里，获取财富已成为最重要的生活目的之一。他们是野蛮人，进行掠夺在他们看来是比进行创造的劳动更容易甚至更

① 见《光明日报》1985年10月13日中央编译局列宁斯大林著作编译室发表的新译文。

荣誉的事情。”[①] 为此，周宣王曾进行多次自卫反击战争。《小雅·六月》就是记述尹吉甫奉周宣王之命，北伐猃狁取得胜利的事迹。

六月栖栖，戎车既饬。四牡骙骙，载是常服。猃狁孔炽，我是用急，王于出征，以匡王国。

朱熹《诗集传》说：“《司马法》，冬夏不兴师，今乃六月而出师者，以猃狁孔炽，其事危急，故不得已而王命于是出征，以正王国也。”可见，这次北伐完全是为了自卫。《小雅·采薇》是首著名的战争诗。诗中倾诉了战争给人民带来的痛苦，使人们清醒地认识到，痛苦的根源在于猃狁的入侵，并积极地投身到反侵扰的战争中去。“岂不日戒，猃狁孔棘”，这是多么自觉的民族责任感。

在《诗经》中反映民众对战争态度的还有《秦风·无衣》。朱东润先生认为：“言及战事而无难色者独有《无衣》一篇”，但又认为，“以无衣无裳之士而迫于君上，执戈矛以致死，徒令后之读者怜其身世之蹇，固不遑论其作诗之时”。[②] 这就把诗中喷发出来的团结一致抵抗外侮的精神一笔抹杀了。诗中“无衣”“无裳”均为文学语言，不能太坐实。诗人用它表达解衣推食，同仇敌忾的精神，后人把“同袍”“同裳”作为精诚团结的代名词，正是

① 《马克思恩格斯选集》第4卷。

② 朱东润：《诗三百篇探故》，上海古籍出版社，1981年，第116页。

从这里来的。[①] 唐代许多战争写得很好，如王昌龄的《从军行》，但采用的是旁观者的角度，而《无衣》则是亲自投身于战争之中，保家卫国是自己身体力行的英雄事业。并对后代产生很好的影响。

《秦风·小戎》是秦襄公时代一位秦国普通妇女所唱的歌。她非常想念与西戎作战的丈夫，但她更以能有一位为国出力的丈夫而自豪，并时刻盼望着从前线传来胜利的捷报。这种把国家利益和个人利益统一起来的感情，这种把民族整体利益看作每个社会成员必须遵奉的最高意志的自觉意识是多么真实而又令人钦仰！

综上所述，可以得出如下结论：

第一，战争诗的作者都是华夏族的一员，他（她）们的爱国感情完全是从心底里流露出来的，特别是生活于社会最底层的民众更是如此。诗人们在民族战争中深明大义，为正义战争奉献一切的心理，体现了时代精神，具有典范作用。在世界史上，我国是一个文明传统未曾中断的古国，是唯一形成稳定的统一趋势的古国。这里头原因很多，但这种热爱自己祖国，为民族生存与发展而献身的精神成为中华民族得以延续3000多年的精神支柱，是筑构于民族心底的万里长城。

① 钱锺书先生在评论爱国诗人陆游诗作的特点时说："明明在这一场英雄事业里准备有自己的份儿的。这是《诗经·秦风》里《无衣》的意境，是杜牧《闻庆州赵纵使君中箭身死长句》的意境，也是和陆游年辈相接的岳飞在《满江红》词里表现的意境；在北宋像苏舜钦和郭祥正的诗里，在南北宋之交像韩驹的诗里，也偶然流露这种'修我戈矛，与子同仇'，'谁知我亦轻生者'的气魄和心情，可是从没有人像陆游那样把它发挥得淋漓酣畅。这正是杜甫缺少的境界。"（《宋诗选注》，人民文学出版社，1982年，第192页）

第二,《诗经》中的战争诗是我国民族精神的最初纪录，也是民族意识觉醒的里程碑，并对后代产生深远而积极的影响。唐代边塞诗人岑参写道:“万里奉王事，一身无所求。也知塞垣苦，岂为竖子谋。”(《初过陇山途中呈宇文判官》)王昌龄唱道:“青海长云暗雪山，孤城遥望玉门关。黄沙百战穿金甲，不破楼兰终不还。”(《从军行》)何等昂扬慷慨，壮怀激烈!

第三,《诗经》战争诗不仅表现了爱国精神，而且生动地展现了民族战争中的英雄形象。《诗经》战争诗是否表现了这一崇高的精神范畴，学术界存在着不同的看法。陈铁镔先生说:“《采薇》诗中抒写了出征士兵保家卫国怀念亲人和乡土的情思，表达了抗敌精神和阶级意识的交织，从而有血有肉地塑造了爱国英雄的形象。”(《诗经解说》)赵沛霖先生反对这种提法，他说:“‘英雄形象’是一个十分高的美学评价，它必须体现时代和历史发展的动向，为国家和民族建立卓越的功勋，同时具有博大的精神和崇高壮丽的美。而《诗经》战争诗中的主人公形象，无论从哪个方面看，都未达到这样的高度。”(《诗经研究反思》)我们的看法是,《采薇》中的抒情主人公只是一个普通战士，其贡献毕竟有限，够不上称之为民族英雄。但辅佐宣王中兴的功臣尹吉甫、姜太公和南仲等主帅则可以冠之民族英雄的美名的。吴起说:“夫总文武者，军之将也。兼刚柔者，兵之事也。”(《吴子·论将第四》)意思是文武全才的人，才能担任军队的将领；刚柔相兼的人，才能统军作战。被誉为“万邦是定”的尹吉甫就是这样一位统帅。方玉润在评《小雅·六月》时说:“先言猃狁之猖獗无忌，次写大将冲锋先行。故一战而敌退，王乃命将追奔，直至太原而止。盖寇退不欲穷追也，此吉甫安边良谋，非轻敌冒进者比。故当其乘胜逐北者，车虽驰而常安，马虽奔而恒闲。何从容而整暇哉！及其回军止戈也，不贪功以损将，不黩武以穷兵，又何其老成持重耶！所谓有武略者，尤须文德以济之。非吉甫其孰当此？宜乎万邦取以为法也。”①

这里我们不是清楚地看出尹吉甫在民族战争中闪烁出崇高壮丽的美吗？他们的出现，充分说明我国文明史已由古老的神性英雄让位给了人化的英雄。他们有了更宽阔的活动空间，有了更广泛的群众信仰基础。他们已跟反映祖先崇拜的形象如公刘、后稷等神性英雄区别开来。马克思说：“如爱尔维修所说的，每一个社会时代都需要有自己的伟大人物，如果没有这样的人物，它就要创造出这样的人物来。”(《马克思恩格斯选集》第 1 卷）尹吉甫等民族英雄正是在战争的烈火中创造出来的。

《诗经》战争诗不仅具有思想美，而且具有艺术美。崇高的阳刚之美是其突出的特征，例如《大雅·常武》第五章：

王师啴啴，如飞如翰。如江如汉，如山之苞，如川之流。绵绵翼翼，不测不克，濯征徐国。

朱熹《诗集传》评云：“如飞如翰，疾也；如江如汉，众也；如山，不可动也；如川，不可御也；绵绵，不可绝也。翼翼，不可乱也，不测，不可知也，不克，不可胜也。”也有人评论道：“绵绵三句，承上文而下，气势浩穰，有天地褰开，风云变色之象。嘻，叹观止矣。”这种中肯的评论，正是突出地肯定了此诗

① 方玉润：《诗经原始》，中华书局，1986 年，第 361 页。

的阳刚之美。《大雅·大明》中描写武王伐殷的牧野之战，也具有同样的气势。[①] 诗里的情思不再回旋于个人的狭窄天地，而是回旋于变易不居的历史长河之中，乐观高亢的感情基调，壮大的气势反映了中兴时代的民族精神风貌。

建功立业的主调中回响着淡淡的忧伤，又能不失其雄浑开阔的意境，这是《诗经》战争诗美的第二个特征。正是这种合乎人之常情的离愁别绪与一往无前的气概的结合，才使诗中的形象有血有肉，真实可信。这是魏晋时代和南朝时代的战争诗所难以比拟的，只有盛唐的边塞诗才能够与之媲美。

没有战争血腥场面的描写，而着重于英雄人物的意气风貌以及声威表现则是其第三个美学特征。按常理讲，战争诗就是描写战斗的诗，然而《诗经》战争诗却另有一番风貌。它一般不直接描写具体战斗场面，多用笔墨去进行声威和气氛的渲染。作品中只让人感到紧张的气氛，却听不到厮杀和呻吟，只有凯旋的欢乐，而看不到死亡的流血。那么这种美学特征的思想根源是什么呢？赵沛霖先生以为："都以我国所特有的政治思想和军事思想为灵魂，所体现的都是高德尚义的政治理想和胜残去杀的军事思想。"(《诗经研究反思》)这种分析可以说得通，但我们认为只有从中国文化的根本精神去理解，才能找到问题的关键。那么什么是中国文化精神呢？一言以蔽之，即"仁"。《说文》："仁，柔也，

---

① 扬之水《诗经名物新证》评之："极见应天顺人廓清六合之概。"陈戍国《诗经刍议》评之："此诗最后用'会朝清明'一句戛然收束，恰似一旦阴霾扫尽，天空豁然开朗。宜乎数百年后，孟子还要赞叹'武王之勇'。世界军事史上著名的改朝换代的决战，无有如牧野大战决胜之速者。"

从二人。”其本义即“爱人”，表现在军事上就是褒扬“有征而无战”的仁义之师。荀子说：“仁人之兵，所存者神，所过者化。若过雨之降，莫不说喜，是以尧伐驩兜，舜伐有苗，禹伐共工，汤伐有夏，文王伐崇，武王伐纣，此四帝二王，皆以仁义之兵行于天下也。故近者亲其亲，远方慕其义。兵不血刃，远迩来服，盛德于此，施及四极。”[①] 这里的“不乐杀人”和“兵不血刃”都是“仁”在战争观上的体现。《诗经》正是在这深刻的意蕴上，成了中国诗歌的源头，并给后代以良好的影响。

在具体艺术手法上，《诗经》战争诗也有其独特之处。

首先表现在“取影法”的运用上。所谓“取影法”，是指不正面描绘而借其“影子”曲折地表现人物的特征及其思想情感。王夫之在评论《小雅·出车》最后一章时指出：

> 唐人《少年行》（应为王昌龄《青楼曲》）云：“白马金鞍从武皇，旌旗十万猎长扬。楼头少妇鸣筝坐，遥见飞尘入建章。”想知少妇遥望之情，以自矜得意，此善于取影者也。“春日迟迟，卉木萋萋；仓庚喈喈，采蘩祁祁。执讯获丑，薄言还归。赫赫南仲，猃狁于夷。”其妙正在此。（戴鸿森《姜斋诗话笺注》）

战争胜利了，王师凯旋，和平重又降临人间。诗人本可以正面抒写南仲班师的欢乐场面，然而诗人却借助其妻子的所见所闻，以及见到南仲凯旋时的欢乐来表现。这种通过妻子之眼进行

---

① 梁启雄《荀子简释》，原文“四帝二五”应为“二帝四王”。

描写的手法，不仅曲折成趣，形象地传达出周朝朝野其时的心情，而且给读者以更广阔的想象空间和更多的回味。《出车》的“取影法”符合二元对立原则，南仲与妻子，将帅与民众，实写与虚写都是二元对立。这就是取影法能够曲尽人情之妙的深层根源。后代杜甫《月夜》、王昌龄《青楼曲》、柳永《八声甘州》等都是这种手法的具体运用。

其次借柳写送别。《世说新语·文学》记载这样的故事：

> 谢公（谢安）因子弟集聚，问《毛诗》何句最佳？遏（谢玄）称曰：“昔我往矣，杨柳依依；今我来思，雨雪霏霏。”公曰：“讦谟定命，远猷辰告。”谓此句偏有雅人深致。

“讦谟定命，远猷辰告”二句出自《大雅·抑》的第二章，意思是，有伟大的计划定要号召，有远大的政策就要随时宣告。虽然表现了政治家的风度，但艺术形象较差。从艺术美的角度看，谢玄赏受《小雅·采薇》中的名句确实比谢安高出一筹。那么《采薇》四句好在哪里呢？首先是创造了以乐景写哀情的美学情境。王夫之《姜斋诗话》说：“昔我往矣，杨柳依依；今我来思，雨雪霏霏，以乐景写哀以哀景写乐，一倍增其哀乐。”其意思是，当征人踏上征途时，正值桃花柳绿的阳春，面对着这美景却不得不与亲人作也许永无相见的离别。春色愈美，愈能生起生离死别的伤感与悲哀，王夫之的分析确实揭示出该诗艺术辩证法的要谛。然而，在中国文化史上有着更大影响的还是用“杨柳依依”来描绘送别情景上。（1）所谓“依依”，是形容柳条柔长袅袅的状态，与送行的挥手，依恋的心情相交融。后代的“堤远意相随”，“远树依依如送客”正是从这里演化而来的。(2)诗中的“柳”谐音“留”暗含挽留行人之意。(3)柳树易栽易活，有预祝行人在异乡茁壮生长之意。(4)柔长的柳条低垂地面，象征心向其根，思归故乡。可见“杨柳依依”四字蕴含着多重的文化内涵，具有很强的艺术生命。

最后是回环美与交错美。谢朓说:“好诗流美圆转如弹丸。”说明圆美是诗歌美学的重要一环。《小雅·采芑》第一章中的“乘其四骐，四骐翼翼”，上句最后两字与下句的前两字相同，前后蝉联，有回环之美。曹植《赠白马王彪》诗使用的是连章辘轳体，则是《采芑》的踵事增华。《大雅·常武》第六章:

王犹允塞，徐方既来。徐方既同，天子之功。四方即平，徐方来庭。徐方不回，王曰还归。

方玉润评论道:“徐方二字，回环互用，奇绝快绝！杜甫‘即从巴峡穿巫峡，便下襄阳向洛阳’之句，有此神理。”(《诗经原始》)《诗经》战争诗的圆美还表现在结构的交错美上。陈子龙《诗问略》在评《出车》的结构时指出:

《出车》御猃狁，城朔方也。而出车之初，不遽军也，于此见军机之密焉；鸟隼之旐在牧，龟蛇之旐在郊，设此建彼，世所谓前朱雀后玄武也。于此见部伍之整焉；猃狁势强，御之使无内侵，不交战也；西戎势弱，伐之使无北附，无肆杀也。故末句曰:“猃狁于夷”，西戎靖而猃狁孤，于此见庙算之审焉。

这里的分析是专注于思想内容的，但我们却可以看出诗中内在结构的特征。鸟旗在牧，龟蛇旗在郊，建此设彼，交错成阵。表现阵伍严整，指挥有方。杀猃狁，服西戎，一打一服，也交错成文，布局犹如常山蛇势，首尾俱应。《采薇》《出车》都采用时空交替的倒叙法也是交错美的一种表现。《出车》写主帅南仲的出场，语气急促，读者眼前浮现出车驰马骤，急如星火的场面，然后再补写南仲在京城接受天子之命，带兵出征，驱车而来。这种写法加强了战争的紧张气氛，也突显了南仲争赴国难的果敢精神。

# 《诗经》的虚实美学

虚实美学是我国古典美学的核心理论之一，早在两三千年前的《诗经》里就广泛运用着，然而由于长期被人们当诗歌的修辞看待，加上西方各种美学理论的冲击，导致学界对该重要学术资源的冷漠。历史向前一步的进展，要求伴随着向后的探本溯源。本文试就这一课题做初步探讨。

## 一、虚实美学在《诗经》结构形态中的体现

德国学者恩斯特·卡西尔在名著《人论》中指出，文学艺术的创造，并不是一种“非自愿的本能反应”，而是一种“有目的性的”“构形”过程。所以，“在每一种言论行为和每一种艺术创造中，我们都能发现一个明确的目的论结构”。[1]美国著名学者韦勒克·沃伦也认为，文学艺术作品的“本质”和“存在方式”，正在于它的“结构”，“一件艺术品如果保存下来，从它诞生的时刻起就获得了某种基本的本质结构”，“这种结构的本质经历着许多世纪仍旧不变；而且它也是讨论作品价值的基础。因为价值是附着在结构之上的”[2]。基此，我们要研究《诗经》的虚实美学也应从其构形入手。

### （一）先实后虚型

所谓虚与实，是一组相对的美学概念。从感官判定事物存在关系上看，能直接作用于感官的为实，不能作用于感官的为虚，花草树木等为实，梦境和夸饰之物为虚；从作品的主客关系上看，景物为实，情与理为虚；从作品和读者的关系看，作品所提供的形象为实，读者从形象中领悟的象外之象，味外之味，言外之意为虚。而所谓先实后虚结构，是指一篇作品分为两个层次，前一层次属于实写，后一层次则是虚写，虚实相生，形成一个富于跌宕反差的情感世界。

《郑风·风雨》是首妻子思念丈夫的诗。其第3章最为典型：

风雨如晦，鸡鸣不已。既见君子，云胡不喜！

朱熹《诗集传》："淫奔之女言当此时，见到所期之人而心悦也。"王宗石《诗经分类诠释》："风雨之夕，午夜鸡啼，一女子正感到苦闷，其情人于此时来和她相聚，其高兴之情，自难以形容。"

如果按照以上的诠释，《风雨》一诗就是采用实写的方式了。还是夏传才先生体会更深："传统的解释都以为这篇诗是写'相见乐'，我以为是写'相思苦'。每章前二句都以风雨鸡鸣起兴，风雨交加，天色昏暗，群鸡啼鸣，抒情主人公显然是在风雨之夜相思通宵而坐听鸡鸣的。对每章的后两句不能理解为所盼的人来到了，而是说如果我盼的人归来，那么我相思的痛苦和积成的病痛也就会好了。这样理解，起兴和下文气氛和情调浑然一体，既渲染了气氛，又深化了抒情主人公的相思之苦。"[3]

这就说明，该诗后半部分是女子在凄风苦雨的夜晚思念丈夫而产生的幻觉，“既见”的欢愉反衬独处的悲伤，南朝《子夜歌》：“长夜不得眠，明明何灼灼。想闻郎唤声，虚应空中诺。”思极而产生幻觉，是符合心理规律的。

《小雅·采绿》也是一首思妇诗，全诗4章，1、2两章抒写了女主人公思念外出的丈夫而无心采绿（草名，可以染黄），这是写实，3、4章想象她丈夫一旦回家，她要跟随他去钓鱼、打猎，过着夫唱妇随、形影不离的生活。陈子展《诗经直解》说得好：“三、四两章从归后想象，极写倡随之乐，愈见别离之苦，示欲无往而不与之俱。意中事，诗中景也。”这样分析是符合诗意的，而姚际恒批评道：“此妇人思其夫不至，既而叙其室家之乐，不知何取也。”[4] 姚际恒正因为不知虚实美学，才有如此的妄说。若作实境看，便会丧失无穷的诗味。①

先实后虚在《诗经》中最为常见，它不仅表现在整篇上，有

① 《小雅·出车》是首著名的战争诗，抒写了周宣王命令南仲为主帅北伐猃狁，取得胜利的过程。最后一章从对面着笔，想象妻子迎接其凯旋的喜悦心情。王夫之曾做了精辟的分析：“春日迟迟，卉木萋萋；仓庚喈喈，采蘩祁祁。执讯获丑（讯，丑，均指俘虏），薄言还归，赫赫南仲，猃狁于夷。（该诗第6章）其妙正在此，训诂家不能领悟，谓妇方采蘩而见归师，旨趣索然矣。建旐旗，举矛戟，车马喧阗，凯乐竞奏之下，仓庚何能不惊飞，而尚闻其喈喈？六师在道，虽曰勿扰，采蘩之妇，亦何事暴面于三军之侧耶？征人归矣，度其妇方采蘩，而闻归师之凯旋，故迟迟之日，萋萋之草，鸟鸣之和，皆为助喜。而南仲之功，震于闺阁，室家之欣幸，遥想其然，而征人之意得可知矣。”（《姜斋诗话》卷上·五）王夫之指出这一章诗是“遥想其然”，而不是“实有其事”，通过征人的想象以写凯旋时的欢乐心情，比正面描写效果要好得多。

时也出现在一章之中。《卫风·硕人》第2章：

手如柔荑，肤如凝脂。领如蝤蛴，齿如瓠犀。螓首蛾眉，巧笑倩兮，美目盼兮。

这段描绘卫庄姜的美非常精彩，被后人誉为美人赋之祖。宗白华先生是这样评论的："前五句堆满了形象，非常'实'，是'错彩镂金，雕绘满眼'的工笔画。后二句是白描，是不可捉摸的笑，是空灵，是'虚'。这二句不用比喻的白描，使前面五句形象活跃起来了。没有这两句，前面五句可以使人感到是庙里的观音菩萨，有了这两句，就完成了一个如'初发芙蓉，自然可爱'的美人形象。"[5]

从庙里的观音菩萨到一个完美的美人形象，说明虚实相生的重要价值，是艺术创造过程中不可或缺的。

**（二）先虚后实型**

先虚后实型从写作方法看，属于追叙法，也称倒叙法。《小雅·采薇》是一位守边战士返家途中所唱的歌。全诗6章，前5章全是战士的回忆，叙述与猃狁作战的情形。最后一章才点明前5章全是回家途中的浮想联翩。符合这种结构形式的还有《邶风·匏有苦叶》《邶风·泉水》等，其中《周南·葛覃》更为典型。这是一首描写一位女子准备回娘家探亲的诗，首章是一段很美的写景文字：

葛之覃兮，施于中谷；维叶萋萋。黄鸟于飞，集于灌木；其鸣喈喈。

蒋立甫先生是这样分析的："这是一幅相当美的图画，你看：那满山遍野的葛藤，绿叶密密层层，蔓生的藤条不断生长，直延伸到山谷。一群黄雀儿飞呀飞呀，突然落在灌木丛中，叽叽喳喳叫个不停……构成了一幅动态的画卷，充满着生命活力。诗人是一位既嫁妇女，当她要归宁父母时，家乡最有特色的那覆盖原野的葛藤，不觉又重现在眼前，是那样亲切有趣。诗中有画，画中传情。回娘家时的喜悦与生意盎然的景色融合为一，达到情景交融的境界。"[6]

这段被人称为风诗中独一无二的景物描写从表面上看是实写，其实是女子将要回娘家时的想象之词，表现了回故乡的急切及喜悦之情。李政道有句名言："作家艺术的感觉越是普遍，就会越持久。"从远古直到今天和未来，思乡之情永远是人类的普遍感觉，这就是表达思乡之情的《豳风·东山》《周南·葛覃》《卫风·河广》等诗具有永久魅力的重要缘由。从写作的层面看，先虚后实的构形后代仿作也不少，李白《越中览古》：

越王勾践破吴归，战士还家尽锦衣。
宫女如花满宫殿，只今惟有鹧鸪飞。

前三句重笔虚写，渲染当年越国繁荣兴盛，最后一句才猛一转，把读者目光拉回到现实之中，从而发出令人震撼的历史兴亡的慨叹！宋代晏几道《鹧鸪天》：

彩袖殷勤捧玉钟，当年拚却醉颜红。舞低杨柳楼心月，歌尽桃花扇底风。

从别后，忆相逢，几回魂梦与君同。今宵剩把银釭照，犹恐相逢是梦中。

上半阕运用彩色的字面，描摹当年与歌女欢聚的情景，真是豪情欢畅，逸兴遄飞，宛如电影画面，当前一现，倏归乌有，似实却虚；下半阕叙写久别重逢的惊喜之情，似梦却真。

（三）**实虚实型**

《周南·汉广》是实虚实型的好例，该诗是一首抒写了一位男子爱慕一位女子而不能如愿的情歌。第1章写追求不得的浩叹；第2章写他失望中忽发奇想：有朝一日女子将嫁给自己，他要喂足马儿去迎亲，用幻想抚慰受伤的心灵；最后一章又返回现实，再次发出追求不到的哀怨之情。这种结构方式，后代运用得也很多。南朝乐府民歌《西洲曲》开头一段抒写对"单衫杏子红，双鬓鸦雏色"的女子的思念；中间部分想象女子在采莲和楼上无时无刻不在想念自己；最后又重新返回现实，用"海水梦悠悠，君愁我亦愁。南风知我意，吹梦到西洲"抒发对意中人的无限思念之情。柳永《八声甘州》也是一个好例，从"潇潇暮雨洒江天"到"叹年来踪迹，何事苦淹留"，抒写对故乡和亲人的思念；从"想佳人妆楼颙望"到"误几回天际识归舟"想象家中妻子在妆楼上思念自己；最后"争知我，倚阑干处，正恁凝愁"，又返回现实，再次抒发思念之情。至于《豳风·东山》采用主歌与副歌的有机结合，现实、想象与回忆不断交错的形式，开我国意识流创作的先河。所谓意识流，是由美国心理学家威廉·詹姆斯在《论内省心理学所忽略的几个问题》（1884年）中提出来的，后来被评论家用来泛指一种不受理性控制的意识流动状态的文学创作方法。

而这种创作方法在《诗经》中早已运用，不能不说我国先民具有高超的艺术创造力。

**（四）全为实景型**

所谓全为实景型是指纯为景物描写，以景寓情，意在言外，其艺术形象一方面要有艾略特所说的“如画性”，它是一种生动的直观；另一方面，这种形象又是感情的载体，是“一个心理事件与感觉的奇特结合”。《陈风·东门之杨》是这种范式的代表，其首章是：

东门之杨，其叶牂牂。昏以为期，明星煌煌。

这是一首约好情人黄昏时候于东门外杨树下幽会而久等不至的诗。诗人藏情于景，一切通过生动的画面来表达，虽不言情却情意深浓。对此，张启成先生做了很好的诠释：“这首诗之所以感人，主要有两点：其一，充分显露了诗人对所爱者的专一与至诚，那种约言不渝的至诚精神，很自然地会使人联想起庄子寓言中的人物尾生。尾生与女子相约在桥下，结果洪水突然来临，他竟抱住桥下的石柱而淹死。诗人在夜深人静，明星闪烁的时刻，还在沙沙作响的白杨树下等候，正是这种至爱至诚的尾生式的心意，使诗歌有一种感人的力量。其二，这首诗作者挚着地等候，深沉的情意，焦急、彷徨、惆怅、迷惘的心理活动，都是通过风吹杨叶的沙沙声，明星闪烁的微光，间接地透露出来的。作者以景寓情，借物抒情，因而显得蕴藉含蓄，耐人寻味而富于情韵。唐人李商隐有诗曰：‘昨夜星辰昨夜风，画楼西畔桂堂东。’其意其境，当渊源于此。”[①]

庞德说：“中国诗人从不直接谈出他的看法，而是通过意象表现一切。”这句说得过了头，我国古典诗并不全是如此。但《东门之杨》是符合这个标准的。因它已达到“情景互藏其宅”（王夫之语）而进入“寓情于景而情愈深”（刘熙载语）的艺术境界。《小雅·鹤鸣》也是一首全为实景的好诗：

鹤鸣于九皋，声闻于天。鱼在于渚，或潜在渊，乐彼之园，爰有树檀，其下维穀，它山之石，可以攻玉。

《鹤鸣》全诗2章，这是第2章，王夫之对该诗评价很高：“《鹤鸣》之诗，全用比体，不道破一句，三百篇创调也。”（《姜斋诗话》下）然而正因为“不道破一句”，对其虚的部分，即言外之意的诠释才出现了众说纷纭、莫衷一是的现象。朱熹《诗集传》认为：“此诗之作，不知其所由，然必陈善纳诲之词也。”由于朱熹以理学说诗，遭到许多人的批评。陈子展先生《诗经直解》认为是篇小园赋，“山水田园诗之祖”。我们同意该诗是“表现了对贤才的仰慕与挽留，实与曹操《短歌行》主题相同”（赵逵夫说）的看法，因从“它山之石，可以攻玉”中透露出个中消息。需要指出的是，这种写法更难，正如范晞文《对床夜语》引《四

① 张启成：《诗经风雅颂研究论稿》，学苑出版社，2003年，第270页。张先生还认为欧阳修《生查子》“月上柳梢头，人约黄昏后”意境与《东门之杨》相似。扬之水《诗经别裁》说，周邦彦《过秦楼》“但明河影下，还有稀星数点”的造境与此略似。

虚序》云："不以虚为虚，以实为虚，化景物为情思，自然行云流水，此其难也。"唯其难写，后世从中借鉴才具有价值。如李白《玉阶怨》、卢纶《塞下曲》(月黑雁飞高)等。秦观《浣溪沙》词也很突出：

淡淡轻寒上小楼，晓阴无赖似穷秋。淡烟流水画屏幽。自在飞花轻似梦，无边丝雨细如愁。宝帘闲挂小银钩。

词中出现的是轻寒、晓阴、画屏、飞花、细雨、银钩等具体的意象，但从中我们却可以感受到春天里一种轻轻的寂寞和哀愁。按常规比喻大多是用具体比喻抽象，有形的比喻无形的，而这首词里却用无形的"愁"和"梦"比喻"细雨"和"飞花"，难怪梁启超称之为"奇语"(梁令娴《艺蘅馆词选》)。小银钩闲挂说明放下帘子，抒情主人公无心欣赏楼外的风景，百无聊赖的心情自在不言中。[①]

**(五)双实型**

所谓双实型，是指一首诗中分两个各自独立的层次，平分秋色，形成双实结构。《周南·卷耳》是这种构形的代表。然而，传统的诠释并不是这样的，最有影响的是先实后虚说，方玉润说："此诗当是妇人念夫行役而悯其劳苦之作。[一]章因采卷耳动怀人念，故未盈筐而'置彼周行'，已有一往情深之慨。[二、三、

① 杜甫《漫兴》绝句也是一个好例："糁径杨花铺白毯，点溪荷叶叠青钱。笋根雉子无人见，沙上凫雏傍母眠。"该绝句全是写景，景物中透露出一股浓浓春意以及诗人热爱春天的闲适自得的心情。

四］下三章皆从对面着笔，历想其劳苦之状，强自宽而不能宽，末乃极意摹写，有急管繁弦之意，后世杜甫‘今夜鄜州月’一首脱胎于此。”[6]

蒋立甫说得更清楚：“全诗四章，只有第一章是写实……后三章便由此从实写转为虚拟，因为她张望得出神，眼前出现了幻景，仿佛看到丈夫在归途中匆忙赶路，爬山过冈，人马困顿，借酒浇愁。她想得如此真切，正是自己对行人殷切思念的反映。”[7]

先实后虚的诠释自有其合理的一面，但有一个矛盾始终不能解决，即第 1 章的“我”和后面的“我”没法统一。前“我”代表其妻，后“我”却成“征人”，显然是不合情理的，因此应是“双实结构”，即两部分各自独立，属于“同时情事诗”。例如欧阳修《踏莎行》：

> 候馆梅残，溪桥柳细，草薰风暖摇征辔，离愁渐远渐无穷，迢迢不断如春水。
>
> 寸寸柔肠，盈盈粉泪，楼高莫近危栏倚。平芜尽处是春山，行人更在春山外。

这首词是抒写离愁别恨的名作。上下两阕分别从男女双方着笔，构成两幅并列的画面，一是丈夫在征途，一是妻子在阁楼，描写的空间不同，却都发生在同一时间内。上阕的“春水”和下片的“春山”，作为意脉连接前后，使两幅平行的画面叠印在一块儿，构成一幅意味深长的相思图。①

## 二、《诗经》虚实艺术的美学价值

在讨论我国虚实美学的思想根源时，大多认为是受老庄思想的影响。胡立新、沈嘉达在《虚实范畴在传统文艺学中的表义系统辨析》一文中说："老庄哲学特别注重宇宙间虚和无的功能，因为常人只看到实和有的功用，忽视了虚和无的功用，故老庄将虚和无的一面突出强调，让人辩证地看待宇宙万物有无相生，虚实相成的存在关系。这一哲学思想正契合了文艺上追求虚实相成的特性。"[8]

文中论及虚实相生与文艺创作的关系是透彻的，但说文艺创作中的虚实美学是受老庄思想的影响则值得商榷。因为文艺创造来源于实践，而且《诗经》中大多数作品产生于老庄哲学思想产生之前。因此我们要对其进行探源，应该从中国人诗化的宇宙观去寻找。宗白华指出："中国人抚爱万物，与万物同其节奏：静而以阴同德，动而以阳同波。（庄子语）我们宇宙既是一阴一阳，一虚一实的生命节奏，所以它根本上是虚灵的时空合一体，是流荡着生动气韵的。哲人、诗人、画家，对于这世界是'体尽无

---

① 钱锺书先生认为《周南·卷耳》是双实型的诗作，后代有王维《陇头吟》，少年楼上看星，与老将马背听笛，人异地而事同时，相形以成对照，皆在凉辉普照之下，犹"月子弯弯照九州，几家欢乐几家愁"。陈陶《陇西行》："可怜无定河边骨，犹是春闺梦里人。"也属双实型。《红楼梦》第九八回，"却说宝玉成家的那一日，黛玉白日已经昏晕过去，当时黛玉气绝，正是宝玉娶宝钗的这个时辰。"（《管锥编》第一册，中华书局，1979 年，第 68—69 页）

穷，而游无朕’（庄子语）。‘体尽无穷’是已经证入生命的无穷节奏，画面上表现出一片无尽的行动，如空中的乐奏。”[9]

宗先生从中国人诗化宇宙观入手，剖析了我们民族的审美心理结构。正是“一阴一阳，一虚一实”“与万物同其节奏”的审美心理才形成《诗经》等艺术创作的心理根源。中国画重视空白，马远因为常常只画一个角落而得名“马一角”，书法家讲究“计白当黑”，戏曲舞台注重虚空①，园林建筑强调空间处理，都说明虚实美学已成为中国美学的重要组成部分，各种艺术共同遵循的法则。

那么，《诗经》虚实美学的价值何在呢？

首先，有助于诗歌意境的形成。文学意境是抒情性文学追求的至高形态，是我国特有的最高审美范畴。那么意境的内涵是什么呢？童庆炳主编的《文学概论》说：“意境是指抒情作品中呈现的那种情景交融，虚实相生，活跃着生命律动的韵味无穷的诗意空间。”②可见虚实相生正是构成意境的不可或缺的要素。《桧风·隰有苌楚》是一首触景生情的小诗，诗人看到洼地上的羊桃树青枝绿叶，摇曳多姿，产生了“乐子之无知”的慨叹。人是万物之灵却羡慕草本的无情，这是诗中应有之象，但也留下许多想象的空间，原来诗人是借羡慕草木而表达一种厌世之叹。我们只有从

① 川剧《秋江》里，船翁一支桨和陈妙常摇曳的舞姿，会让观众看到摆渡的情景。舞台上演员做“趟马”这个动作，可以使人看出一匹马在跑，同时又能叫人觉得是人骑在马上。

②《文学概论》又说：“意境以它情景交融的形象特征，虚实相生的结构特征，韵味无穷的美感特征，和呈现生命律动的本质特征，集中体现了华夏民族审美理想，成为抒情文学形象的高级形态，成为许多诗人作家的艺术至境追求。”

诗中的实像中读出其“政烦赋重，人不堪其苦”（朱熹语）的厌世之叹，才能真正读懂这首诗的意境。《秦风·蒹葭》《陈风·月出》之所以广为传诵，也得力于此。

其次，让诗具有含蓄美。欧阳修《六一诗话》说：“圣俞（即梅尧臣）语予曰：诗家虽主意，而造语亦难。若意新语工，得前人所未道者，斯为善也。必能状难写之景如在目前，含不尽之意于言外，然后为至矣。”

“状难写之景”是实，“含不尽之意”是虚，体现含蓄美的特质：形象生动而又含蓄，余味无穷。方玉润对《召南·草虫》这首著名思妇诗是这样评论的：“始因秋虫以寄恨，继历春景而忧思。既未能见，则更设为既见情形以自慰其幽思无已之心。此善言情作也，然皆虚想，非真实觏。……使读者自得意于言外，则情以愈曲而愈深。词以益隐而益显。”

情曲词隐，意于言外，正是含蓄美的体现，前人研究古代诗词的含蓄美，只着眼于汉代以后的作品，而把《诗经》撇在一边，显然是个盲点。

最后，给读者留下再创造的审美空间。按照接受美学的观点，作品只有经过读者的阅读与接受，作品才有生命。由此，“艺术家的全部技巧就是创造引起读者审美再创造的刺激物”。（克罗齐语）而虚实相生正符合这一审美要求。宗白华先生说：“《考工记》《梓人为笋簴》章已经启发了虚和实的问题。钟和磬的声音本来已经可以引起美感，但这位古代的工匠在制作笋簴时却不是简单地做一个架子就算了，他要把整个器具作为一个统一的形象来进行艺术设计。在鼓的下面放着虎豹等猛兽，使人听到鼓声，同时看见虎豹的形状，两方面在脑中虚实结合，就好像是虎豹在吼叫一样。这样一方面木雕的虎豹显得有生气，而鼓声也形象化了。格外有情味，整个艺术品的感动力量就增加了一倍。”[9]

在鼓的下面安放着木雕的虎豹，听到鼓声就好像听到虎豹的吼叫，这件很有创意的艺术品是要依据接受者的想象才能完成的。《秦风·蒹葭》诗里，作者不让心爱的姑娘露面，把她的美留给读者在想象中完成，从而获得更多的美感。《汉乐府·陌上桑》写罗敷的美，荷马史诗《伊里亚特》写海伦的美也是如此。陈大成《文学哲学》：“一旦想象力完成了意象的作为，也就是尽其职责，于是心灵也就赏赐一份报酬的情绪——美感情绪。”《诗经》的作者是懂得把美感情绪留给读者的。

**参考文献**

[1] 卡西尔 . 人论 [M]. 上海：上海译文出版社，1958.

[2] 韦勒克·沃伦 . 文学原理 [M]. 上海：三联书店，1984.

[3] 夏传才 . 诗经语言艺术 [M]. 北京：语文出版社，1985.

[4] 姚际恒 . 诗经通论 [M]. 台北：“中国文哲研究所”，1994.

[5] 宗白华 . 美学散步 [M]. 上海：上海人民出版社，1981.

[6] 方玉润 . 诗经原始 [M]. 北京：中华书局，1986.

[7] 潘啸龙、蒋立甫 . 诗骚诗学与艺术 [M]. 上海：上海古籍出版社，2004.

[8] 胡立新、沈嘉达 . 虚实范畴在传统文艺学中的表义系统辨析 [J]. 中南民族大学学报，2003（9）.

[9] 宗白华 . 中国诗画中所表现的空间意识 [A]. 宗白华全集（第2卷）[M]. 合肥：安徽教育出版社，1994.

**附记：**

认识诗歌中的虚实很重要。有学者对岳飞《满江红》“壮志饥餐胡虏肉，笑谈渴饮匈奴血”提出批评，认为太残酷。岳飞这两句只是表示对敌人的仇恨之情，是不能落实的，因它是虚写，正如《诗经》中描写美人用“螓首蛾眉”，如果落实，岂不认为脸上长满昆虫了吗？有位历史学家根据唐诗“斗酒十千”和“斗酒三百”考订唐代的酒价和质量，也犯了同样错误，因“斗酒十千”是为了夸富，“斗酒三百”只是为了示贫。请谨记，理性是对现实的认同，而感性则是对现实的超越。

# 《诗经》的辩证艺术

史学家翦伯赞曾经说过，史料像是撒在地上的铜钱，需要一条红线把它贯穿起来，这条红线就是马列主义。用马列主义观点去研究《诗经》，前人做过，但还很不够，特别是对它的艺术方面的探讨更少，这里试就《诗经》中的辩证艺术谈点粗浅的看法。

## 一、以他思写单思

游子思乡，征人思亲，这是古往今来最为常见的主题之一。一般写法是游子或征人为何在他乡肝肠寸断，思念家中的亲人或故乡。然而，《魏风·陟岵》篇却以独特的艺术构思出现在人们面前：

陟彼岵兮，　　（登上那草木青青的山上啊，）
瞻望父兮。　　（登高要把爹来望。）
父曰：嗟！　　（爹说：咳！）
予子行役，　　（我儿当差出门远行，）
夙夜无已。　　（早沾露水晚披星。）
上（尚）慎旃哉！（多保重啊多保重！）

犹来无止！　　　（树叶儿归根记在心。）[①]

全诗3章，重章迭唱，直接描写征人思亲的只有每章开头两句："陟彼岵兮，瞻望父兮""陟彼屺兮，瞻望母兮"和"陟彼冈兮，瞻望兄兮"。在这重沓出现的两句中，通过对征人登高远望的描写，一下子就把思亲之情强烈表现出来了。"悲歌可以当泣，远望可以当归"开门见山，痛快淋漓。然而，他不仅写自己如何思念家中的亲人，而且通过想象，把笔锋一转，写起家中的父母和兄长如何思念自己，祝福自己，这种别开生面的写法有以下好处：

第一，人们在思念亲人的时候，往往想到亲人也想念自己。诗人抓住这个思维共性，具体展开了父、母、兄在家里思念征人的场面，这就好像电影中的迭镜头，一幅银幕中同时出现了四个画面，把不易为别人所把握的思绪具体化了，给读者以真切的感受。

第二，诗不仅讲究意境，而且还要讲究意境是否阔大。李白《子夜吴歌·秋歌》中的"长安一片月，万户捣衣声"，境界相当阔大，"秋风吹不尽，总是玉关情"把长安与玉关构成同一画面，其境界更加阔大，感情充溢其间，真是情满于山，情溢于海了。《陟岵》中既写了征人登高望乡的场面，又出现了家中亲人们活动的场面，就把千里之遥的他乡和故乡连结在一个空间之中，扩大了诗的境界。王国维在《人间词话》中讲意境有造境和写境之分。《陟岵》中的场景并非现实所有，纯属浪漫主义的造

① 译文借用余冠英先生《诗经选译》。

境。然而正是这种造境，丰富了读者的想象，收到“咫尺应该论千里”的效果。这里需要指出的是，有人反对这种理解，说：“汉唐注家都认为《陟岵》中，‘父曰’‘母曰’‘兄曰’为临行教戒之辞，而想象之说不过出于宋人的揣测”，并且认为《诗经》时代不可能出现这样具有丰富想象的作品。[1] 我们认为这种看法是值得商榷的。

第一，用他思写己思的表现手法并不是《陟岵》所擅有，《诗经》中有几篇也采用类似的写法。《豳风·东山》里那位戍卒在还乡途中想象自己离家三年，家中的田园一定很荒凉了，屋檐下缠满了瓜藤，门上沾满了蛛网；原来的耕地，成了野鹿践踏的场所；鬼火在到处闪耀。他又想象自己的妻子已经三年不见，一定在家里哀伤叹息，焦急地等待着自己的来临。“鹳鸣于垤，妇叹于室。洒扫穹窒，我征聿至”，是他想念自己的妻子，幻想出妻子在想他的情景。《周南·卷耳》也是好例，清方玉润《诗经原始》说：“[一章]因采卷耳而动怀人念，故未盈筐而‘置彼周行’，已有一往深情之概，[二、三、四章]下三章皆从对面著笔，历想其劳苦之状、强自宽而愈不能宽，未乃极意摹写，有急管繁弦之意。”所谓“从对面着笔”也就是我们所谈的“以他思写己思”。而王夫之则称之为“取影法”。用影子来反映其事物本身的情状，往往可收由此及往，意在言外的艺术效果。《小雅·出车》最后一章也用此法。所以王夫之曾就此法指出：“唐人《少年行》(按：应为王昌龄《青楼曲》)云：‘白马金鞍从武皇，旌旗十万猎长杨。楼头少妇鸣筝坐，遥见飞尘入建章。’想知少妇遥

① 刘永翔：《训诂与读诗》，《华东师范大学学报》1981年第3期。

望之情，以自矜得意，此善于取影者也。[①]‘春日迟迟，卉木萋萋；仓庚喈喈，采蘩祁祁。执讯获丑，薄言还归？赫赫南仲，猃狁于夷。’其妙正在此。训诂家不能领悟，谓妇方采蘩而见归师，旨趣索然矣。建旌旗，举矛戟，车马喧阗，凯乐竞奏之下，仓庚何为不惊飞，而尚闻其喈喈？六师在道，虽曰勿扰，采蘩之妇亦何事暴面于三军之侧邪？征人归矣，度其妇方采蘩，而闻归师之凯旋。故迟迟之日，萋萋之草，鸟鸣之和，皆为助喜。”（《姜斋诗话·诗铎》）

王夫之认为《小雅·出车》的最后一章不是实写，而是征人凯旋回家途中，想象其妻子高兴地迎接他来临的情状是对的。《小雅·巧言》：“他人有心，予忖度之。”可见，在充满辩证法的《诗经》时代，人们是懂得用他思写己思的道理的。“共看明月应垂泪，一夜分心五处同”，诗人盼归，家人望归，这是诗人和家人的共同点，是诗人展开自由想象的支柱。因此，在“诗人感物，联类不穷”的时候，写想家却从家人的角度落笔是有他的现实根据的。

第二，如果按汉人、唐人注《陟岵》的谈法，此诗为父、母、兄对作者临行告诫之辞，那么，诗的行文应该是“嗟妆行役”，而不能写成“予子行役”“予季行役”“予弟行役”。朱熹说得好：“孝子行役，不忘其亲，故登山以望其父之所在。因想象其父念己之言曰，嗟乎我之子行役，夙夜勤劳，不得止息。又祝

① 《青楼曲》只写楼头少妇所见所为，却能想知她“遥望之情，以自矜得意”。这位少妇为什么“自矜得意”呢？按照王夫之的理解，那“白马金鞍从武皇”的队伍里，一定有少妇的丈夫在里边。

之曰，庶几慎之哉，犹可以来归，无止于彼而不来也。”(《诗集传》)段玉裁在《毛诗故训传》中的断句与一般断句不同，他的断法是：“父曰：嗟予子，行役夙夜无已。上慎旃哉，犹来无止。”子、已、止三字押韵，其余类推。这种读法更可说明“父曰”“母曰”“兄曰”以下纯属游子想象之辞。

第三，《陟岵》这种艺术手法已为后人所继承。钱锺书先生指出：“古乐府《西洲曲》写男‘下西洲’，拟想女在‘江北’之念望己：‘单衫杏子黄’、‘垂手明如玉’者，男心目中女之容饰，‘君愁我亦愁’、‘吹梦到西洲’者，男意计中女之情思。据实构虚，以想象与怀忆融合而造诗境，无异乎《陟岵》焉。”[①] 这论断是很有见地的。徐陵《关山月》：“关山三五月，客子忆秦川。思妇高楼上，当窗应未眠。”王建《行见月》：“家中见月望我归，正是道上思家时。”白居易《邯郸冬至夜思亲》：“想得家中夜深坐，还应说着远游人。”郑会《题邸间壁》：“酴醾香梦怯春寒，翠掩重门燕子闲。敲断玉钗红烛冷，计程应说到常山。”柳永《八声甘州》词：“想佳人，妆楼颙望，误几回，天际识归舟。”等正是这种手法的具体运用。然而，学得最好的要算杜甫在长安写的《月夜》一诗，它的起句是“今夜鄜州月，闺中只独看”，并具体展现妻子深夜闺中思念的情景。“别裁伪体清风雅”的杜甫是深得《陟岵》旨趣的。

当然，后代诗人学习《陟岵》不仅在于同一时间中的不同空间的描写上，还在于同一空间的想象和构思上。钱锺书先生指出：“词章中写心行之往而返，远而复者，或在此地想异地之

① 钱锺书：《管锥编》，中华书局，1979年，第114、116页。

思此地，若《陟岵》诸篇；或在今日想他日之忆今日，如温庭筠《题怀贞池旧游》：'谁能不逐当年乐，还恐添为异日愁。'朱服《渔家傲》：'拼一醉，而今乐事他年泪。'吕本中《减字木兰花》：'来岁花前，又是今年忆昔年。'一施于空间，一施于时间，机杼不二也。"[①] 而唐代著名诗人李商隐的《夜雨寄北》则把空间和时间的往复集于一炉，更臻其妙。霍松林先生说："姚培谦在《李义山诗集》中评《夜雨寄北》说：'料得闺中夜深坐，多应说着远行人'，是魂飞家里去。此诗则又预飞到归家后也，奇绝！这看法是不错的，但只说了一半。实际上是：那'魂''预飞到归家后'，又飞回归家前的羁旅之地，打了个来回。而这个来回，既包含空间的往复对照，又体现时间的回环对比。桂馥在《札朴》卷六里说：'眼前景反作后日怀想，此意更深。'这着重空间方面而言，指的是此地、彼地、此地的往复对照。徐德泓在《李义山诗疏》里说：'翻从他日而话今宵，则此时羁情，不写而自深矣。'这是着重时间方面而言，指的是今宵、他日、今宵的回环对往。在前人的诗作中，写身在此地而想彼地之思此地者，不乏其例；写时当今日而想他日之忆今日者，为数更多。但把两者统一起来，虚实相生，情景交融，构成如此完美的意境，却不能不归功于李商隐既善于借鉴前人的艺术经验，又勇于进行新的探索，发挥独创精神。"[②] 李商隐学习《诗经》的精神和态度是值得我们借鉴的。

---

① 钱锺书：《管锥编》，中华书局，1979 年，第 114、116 页。

② 霍松林：《唐宋诗文鉴赏举隅》，人民文学出版社，1984 年，第 219 页。

## 二、以乐景写哀情

“诗缘情而绮靡”，写诗总需要情，然而只有情与景统一时，才算好诗。一般说来，情与景的统一有两种情况：

（一）以乐景写乐情，以悲景写悲情。例如《小雅·出车》：“春日迟迟，卉木萋萋。仓庚喈喈，采蘩祁祁。执讯获丑，薄言还归。赫赫南仲，玁狁于夷。”用明媚的春光和黄莺悦耳的歌唱描绘想象中凯旋的热烈场面和喜悦心情。欧阳修在《诗本义》中评论这首诗指出：“述其归时，春日暄妍，草木荣茂而禽鸟和鸣，于此之时，执讯（按：讯指女俘虏）获丑（按，丑指男俘虏）而归，岂不乐哉！”

（二）用乐景写哀情，用哀景写乐情，这也属于相反相成的辩证统一。关于这一点，王夫之早就提出过，他在《姜斋诗话》中说：“‘昔我往矣，杨柳依依；今我来思，雨雪霏霏。’以乐景写哀，以哀景写乐，一倍增其哀乐。”王夫之的引诗出自《小雅·采薇》第6章。这里，我们做进一步的阐述和补充。《豳风·七月》是一首西周时代豳地农奴们的作品，叙述他们在一年中的劳动过程和生活状况。“无衣无褐，何以卒岁”，字字血，声声泪，然而在诗中往往采用乐景作反衬：

> 春日载阳，有鸣仓庚。女执懿筐，遵彼微行，爰求柔桑。春日迟迟，采蘩祁祁。女心伤悲，殆及公子同归。

女奴隶们上山采桑，随时都有被奴隶主抢婚的危险。因此，上山时，心情是愁苦而又提心吊胆的。然而诗中出现的竟是几乎同《小雅·出车》一样的景象。这种乐景更为强烈地反衬出明媚的春光不是属于她们的，她们的生活也没有在枝头上尽情歌唱的黄莺那样自由自在，经过这样的反衬，确能收到“以乐景写哀，倍增其哀”的效果。

《桧风·隰有苌楚》也是用乐景写哀情的好例。全诗3章，只录1章：

隰有苌楚，　（低地里生长羊桃，）
猗傩其枝。　（桃枝儿随风荡摇。）
夭之沃沃，　（你多么壮啊多么美好，）
乐子之无知。（可喜你无知无觉。）

这首诗的主题向来有争论。高亨先生认为是一首女子对男子表示爱情的短歌。他根据《尔雅·释诂》“匹，知也”的解释，把“无知”解释为“没有匹偶”，“乐子之无知”的意思是男子没有妻子，正好任她追求。（见《诗经今注》）如果这样解释成立的话，那就属于乐景写乐情了。然而，这样解释要拐弯，而且诗意太浅。我们认为这是一首乱离之世的愁苦之音，诗的每章前部分，都尽力描绘洼地上景物的美好，一片繁茂的羊桃青枝绿叶，妍红的花朵迎风开放，摇曳多姿。然而笔锋一转，在原野上彷徨忧思的诗人看到眼前的美景，触动了自己悲惨身世，觉得人生在世，还不如野地里的草木可以自由自在地生长，因而悲伤地写下这首诗。此诗深刻地表现了古代下层人民对现实的强烈不满和无限怨忿之情。它的写法比直接诉说人生为何愁苦更为深切动人。朱熹说：“政烦赋重，人不堪其苦，叹其不如草木之无知而无忧也。”[①] 钱锺书先生说：“苌楚无心之物，遂能夭沃茂盛，而人则有身为患，有待为烦，形役神劳，唯忧用老，不能长保朱颜青鬓，故睹草木而生羡也。”[②] 这些意见，都是对此诗立意的确解。后代许多文学家学习这种手法写出动人的诗词和名句。例如姜夔《长亭怨》：“树若有情时，不令得青青如许。”鲍溶《秋思》之三：“我忧长于生，安得及草木。”《红楼梦》第 113 回：“紫鹃：算来意不如草木石头，无知无觉，倒也心中干净。”也可以作《隰有苌楚》巧妙立意的注脚。

此外，《诗经》用乐景写哀情还表现在，诗中充满快乐而骨子里面却十分痛苦，诗中的快乐正是内心痛苦的折光。朱东润先生就深刻地指出：“《蟋蟀》（指《唐风·蟋蟀》篇）之言：‘今我不乐，日月其除。’《山有枢》之言：‘宛其死矣，他人是愉。’其言乐者正如病入膏肓，犹谈歌舞，欢愉无几，顿成异物，此亦生人至惨矣。”[③] 这种写法正是辩证艺术更为深刻的体现。

## 三、以动衬静

晋人葛洪《抱朴子·广譬》说：“不睹琼琨之熠烁，则不觉瓦砾之可贱；不睹虎豹之彧蔚，则不知犬羊之质漫；聆《白雪》之九成，然后悟《巴人》之极鄙。”这是说明把两件相反或相异的事物联系在一起加以对比考察，往往能够加深对事物性质的认识和

① 朱熹：《诗集传》，上海古籍出版社，1980 年，第 86 页。

② 钱锺书：《管锥编》，中华书局，1979 年，第 128 页。

③ 朱东润：《诗三百篇探故》，上海古籍出版社，1981 年，第 122 页。

印象。把这种相反的事物来相映相衬运用到文学创作中就称之为“映衬”。而映衬又有两种，一曰正衬，一曰反衬。所谓以乐景写哀情，其实是一种反衬，而本节中所谓的以动衬静也是反衬。《小雅·车攻》是首记述周宣王东巡田猎，会和诸侯的诗，全诗8章，其第7章：

萧萧马鸣，（声萧萧马儿嘶唤，）
悠悠旆旌。（轻悠悠旌旗招展，）
徒御不警？（车上车下谁不警戒？）
大庖不盈？（大厨房里怎不充盈？）

这一章是写猎毕而归时军容整肃的场面，其中的“萧萧马鸣，悠悠旆旌”写的是什么呢？《毛传》云：“言不喧哗也。”是相当准确的。千军万马，只听到马鸣萧萧，只见旌旗迎风招展，整肃而安静的场面不就表现出来了吗？马鸣是动，整肃是静。相反而相成。陆象山认为：“‘萧萧马鸣’，静中有动，‘悠悠旆旌’，动中有静。”[①] 也看出诗中的辩证关系。然而，“悠悠”是描绘旗帜轻轻飘动的状态，迎风飘动的旗帜也是有声音的，所以总的说来，这两句是从听觉写视觉的，从心理学角度讲是“同时反衬现象”在诗歌中的运用。钱锺书先生指出：“眼耳诸识，莫不有是；诗人体物，早具会心。寂静之幽深者，每以得声音衬托而愈觉其深；虚空之辽阔者，每以有事物点缀而愈见其广。《车攻》及王、杜篇什是言前者。后者如鲍照《芜城赋》之‘直视千里外，唯见

① 陆象山：《陆象山全集》卷四《语录》。

起黄埃’或王维《使至塞上》之‘大漠孤烟直’；景色有埃飞烟起而愈形旷荡荒凉。”①

这里，钱先生把以动衬静的原理及其影响讲得十分明白了。这里所谓的“王”是指梁朝著名诗人王籍，他在《入若耶溪》诗中写道：“蝉噪林愈静，鸟鸣山更幽。”用蝉噪鸟鸣来写若耶溪（今浙江绍兴西南若耶山下）环境的幽静，是相当成功的。被颜之推誉之为“文外独绝”，“简文（萧纲）吟咏，不能忘之；孝元（萧绎）讽味，以为不可复得”。② 而这种独绝，则是继承和发展《车攻》的结果。颜之推在论及《毛传》“言不喧哗也”时就指出：“吾每叹此解有情致，籍诗生于此意耳。”钱先生所谓“杜”是指杜甫，他在《后出塞五首》之二中有“落日照大旗，马鸣风萧萧”的名句，显然是从《车攻》脱化而来，但所加的“落日”已点明行军时间，又扩大了行军的气象和境界。二句的“风”字也妙，一字之加“觉全局都动，飒然有关塞之气”。连边地风光也交代出来了，真是踵事增华，更臻其妙了。

在后代学习《车攻》等优秀作品中，王维《鸟鸣涧》还是值得

---

① 钱锺书：《管锥编》，中华书局，1979年，第180、128页。

② 颜之推《颜氏家训·文章》。按，王籍《入若耶溪》诗曾受到王夫之的批评，他说：“‘蝉噪林愈静，鸟鸣山更幽’，论者以为独绝，非也…… ‘愈’‘更’二字斧凿露尽，未免拙工之巧，拟之于禅，非、比二量语所摄，非现量也。”（《古诗选评》卷六，王籍《入若耶溪》评）其实宋人蔡居厚《宽夫诗话》早就说过：“晋宋间诗人，造语虽秀拔，然大抵上下句多出一意，如‘鱼戏新荷动，鸟散余花落’，‘蝉噪林愈静，鸟鸣山更幽’之类非不工矣，终不免此病。”（见《苕溪渔隐丛话》前一引）他们的批评是从对偶的要求着眼，但齐梁间对偶要求并不如后来那样严格。而且与反衬手法无涉。

一提的：

人闲桂花落，夜静春山空。
月出惊山鸟，时鸣春涧中。

春山之夜，万籁都陶醉在那种夜的色调、夜的宁静里了。月亮的悄悄升起，使习惯于宁静的山鸟，竟然被惊动而发出几声鸣叫。山涧被花落、月出和鸟鸣这些动的景物衬托得更加静谧。艺术的辩证法在这里又得到更为生动地体现。

## 四、以少总多

刘勰在谈到《诗经》语言特点时指出："诗人感物，联类不穷；流连万象之际，沉吟视听之区。写气图貌，既随物以宛转；属采附声，亦与心而徘徊。故'灼灼'状桃花之鲜，'依依'尽杨柳之貌，'杲杲'为出日之容，'瀌瀌'拟雨雪之状，'喈喈'逐黄鸟之声，'喓喓'学草虫之韵；'皎日''嘒星'，一言穷理；'参差''沃若'，两字穷形，并以少总多，情貌无遗矣。虽复思经千载，将何易夺？"[①] 这里指出的《诗经》在语言上的特色是非常准确的。其语言形式十分简单，而其思想内容却又十分丰富。"辞约而旨丰，事近而喻远。"（《文心雕龙·宗经》）表现出诗人特有的语言表现力。例如《郑风·风雨》："风雨如晦，鸡鸣不已，既

① 刘勰：《文心雕龙·物色》，见周振甫《文心雕龙选译》，中华书局，1980年，第181页。

见君子，云胡不喜。”“既见”一词非常普通，但在语言环境中却又有丰富的内容。本来在“鸡鸣不已”之后，按常理是写她如何思念自己的心上人，随后再写见到心上人时的喜悦心情。但作者没采用这种通常的写法，而用“既见”一词，直接描写相见之后的高兴心情，而未见时的心情就在不言之中了。严羽《沧浪诗话》：“语忌直，意忌浅，脉忌露，味忌短，音韵忌散缓，亦忌迫促。”(《诗法》)这里的“语忌直”指写诗要含蓄；“意忌浅”指含意要深远不尽；“脉忌露”指应有跳跃性；“味忌短”指要有味外味。而《风雨》中只因用了“既见”两字，这“四忌”就全避免而又内容丰富意味无穷了。

由此可见，《诗经》语言上的以少总多，不像是刘勰所举例的那样只停留在形容词的运用上，而是包括在立意和布局谋篇等方面上。这里，我们可用《卫风·伯兮》和与之相似的李清照《凤凰台上忆吹箫》做一比较：

| 篇名<br>内容 | 伯兮 | 凤凰台上忆吹箫 | 附注 |
| --- | --- | --- | --- |
| 思念之情 | 愿言思伯，使我心痛 | 生怕离怀别苦，多少事欲说还休。新来瘦，非干病酒，不是悲愁。 | 一为率直一为委婉 |
| 具体描写思念之痛苦 | 自伯之东，首如飞蓬。岂无膏沐，谁适为容？ | 香冷金猊，被翻江浪，起来慵自梳头。住宝奁尘满，日上帘钩。 | 一为一语概括，一为层层铺叙。 |

### 五、其他

《诗经》的辩证艺术中还有以下三种手法：

（一）以丽词写丑行。《鄘风·君子偕老》是首公认的卫国人民讽刺卫宣姜的诗，但诗中极力渲染她的服饰、尊严和美丽：

> 君子偕老，副笄六珈。
> 委委佗佗，如山如河，
> 象服是宜。子之不淑，
> 云如之何？
> …………

诗中用了许多赞美之词正是讽刺她“地位和丑陋行为很不相称，这是用丽辞写丑行的艺术手法”。（程俊英《诗经译注·题解》）所以清王照圆说：“《君子偕老》诗，笔法绝佳。通篇止‘子之不淑’二字，明露讽刺，馀均叹美之词，含蓄不露。如副笄六珈，象服是宜，是说服饰之盛；委委佗佗，如山如河，是说仪容之美，通篇俱不出此二意。”这个评价是相当中肯的。该诗这种以美写丑的艺术手法，对杜甫《丽人行》的写作，也有着直接、深刻的影响。

（二）室近人远型。《郑风·东门之墠》：

> 东门之墠，茹藘在阪。
> 其室则迩，其人甚远。

用实际空间的近反衬心理空间的远，“迩”和“远”形成了强烈的对比，从而收到更好的效果。自此以后，这种艺术手法经常被后人所运用。韦庄《浣溪沙》词：“咫尺画堂深似海，忆来唯把旧书看，几时携手入长安？”《西厢记》第二本第四折〔绵搭絮〕：

“疏帘风细，幽室灯清，都只是一层儿红纸，几幌儿疏棂，兀的不是隔着云山几万重？”第二本第一折〔混江龙〕:“系春心情短柳丝长，隔花阴人远天涯近。”以近衬远，余味无穷，令人百读不厌。

# 《诗经》意境浅说

《诗经》有高级形态的意境之作吗？学界有人表示怀疑。我们认为不光有，而且有一定的数量。其理由是，文学理论是实践的总结，任何理论的产生都在文学艺术的实践之后，这已为文学艺术发展史所证明。意境理论产生于《诗经》《楚辞》《古诗十九首》之后，不足为怪。刘勰《文心雕龙·物色》中谈及“以少总多”这一意境理论问题时，就举《诗经》“灼灼状桃花之鲜，依依尽杨柳之貌，杲杲为日出之容”等有生动丰富意境的诗例。清人潘德舆《养一斋诗话》说：“《三百篇》之体制，音节不必学，不能学；《三百篇》之神理，意境不可不学也。”不但肯定了《诗经》意境的存在，而且意境在《诗经》中占有重要地位。王国维《人间词话》的中心内容是谈意境问题，并多次引用《诗经》例子，而在《文学小言》中直接称赞《黄鸟》《蒹葭》等“体物之妙，侔于造化”。可见《诗经》有意境诗是没问题的。王洲明先生在谈及21世纪《诗经》研究时说：“《诗经》中的诗有意境，学术界认识并不一致，在我看来，《诗经》已经开创了我国诗歌艺术中意境的创造，有不少诗是有意境的诗。”宗白华先生有句名言：“温故而知新，却是艺术创造与艺术批评的应有态度，历史向前进一步的发展，往往是向后一步的探本溯源。”让我们从《诗经》入手，作一次意境的“探本溯源”吧！

## 一、《诗经》意境构成的三个层面

童庆炳主编《文学概论》中说：“意境是以整体形象出现的文学高级形态。”既然是“整体形象”，其层面就不是单一的而是多层面的，主要有以下三种情况。

### （一）《诗经》意境构成的三种形态

意境是由意与境这两个单体概念组合而成的，意与境如何融合才能产生美感效应，产生意境的诗意空间？这是意境理论必须回答的问题。樊志厚在《人间词乙稿序》中说：“文学之事，其内足以摅已，而外足以感人者，意与境二者而已。上焉者意与境浑，其次或以境胜，或以意胜，苟缺其一，不足以言文学。”这里区分意境三种形态是有见地的，但有等级的差别则不准确。

第一，意与境浑。诗歌艺术形象一方面具有艾略特所说的“如画性”，是一种生动的直观（境），另一方面又是一种情感的载体（意），两者如能浑融就构成意境的基本素质，这种情况在《诗经》中较为常见。《邶风·燕燕》是卫君送妹妹出嫁的诗歌，在这首被王士祯誉为“万古送别之祖”的诗中，写了“瞻望弗及，伫立以泣”这一情景，临别时应该是千叮咛万嘱咐，但诗中却一句话没说，正反映临别时无限悲苦之情。所以钟惺评说：“深情苦境谈不得，若说得，又不苦矣。”“瞻望弗及”是写以目力相送，直到看不见为止，就把依依惜别之情表达无遗了。宋人许顗说：“《邶风·燕燕》真可以泣鬼神矣！张子野长短句：‘眼力不如人，远上溪桥去’，东坡《与子由诗》云：‘登高回首坡垅隔，惟见乌帽出复没’，皆远绍其意。”(《彦周诗话》)说明这种意境深远，对后代诗歌创作有影响。李白《黄鹤楼送孟浩然之广陵》:“孤帆远影碧空尽，惟见长江天际流。”张先《南乡子》词:“春日一篙残照阔，遥遥，有个多情立画桥。”贺铸《青玉案》词:“凌波不过横唐路，但目送，芳尘去。”等也都是“远绍其意”的佳作。《陈风·月出》是首抒写月下怀念美人的爱情诗。诗人有意把美人安排在月光之下，构成月下怀人的意境。月光和美人相互映衬，俊美的秀容融入清辉的月色之中，使美人具有一种朦胧状态的美。浙江有个民谚:“月光下看老婆，越看越漂亮；露水里看庄稼，越看越喜欢。”说的就是这个道理。拜伦有一首咏威莫特·霍顿夫人的诗——《她走在美的光影里》也是把美人放在光影之下加以赞美。宋代晏几道《临江仙》词:“当时明月夜，曾照彩云归。”李煜《玉楼春》词:“归时休放烛光红，待踏马蹄清夜月。”朱自清《荷塘月色》:“塘中的月色并不均匀，但光与影有着和谐的旋律，如梵婀玲上奏的名曲。”都是借助月亮的光影构成空灵和深邃的境界。宗白华先生曾赞美“月亮是大艺术家”，我们也可以说，《陈风·月出》的作者是发现“月亮是大艺术家”的第一人。

第二，以情胜。这种意境的创造方式，往往不写景，直抒胸臆，用《诗经》诗学的术语讲是全用赋法，不给读者提供可感的画面，而是表现诗人感情的运动轨迹。《人间词话》云:“境非独谓景物也，喜怒哀乐亦人心中的境界，故能写真景物，真感情者，谓之有境界，否则，谓之无境界。”《秦风·无衣》就是这方面的代表。它是《秦风》中影响最大的具有爱国主义思想的诗篇。该诗3章，重复中寓递进之意，从内到外，从上到下，一层深一层地表现战士间的亲密关系，一层紧一层地烘托战争气氛，书写共同赴敌的昂扬战斗精神。有学者认为这是我国历史上第一支军歌。该诗具有“岳将军直捣黄龙般的凌厉之气”（陈继揆语），“有吞六国之气象”（钟惺语）。

移情说是19世纪德国美学家里普斯等人提出来的，但《诗经》早就运用。《邶风·静女》：“自牧归（馈赠）荑（茅草），洵美且异。匪女（汝，代指荑）之为美，美人之贻。”朱熹《诗集传》云：“然非此荑之为美。特以美人之所赠，故其物亦美耳。”山地的野茅草因为是情人所馈赠，抒情主人公把对情人的感情投射于茅草中，茅草才显得格外美。这里把热恋的心理表现得那么真切，一个憨厚痴情的男子形象展现在我们面前。相传周宣王的大臣召伯曾在甘棠树下听狱断案，秉公持正。后人爱屋及乌，对那棵甘棠树有一份赏爱之情，于是写下《召南·甘棠》这首诗篇，被后人称之“千古去思之祖”。用移情手法表达对召伯怀念之情确实很成功。

第三，以境胜。在这类意境创造中，诗人藏情于景，一切通过生动的画面来表现。《陈风·东门之杨》就是这种范式的代表，这是一首约好情人黄昏时候于东门外杨树下幽会，而久等不至的好诗，它充分地展现了对所爱之人的专一与至诚。诗人焦急、彷徨、惆怅的心理活动，都是通过风吹杨树的沙沙声、明星闪烁的微光间接地透露出来，耐人寻味。欧阳修《生查子》：“月上柳梢头，人约黄昏后。”周邦彦《过秦楼》：“但明河影下，还看稀星数点。”意境与之相似。

《鹤鸣》全诗两章，王夫之评价很高：“《鹤鸣》之诗，全用比体，不道破一句，三百篇创调也。”（《姜斋诗话》下）对该诗的主旨研究各家有不同的看法。陈子展认为是篇小园赋，山水田园诗之祖。我们同意该诗表现了对贤才的仰慕与挽留，实与曹操《短歌行》主题相同。正如范晞文《对床夜话》引《四虚序》云："不以虚为虚，以实为虚，化景物为情思，自然行云流水，此其难也。"唯其难写，后人从中借鉴才有价值。

**（二）虚实相生——意境形成的重要艺术手法**

所谓虚与实，是一组相对的美学概念。从感官判定事物存在的关系上看，能作用于感官的为实，不能作用于感官的为虚，花草、树木、鱼虫等为实，梦境和夸饰为虚，从作品的主客关系上看，景物为实，情与理为虚，从作品与读者的关系看，作品所提供的形象为实，读者从形象中领悟的象外之象，味外之味，言外之意为虚。意境是一种"境生于象外"的艺术空间，它必然要以虚实相生为其主要的艺术表现手法。

游子思乡，征人思亲，这是诗歌中常见的主题，一般的写法是游子或征人如何在他乡思念亲人或故乡。然而《魏风·陟岵》却以独特的构思出现在人们面前。全诗 3 章，重章迭唱。直接描写征人思念家中亲人的只有每章开头两句。后面借助想象，笔锋一转，写起家中的父母和兄长如何思念自己，虚实相生，构成意境。

其一，人们在思念亲人的时候，往往想到亲人也在思念自己，[①] 诗人抓住这个心理特征，具体展开了父、母、兄在家里思念征人的场面，这就好像电影中蒙太奇的迭镜头，银幕上先后出现了四个画面，把不易被别人把握的思绪具体化了，给读者以真

① 例如王建《行见月》："家中见月望我归，正是道上思家时。"白居易《邯郸冬至夜思亲》："想得家中夜深坐，还应说着远游人。"

切的感受。

其二，王国维《人间词话》讲意境有造境与写境之分。《陟岵》纯属浪漫主义的造境，正是这种造境，丰富了读者的想象空间。

其三，这种虚实相生的艺术手法不是《陟岵》所专有，《豳风·东山》里那位戍卒回家途中想象他的妻子思念他的情景，而《周南·卷耳》2、3、4章皆从对面着笔，历想丈夫在外劳苦的抒写，《小雅·出车》最后一章也不是实写，而是征人凯旋途中想象妻子高兴地迎接他的情景。《小雅·巧言》："他人有心，予忖度之。"可见《诗经》时代这种用他思写己思的艺术手法是有心理根据的。

其四，《陟岵》艺术已为后人所继承，学得最好的是杜甫的《月夜》，而李商隐《夜雨寄北》一诗，既有时间的往返，又有空间的往返，更见其继承中创造的功力。

**（三）意境的呈现还要靠作者与欣赏者的共同创造**

接受美学认为，任何一种艺术品都是由作者与欣赏者共同创造的，正如睡美人等待王子将其唤醒。德国海德格尔解读梵高的《农鞋》，生发出许多社会人生和命运的意义，毛泽东把愚公移山的寓言读成一篇动员人民推翻三座大山的檄文等，都是好例。《诗经》意境的呈现也是如此。《周南·芣苢》原是一首很短的诗，方玉润《诗经原始》中揭示其"风和日丽群歌互答"的意境，闻一多读出待嫁少妇正燃着希望的玑珠，一个中年女性寻求一粒真实的待生种子。正是这种读者的创造，才使《芣苢》具有不朽的生命。

## 二、《诗经》意境诗的美学品格

### （一）真实自然的意境

王国维《人间词话》中指出："大家之作，其言情也必沁人心脾，其写景也必豁人耳目，其辞脱口而出无矫揉妆束之态。以其所见者真、所知者深也。持此以衡古今之作者，百不失一。"《诗经》意境诗符合王国维的标准。《桃夭》是首祝贺出嫁的诗："桃之夭夭，灼灼其华"，既点明婚嫁的时节，又烘托喜庆的欢乐气氛，"人面桃花"借喻新嫁娘的美丽，可谓一石三鸟，难怪被评为"咏美人之祖"。《邶风·击鼓》写征人与妻子告别的情景："执子之手，与尔偕老"，多么真切自然。《伯兮》写妇人思念丈夫，"首如飞篷"，"谁适为容"又多么宛然在目。《小雅·采绿》的"终朝采缘，不盈一掬"写出怀人的深情，让我们仿佛看到抒情主人公发呆的样子。方玉润评《王风·君子于役》："傍晚怀人，真情实境，晋唐人田家诸诗，恐无此真实自然。"(《诗经原始》)"真实自然"正是《诗经》，特别是《国风》的重要美学品格。

### （二）韵味无穷的审美特征

所谓"韵味"，是指意境中蕴含的那种余味不尽的美感。在刘勰"余味曲色"说、钟嵘"滋味说"的基础上，晚唐司空图提出了"韵味说"，他认为意境的审美效应有一种绵绵不尽的韵味，有"味外之味"，"韵外之致"。明人陆时雍更认为韵是意境的生命，"有韵则生，无韵则死"。说明韵味无穷是意境的魅力所在。

《小雅·采薇》中"杨柳依依"的描写就富有韵味。"依依"形容杨柳柔长袅袅的柳条，与送行人挥手告别，依依不舍的情景相融洽。李商隐《赠柳》“堤远意相随”，李嘉佑《自苏台至望亭驿怅然有作》“远树依依如送客”等正是从《采薇》中演化而来的。诗中“柳”谐音“留”，含有挽留行人之意。另外柳树分布极广，又容易成活，有预祝行人在他乡幸福安康之意。柳条下垂向地，又象征祝愿行人落地归根。短短四字，言有尽而意无穷。

**（三）展现生命意蕴的艺术世界**

所谓意蕴，就是潜在于作品中的人生精义和生命律动，一种高度概括的人生感受，具有深刻性和超越性。中国诗化哲学认为，宇宙是天地合一的大生命，而人则是由大生命行而传之的小生命，宇宙境界与人生境界合而为一。《大雅·旱麓》中“鸢飞戾天，鱼跃于渊”，既传达了宇宙的生命律动，又是人类生气勃勃的飞动之趣的艺术体现。如果说《郑风·将仲子》的意蕴是人类情感与理智的矛盾的话，那么《秦风·蒹葭》则是人类现实与理想矛盾的象征。林兴宅先生是这样称赞《蒹葭》深层意蕴的：“面对这首两千多年前的抒情诗，我们不能不为它所通达的境界感到惊叹：它竟然那样准确地概括了人类亘古存在的生存状态——自由和必然的冲突；竟然喊出了人类永恒体验的痛苦——理想和现实的阻隔；竟然表达出人类不变的精神——对美的执着追求。……抒情主人公那不畏艰难曲折，执着地追求自己所爱的历程，不正是整个人类永恒地追求真、善、美境界的生动写照吗？那些优秀的文艺作品似乎都能洞察人类灵魂的隐秘，都能传达历史深层的悸动，它们就是人类历史魂魄的深层模式。”①

① 林光宅：《象征论文艺学导论》，人民文学出版社，1992年，第1页。

**参考文献**

[1] 姚柯夫 .《人间词话》及评论汇编 [M]. 北京：书目文献出版社，1983.

[2] 张少康 . 古典文艺美学论稿 [M]. 北京：中国社会科学出版社，1988.

[3] 童庆炳主编 . 文学概论 [M]. 武汉：武汉大学出版社，2000.

[4] 宗白华 . 美学散步 [M]. 上海：上海人民出版社，1981.

# 《诗经》修辞艺术及其影响

“修辞”一词出自《易经·文言》：“君子进德修业，忠信所以进修也。修辞立其诚，所以居业也。”这里的“修辞”，主要是指修整文教及个人修养，与现代意义的修辞不同。现代意义的修辞，主要是研究如何运用各种语文材料和表现手法，使语言表现得更加准确、鲜明、生动。从艺术的角度讲，修辞是艺术经验的总结和深化。

比较文化学的研究者认为，公元前800年前后，人类经历了一次精神上的觉醒，为古代文明奠定了基础。产生于这个所谓的轴心时代的《诗经》，是我国第一部诗歌选集，它体现了先民的智慧和艺术创造力。其修辞方式不但丰富多彩，而且其成熟程度令人惊叹，并对后代产生了深远影响。达·芬奇有句名言，凡是能够到源头去取泉水的人，绝不喝壶中的水。让我们到我国诗歌的源头去体味修辞艺术的风采，并以此滋润我们文化艺术的心田。

## 一、关于“赋”的修辞艺术

赋、比、兴是《诗经》最早也最常用的修辞艺术，相对于比、兴的研究，赋的研究是薄弱环节。所谓“赋”，朱熹说：“赋者，铺陈其事而直言之者也。”说明赋的特点是不用比、兴，而采用直接叙述或描写。从修辞艺术的角度说，《诗经》最有特色的赋主要有两种：

**（一）采用白描的手法进行铺叙**

所谓白描，原为中国绘画技法名，只单用线条勾绘形象而不施彩色。在创作中指运用朴素的浅显语言抒发情感，描绘形象，《王风·君子于役》就很典型：

君子于役，　（丈夫当兵去远方，）
不知其期，　（谁知还有几年当。）
曷至哉？　（哪天哪月回家乡？）
鸡栖于埘，　（鸡儿上窝，）
日之夕矣，　（西山落太阳，）
牛羊下来。　（羊儿牛儿下山冈。）
君子于役，　（丈夫当兵去远方，）
如之何勿思！（要不想怎能不想！）

这首诗写一位妇女思念在外的丈夫，被誉为“闺思之祖”。全诗2章，这是其中的一章。诗意是，傍晚时候，牛羊下山，鸡儿进窝，触景生情，引起对在外丈夫的思念。情节简单，语言通俗，不用比兴，纯用赋法，但耐人寻味，富有特色：

第一，《诗经》抒写思念，多在风中、雨中，如《郑风·风雨》，而该诗选择在黄昏，因为这个时候最容易引发伤感之情。郑慧娘《好事近》：“何处最堪断肠，是黄昏时节。”因此方玉润评论说：“傍晚怀人，真情实境，描写如画，晋、唐田家诸诗，恐无此真实自然。”[1] 正是该诗对意境的开拓，形成了一个傍晚怀人的艺术范型，后世如李白《菩萨蛮》：“暝色入高楼，有人楼上愁。”李清照《声声慢》：“梧桐更兼细雨，到黄昏点点滴滴，这次第，怎一个愁字了得？”辛弃疾《满江红》：“芳草不迷行客路，垂杨只碍离人目，最苦是，立尽月黄昏，栏杆曲。”《红楼梦·红豆曲》：“滴不尽相思血泪抛红豆，开不完春柳春花满画楼，睡不稳纱窗风雨黄昏后，忘不了新愁与旧愁。”

第二，诗2章的结尾是“苟无饥渴？”妻子最担心在外的亲人吃不饱喝不好，这是在生存的最根本的地方写思念之情，最真切也最容易引起共鸣，是诗中的生命哲学。贺贻孙《诗筏》评论道：“浅而有味，闺阁中人不能深知栉风沐雨之劳，所念者饥渴而已，此句不言思而思已切矣。”[2] 有人说，好的诗歌是人生的自然展现，亲切自然是中国诗歌最高旨趣，也是中国诗歌最具真精神之所在，而这种旨趣和真精神是由《诗经》奠定的。

《王风·兔爰》是一首苦于劳役的诗，全诗3章，第2章唱道：

我生之初，（我还没有出世的时光，）
尚无造，（没那深重的劳役奔忙。）
我生之后，（到我出世之后，）
逢此百忧，（却遭到诸多的灾殃，）
尚寐无觉。（但愿长眠像死一样。）

生命最为宝贵，而且没有返程票，而诗人却宁愿长眠不醒。这种对生活的绝望是对现实的控诉，纯用赋法，却“语直而情切”。戴望舒《生涯》：

人间伴我惟孤苦，白昼给我是寂寞；只有甜甜的梦儿，慰我在深宵；我希望长睡沉沉，长在那梦里温存。

意大利米开朗琪罗在他的著名雕塑《夜》的座子上刻的诗：“只要世上还有苦难和羞辱，睡眠是甜蜜的，要能成为顽石，那就更好，一无所见，一无所感，便是我的福气。因此，别惊醒我，啊！说话轻些吧！”都有大致相同的思绪。文学艺术说到底是心理艺术，生命诚可贵，追求长命百岁是人的强烈愿望，《大雅·天保》就有“如南山之寿”的祈福语。而诗人却宁愿长眠不醒，这是用变态心理诉说黑暗现实对他们的压迫，具有较强的震撼力。

**（二）选取典型的动作描绘艺术形象或表现心理活动**

心理学家认为人的内心世界是“第二宇宙”，具有无比的丰富性。然而心理活动却是无形的，要准确而又形象地表现，可借助典型的动作。《周南·关雎》用“优哉游哉，辗转反侧”抒写失恋的痛苦。《邶风·静女》用“爱而不见，搔首踟蹰”写男子看不到来约会的情人，急得抓耳挠腮，不知所措的情景，十分传神。《齐风·东方未明》：“东方未明，颠倒衣裳；颠之倒之，自公召之”，描写小官吏接到公府召令时的慌乱情形，活灵活现。《小雅·谷风》：“将恐将惧，置予于怀；将安将乐，弃予如遗（遗弃的垃圾）”，“置予于怀”四字写丈夫的恩爱，并与“弃予如遗”形成强烈对比。《邶风·柏舟》：“静言思之，寤辟有摽”，用双手捶胸写痛苦也很形象。《邶风·击鼓》：“执子之手，与子偕老”，写从军时与妻子告别的情景，时至今日，人们还用它作为结婚的誓言。柳永《雨霖铃》："执手相看泪眼，竟无语凝噎"，是《击鼓》的踵事增华。《邶风·燕燕》用"瞻望弗及，伫立以泣"写送别之情，其意境已为后代诗人所仿效。《小雅·抑》："匪（彼）面命之，言提其耳"，写对后辈的教诲，"耳提面命"已经成为常用的成语。而《小雅·蓼莪》：

母兮鞠我，（娘呀，是你哺养我，）
拊我畜我，（抚摸我爱护我，）
长我育我，（养我长大教育我，）
顾我复我，（照顾我挂念我。）
出入腹我，（进进出出抱着我。）
欲报之德，（爹娘辛苦养育我，）
昊天罔极。（恩如天大无法说。）

母爱是人间最崇高而又温馨的爱，有诗人唱道："如果说，爱如花的甜美，母亲就是那朵甜美的花。"《蓼莪》是我国诗歌史上第一首歌颂母爱的诗篇，写得那么真切动人，并感动了后代许许多多读者。[①]《邶风·燕燕》是一首卫君送妹妹出嫁的诗，被王士祯称为"万古送别之祖"。诗的开头用了"瞻望弗及，伫立以泣"这一动作，写出送别人用目力相送，直到看不见还不肯离去的情景，以表达依依惜别之情，也具有典型性。李白《黄鹤楼送

① 1920 年 3 月 14 日，毛泽东给周世钊的信："像吾等长日在外，未能略尽奉养之力的人，尤其发生'欲报之德，昊天罔极'之痛。"

孟浩然之广陵》:“孤帆远影碧空尽，唯见长江天际流。”苏轼《与子由诗》:“登高回首坡垅隔，惟见乌帽出复没。”等，都有《燕燕》的影响。以上事例说明，在平板直叙的赋中采用适当的动作描写，可以增进气韵生动、极妙传神的艺术效果。[①] 由此，后人常用这种赋法，陶渊明《归园田居》:“晨兴理荒秽，戴月荷锄归”，把劳动归来的场景写的富有诗意。鲍照《行路难》:“对案不能食，拔剑击柱长叹息。”李白《行路难》:“停杯投箸不能食，拔剑四顾心茫然。”辛弃疾《水龙吟》:“把吴钩看了，栏杆拍遍，无人会，登临意。”等写报国无门的愤懑和焦虑之情，具有崇高感；李煜《一斛珠》“烂嚼红茸，笑向檀郎唾”和《玉楼春》“临风谁更飘香屑，醉拍栏杆情味切”则是通过动作写爱情与痴迷之情，也很成功。李清照《点绛唇》:“见客入来，袜刬金钗溜。和羞走，倚门回首，却把青梅嗅。”把一位少女惊讶、慌忙、害羞、好奇的心理活动，栩栩如生地表现出来。

## 二、博喻

所谓“博喻”，也称连比。指用几个喻体从不同角度反复设喻去说明一个本体，从而使本体的多面性得到鲜明生动的体现。

---

① 《卫风·氓》是一首弃妇诗，诗中女子回忆与氓恋爱时的情形:“乘彼垝垣，以望复关。不见复关，泣涕涟涟；既见复关，载笑载言。”《传》:“垝，毁也。复关，君子之所近也。”有学者认为毛《传》的解释是错的，倒塌的墙头怎么登？其实毛《传》的解释是对的，不顾危险，登上既高又要倒塌的墙头，以瞭望和等待情人到来，正是这一动作，才活画出女子爱情的狂热和急切等待情人的心情。

《邶风·柏舟》是一位妇女自伤不得于夫，见侮于众妾的诗（用程俊英说），其中第 2 章用了博喻：

我心匪鉴，（我心不是青铜镜，）
不可以茹，（不能任谁都来照。）
我心匪石，（我心不像石头块，）
不可转也。（不可随人去转移。）
我心匪席，（我心不是席一条，）
不可卷也。（不能打开又卷起。）

连用 3 个比喻，语句凝重，刚直不阿，很好地表明自己坚定的态度，显示了人格的尊严。《小雅·斯干》第 3 章写周王宫殿之美：

如跂斯翼，（端正有如人起立，）
如矢斯棘，（整齐有如利箭急。）
如鸟斯革，（又像鸟儿展双翅，）
如翚斯飞，（华丽赛过锦毛鸡，）
君子所跻，（周王登堂心欢喜。）

诗中连用 4 个比喻描绘了宫殿之美，也展现了我国最早的建筑样式。屋角反翘，像野鸡展翅飞翔，这种样式可以减轻屋顶的沉重感，从而产生既稳重又飞动之美，著名美学家宗白华说："作为中国艺术的重要美学特征的飞动之美，正是从周宣王时代的《斯干》开始的。"[3]

《大雅·常武》是一首歌颂周宣王亲征徐戎的战争诗，其中第

5 章写道：

王旅啴啴，（王师军威世无双，）
如飞如翰，（行动神速如鸟翔，）
如江如汉，（好比长江汉水长，）
如山之苞，（好比大山难摇晃，）
如川之流，（好比洪流不可挡，）
绵绵翼翼，（连绵不断声势壮，）
不测不克，（神出鬼没难估量，）
濯征徐国，（大征徐国定南方。）

连用 4 个比喻一气注下，把王师势如破竹的锐气和神威写的淋漓尽致，前人评为有“天地褰开，风云变色之象”，说明先民的艺术思维已经达到很高的水平。《卫风·硕人》是一首赞美卫庄姜的诗，第 2 章写庄姜仪容的美：

手如柔荑，（手指纤纤像白白的幼茅，）
肤如凝脂，（皮肤像洁白的油膏，）
领如蝤蛴，（颈项像白而修长的蝤蛴，）
齿如瓠犀，（牙齿像葫芦籽那样洁白整齐，）
螓首蛾眉，（蝉儿般的方额蚕蛾般的眉毛，）
巧笑倩兮，（嘴边的酒窝笑得多乖巧，）
美目盼兮。（美目传情多媚妙。）

这里用了蝤蛴（天牛的幼虫，色白身长）等 5 个比喻展现了庄姜的美，被誉为“咏美人之祖”，有重要的美学价值：

第一，有学者认为，《诗经》时代为适应劳动需要，女性是以高大粗壮为美，并不完全正确，从“手如柔荑”和“肤如凝脂”看，人们审美观已由欣赏女性粗壮红润开始向柔性之美过渡，《关雎》中的“窈窕淑女”的“窈窕”就是苗条，也可证明。

第二，眼睛是灵魂的窗户，是内心情感的集中点。该诗在运用了博喻之后，描绘了美人眼睛的灵动和巧笑，如果没有这个层次的描写，只能是庙里的观音菩萨，没有灵性。从艺术的角度讲，“动”是宇宙的真相，唯有“动象”才能体现生命，体现人的精神，白居易《长恨歌》“回眸一笑百媚生，六宫粉黛无颜色”成为名句，正得力于《硕人》的真传。而宋玉《登徒子好色赋》写东家女子之美：“眉如翠羽，肌如白雪，腰如束素，齿如含贝。嫣然一笑，惑阳城，迷下蔡。”也有着《硕人》博喻的影响。西方《圣经》中有一首情诗，也写女人之美：

> 我的恋人，你多美丽，你的眼睛在面纱后面闪亮，如一对温柔的小鸽子。你的秀发如一群山羊，从迦勒山顶倾泻而下。你的牙齿像一群刚修剪过羊毛的白羊，他们在清亮的河水中沐浴后归来。他们整齐排列着，像一对对孪生兄弟。你的双唇嫣红滋润，抿合成一条猩红色的绶带。你长长的脖颈，昂扬挺秀，如高高的大卫神塔。在它的上面，悬挂着千面勇士的盾牌。你的双乳像两只初生的小鹿，一对可爱的双胞胎，它们正在百合花下静静地吃草。[4]

该诗也采用博喻的修辞方式，也很精彩，更为铺张，与我国含而不露的美学原则有所不同。

## 三、层递

所谓“层递”，指在诗词创作中，诗意的排列从浅到深，从低到高，从小到大，从缓到急，从先到后，从下到上的顺序组织语言，表现时间、空间、程度、节奏、数量等的循序渐进，层层深入的修辞方式。也有反向用法，叫倒层递。它是《诗经》中常用的修辞方式之一。《王风·采葛》：

> 彼采葛兮，一日不见，如三月兮，彼采萧兮，一日不见，如三秋兮，彼采艾兮，一日不见，如三岁兮。

这是一首纯朴真挚的恋人之歌，抒写思念之情。采用层递的修辞方式，表示思念之情随着时间的推移，越来越深。寥寥数语，将离人的心曲抒发得真切动人，难怪“一日不见，如隔三秋”仍然活在我们的口语之中。

《召南·摽有梅》是一首女子抒写待嫁心情的诗歌，全诗3章，随着树上的梅子越来越少，感到青春岁月的消逝，待嫁的心情越来越迫切，层递的修辞把少女焦虑的心理很好地表现出来。北朝民歌《折杨柳枝词》：“门前一株枣，岁岁不知老，阿婆不嫁女，焉得孙儿抱。”《地驱歌乐辞》：“驱羊入谷，白羊在前，老女不嫁，蹋地呼天。”抒写的心情与《摽有梅》是一样的，但是没有运用层递修辞，诗味就逊色得多。而这种修辞的运用是建立在生命体验的基础之上的。它说明，一部成功的作品，都是诗人的生命体验并采用恰当形式加以表达的结果。《鄘风·干旄》：姚继恒《诗经通论》评论道："郊、都、城，由远而近也；四、五、六，由少而多也。诗人章法自是如此也。"这里的"章法"就是层递修辞方式。《召南·草虫》是首表现思妇情怀的诗，余培林《诗经正诂》："写忧则忡忡，掇掇，悲伤，一层深一层；写乐乃则降，则说（悦），则夷，一节紧一节。"是一种由浅到深的层递。《周南·芣苢》是一首一群劳动妇女所唱明快的劳动歌，诗以"采""有""掇""捋""袺""襭"等6个动作，生动地描绘了采襭芣苢动作逐渐加快和劳动成果逐渐增多的过程，表现了热烈欢快的劳动场景。

由于层递修辞善于表现心理活动，后代诗人也多所运用，例如白居易《后宫词》：

> 泪湿罗巾梦不成，夜深前殿按歌声。红颜未老恩先断，斜倚熏笼坐到明。

这是一首宫怨诗，抒写一位宫女得不到君王的宠幸的痛苦与悲伤。其心理过程是：1. 盼望君王当晚到来却落空，只好泪湿罗巾，以泪洗面；2 现实的希望落空，只好希望用美梦来解脱，但"梦不成"又一次受挫；3. 既然"梦不成"，索性起身再等一等，说不定君王回来呢？然而听到前殿按歌声，君王还在寻欢作乐，希望再一次化为泡影；4. 如果人老珠黄情有可原，而自己正是青春年少，于心不甘，还是等一等吧；5. "斜倚熏笼"等到天亮，希望彻底破灭。随着层递修辞的运用，宫女的心路历程得到曲折展现，给人以深思，给人以美感。

如果说《后宫词》的层递修辞是从整首诗体现出来的，那么欧阳修《蝶恋花》的结尾也是采用层递修辞的：

庭院深深深几许？杨柳堆烟，帘幕无重数。玉勒雕鞍野游处，楼高不见章台路。雨横风狂三月暮，无计留春住。泪眼问花花不语，乱红飞过秋千去。

这是一首闺怨诗，上阕写闺中女子凝神远望，盼望丈夫归来；下阕写女子的痛苦思念之情。最后两句有好几层意思：1.“泪眼问花”说明无人倾诉衷肠，只好问花；2.“花不语”说明得不到花的同情；3.“乱红飞”说明花自己也凋谢了，同病相怜，无法宽慰；4.“秋千去”指花被风吹到秋千近旁，秋千是她旧时和丈夫嬉游之处，人去物在，触动愁肠，不堪回首。我们只有从层递修辞去领会该词，才能更好地领会作者的创作用心和诗味，同时也说明：文学是人学，诗学是感情学，只有写出人的心灵脉动，写出人的心理层次，才能更感动人，更具艺术魅力。

## 四、示现

所谓示现，就是想象或追忆，其特点是把并没有发生在眼前的事当作现实来叙述，把实际上不见不闻的事物说得如见如闻。

游子思乡，征人思亲，这是古往今来最为常见的主题之一，一般的写法是游子征人如何在他乡思念故乡或家中的亲人。而《魏风·陟岵》则采用了示现修辞而别具一格：

陟彼岵兮，　　（登上草木青青的山啊，）
瞻望父兮。　　（要把爹来望啊。）
父曰：嗟！　　（爹说：咳！）
予子行役，　　（我儿当差出远门，）
夙夜无已，　　（早沾露水夜披星。）
上（尚）慎旃哉！（多保重多保重！）
犹来无止。　　（落叶归根记在心。）

全诗3章，重章迭唱，直接抒写征人思亲的只有每章开头的两句，写征人站在高山瞻望家里的父母和兄弟，其余则是想象家中的父母、长兄思念自己。该诗是典型的示现修辞，有学者不同意这种看法，认为“汉、唐注家都认为《陟岵》中‘父曰’‘母曰’‘兄曰’为临行教戒之词，而想象之说不过出于宋人的揣测”，又说“《诗经》时代不可能出现这样具有丰富想象的作品”。[5] 该说并不符合《陟岵》的实际：

第一，《小雅·巧言》早就说过：“他人有心，予忖度之”，人们在远方思念亲人时，往往会想象亲人也想念自己。王建《行见月》：“家中见月望我归，正是道上思家时。”白居易《邯郸冬至夜思亲》：“想得家中夜深坐，还应说着远游人。”等思绪都是一样的，都有共同的心理基础。

第二，诗是想象的产物，而先民的想象力比现代人丰富，已为文学史所证明。《诗经·大东》就是一首想象力非常丰富的诗篇，被吴闿生《诗义会通》评为“极似《离骚》，实三代上之奇文也”。采用示现修辞不是《陟岵》所独有。《豳风·东山》是一首久戍士卒还乡途中想家的诗，第3章写了那位戍卒途中想象家中田园的荒凉，诗中“鹳鸣于垤，妇叹于室，洒扫穹窒，我征聿至”，是他想念妻子，幻想家中妻子思念他，并盼望他回来的情景，是典型的示现修辞；《小雅·出车》是一首一位武士自述跟随统帅南仲出征及凯旋的诗歌，最后一章也采用示现修辞方式，书写武士凯旋回家途中，想象其妻子高兴地迎接他来临的情景。“共看明月应垂泪，一夜乡心五处同。”《诗经》中的示现修辞是有心理依据的。

第三，《陟岵》所采用的示现修辞犹如电影中的蒙太奇，银幕中同时出现两个以上的镜头，既扩大了诗的意境，收到“登山则情满于山”的艺术效果，还把思绪具体化，给读者以真切感受。后代采用这种修辞方式的有徐陵《关山月》：“关山三五月，客子忆秦州。思妇高楼上，当窗应未眠。”郑会《题邸间壁》：“酴醾香梦怯春寒，翠掩重门燕子闲。敲断玉钗红烛冷，计程应说到常山。”柳永《八声甘州》下阕：“想佳人妆楼颙望，误几回，天际识归舟。”等等。而学得更好的是杜甫在长安写的《月夜》，该诗抒写杜甫在长安思念鄜州的家人，却展现妻子深夜闺中思念杜甫的情景，情真意切。“别裁伪体亲风雅”的杜甫，是深得《陟岵》示现艺术手法的。

## 五、比拟

比拟修辞，是将一个事物当作另外一个事物来描述、说明。比拟是主观设想，便于表现作者的情感色彩，有较强的倾向性；就读者来说，不愿听老生常谈，有喜欢新鲜生动的心理。以上原因使得比拟在文学中得到广泛运用。比拟修辞主要有两种：一是拟人，把物拟成人；二是拟物，把人拟成物。而《诗经》运用较多的是拟人，它是美感经验的要素，静物的情感化，宇宙的生命化。

关于《豳风·鸱鸮》的作者，毛亨、郑玄都认为是西周初年周公旦所作，其主要根据是《尚书·金縢》篇的记载，但从诗的内容看，与周公讽成王无关，而且《诗经》篇名相同的比较常见，如《扬之水》就有3篇。因此，《鸱鸮》应该是一篇采用拟人修辞写的寓言诗：

鸱鸮！鸱鸮！（猫头鹰，猫头鹰！）
既取我子，（你已经抓了我的小鸟，）
无毁我室，（不能再毁我的巢。）
恩斯勤斯，（我辛苦忙碌，）
鬻子之闵斯。（为抚养孩子而病倒。）
…………

作者运用拟人修辞，假托一只母鸟述说遭受鸱鸮的迫害所带来的痛苦，曲折地表达了下层人民所受的苦难。鸟儿能说人话，既有动物的特征，又有人类的感情，既曲折生动，又寓意丰富，可谓先秦寓言的第一篇。这种修辞方式在汉代乐府民歌中逐步多起来，如《鼓吹曲辞·汉饶歌》中的《雉子班》，《汉相和歌·古辞》中的《乌生》，《艳歌何尝行·杂曲》中的《枯鱼过河泣》等。到了魏晋南北朝，由“禽言诗”发展为“禽言赋”，如祢衡《鹦鹉赋》、曹植《蝙蝠赋》等，对唐代李白的《大鹏赋》也有一定的影响。后代诗词中运用拟人修辞的可谓不胜枚举，李白《渡荆门送客》：

“仍怜故乡水，万里送行舟。”一个“送”字，把故乡水拟人化，写出诗人思念故乡的深情。张先《天仙子》：“沙上并禽池上暝，云破月来花弄影。”一个“弄”字把“花”拟人化，似有灵性，并使该句成为有意境的名句。姜夔《点绛唇》：“数峰清苦，商略黄昏雨。”“商略”一词本有商量、酝酿的意思，拟人化后，既写出江南烟雨的景象，又写出诗人清苦而又无可奈何的心情。周邦彦《六丑》“蔷薇谢后作”下阕：“东园岑寂，渐蒙笼暗碧。静绕珍丛底，成叹息。长条故惹行客，似牵衣待话，别情无极。”这里写词人静绕蔷薇丛下的情景，蔷薇茎长而有刺的柔条牵住词人的衣服，似有无限的离别之情要向他倾诉。这一拟人修辞把蔷薇写活了，也写出词人惜花恋花的情感。香港女诗人梦如的《树》：“自从呱呱落地，就学会，如何站成，顶天立地的汉子，任凭雀鸟聒噪去吧，看我独臂撑起，一座天空。”把树拟人，有气魄，有新意。美国女诗人有一首诗则把小草拟人化：“短草驮着露珠，黄昏像生人那样站立。手里拿着帽子，恭敬而又怯生，仿佛欲留还去。”把黄昏拟人则是这位女诗人的创造。鲍照《登大雷岸与妹书》：“南则积山万状，负气争高”，郭璞《江赋》：“乃鼓怒而作涛”，山能“负气”，水能“鼓怒”也有创造性。维科说，诗的最崇高的工作，就是赋予感觉和情欲于本无感觉的事物。既说明了拟人修辞的重要性，又把艺术世界与概念世界区别开来。

## 六、衬托

指叙述相关两件事或几件事，其一为主，其余作为陪衬，它建立在对比与映衬的基础之上。其形式为两种，一是反衬，用相反的事物或事情作陪衬；二是正衬，用相近的事物或事情作陪衬。

《小雅·车攻》是一首描写周宣王会同诸侯举行田猎的诗，其中第7章写田猎前的气氛和收获：

萧萧马鸣，（耳听马鸣声萧萧，）
悠悠旆旌。（旌旗迎风悠悠飘。）
徒御不惊，（御手机敏又严肃，）
大庖不盈。（野味满厨好佳肴。）

《毛传》注前两句："言不喧哗也。"其意是用马的嘶鸣声和旗帜的飘动声反衬队伍的寂静和整肃，是一种以动衬静的修辞方式。后代王籍《入若耶溪》："蝉噪林愈静，鸟鸣山更幽。"王维《鸟鸣涧》："月出惊山鸟，时鸣春涧中。"等是这种修辞方式的发展，深夜里，人们听到客厅的钟声，有格外安静的感觉，就可体会到这种修辞方式之妙。杜甫的《后出塞》"落日照大旗，马鸣风萧萧"就是从《车攻》发展而来的。

《陈风·月出》是一首抒写怀念情人的爱情诗：

月出皎兮，（月儿出来亮晶晶，）
佼人僚兮。（美人显的多么俊。）
舒窈纠兮，（安闲步子苗条的影，）
劳心悄兮？（我的心儿怎安宁？）
…………

诗人有意把美人安排在月光下，月光和美人相互映衬，让美人具有一种朦胧的美，即所谓“月光下看老婆，越看越漂亮；露水地里看庄稼，越看越喜欢。”（浙江民谚）拜伦有一首咏威莫特·霍顿夫人的诗，叫《她走在美的光影里》，也是把威莫特·霍顿夫人放在月光下加以赞美的。宋代词人晏几道《临江仙》中的“当时明月夜，曾照彩云归”也是借助月光衬托彩云之美并传达依依惜别之情。由此可以得出这样一条修辞理论：即利用光影的衬托可以增加审美对象的美。17世纪英国诗人赫克里在《水晶中莲花》一诗中谈到，白纱中妇人的身体、清泉底下的琥珀、方孔纱下的玫瑰、玻璃杯里的葡萄等之所以更美，都是由于光影或明或暗的衬托而“添媚增姿”。

由于衬托修辞具有较高的艺术表现力，后代运用该修辞的作品比较多。白居易《忆江南》之“日出江花红胜火，春来江水绿如蓝”之所以成为描绘江南风景的名句，主要原因就在于采用衬托的修辞，用红日衬托红花使红花更红，是正衬；用江岸的红花衬托江水使江水更绿，是反衬。唐人陈陶流传下来的诗作只有《陇西行》一首，却成为千古绝唱：

誓扫匈奴不顾身，五千貂锦丧胡尘。
可怜无定河边骨，犹是春闺梦里人。

首两句叙述唐朝将士勇敢战斗和伤亡惨重，下两句笔锋一转，抒写灾难和不幸已经降临家中，其妻不但毫无觉察，反而做着与丈夫团圆的美梦，形成了真正的人间悲剧。从衬托的视角看，用团圆的乐景衬托失去丈夫的哀情而使哀情更哀，正是这种艺术辩证法使该诗产生震撼心灵的悲剧力量。俄罗斯著名画家列宾有一幅名画叫《女乞丐》，画家没有用阴冷的笔调烘托其生活的困顿和饥寒，而是让她穿着破烂的衣裳站在鲜花盛开的草原上，头上是灿烂的阳光。这种用乐景衬哀情的反衬，可收到“一倍增其哀乐”的艺术效果。

《邶风·谷风》是一首著名的弃妇诗，当女主人公被抛弃时唱道：“谁谓荼苦，其甘如荠”，是说谁说荼菜很苦，对我来说，它甜得像甜菜一般。其实表示她的心境比苦菜苦得多。这是一种正衬，后代如吴文英《风入松》下阕：

> 西园日日扫林亭，依旧赏新晴。黄蜂频扑秋千索，有当时，纤手香凝。惆怅双鸳不到，幽阶一夜苔生。

“黄蜂频扑秋千索”三句是该词的名句，庭中的秋千是往日与情人游戏之所，情人虽然不在，但用黄蜂频扑秋千索的情景以衬托情人手上的香气仍留在秋千索上；然后用秋千索上的余香衬托对荡秋千的情人久久不能忘怀的思念之情。词人正是运用了衬托的修辞方式收到意在言外、令人回味无穷的艺术效果。“牡丹虽好，绿叶扶持”，说明衬托的重要。柯勒太说：“人面之美，在于眼睛，如果满脸都是眼睛，就成为魔怪相了。”

### 七、夸张

旧称夸饰，其特点是“言过其实”，又不至于误会成真，用于表现事物的精神实质，赋予诗以形象性、生动性，从而具有生命力。王充《论衡·艺增》中说："誉人不增其美，则闻者不快其意；毁人不溢其恶，则听者不惬于心"，说明夸饰符合人们的审美要求。

关于《诗经》的夸饰，《文心雕龙·夸饰》中说：

> 文词所被，夸饰恒有。……是以言峻则嵩高极天，记狭则河不容舠，说多则子孙千亿，称少则民靡孑遗。……词虽已甚，其意无害。

"言峻"句出自《大雅·嵩高》："嵩高维岳，峻极于天"，是高度的夸张；"记狭"句出自《卫风·河广》："谁谓河广，曾不容刀（舠）"，是黄河狭小的夸张；"说多"句出自《大雅·假乐》："千禄百福，子孙千亿"，是人数多的夸张；"称少"句出自《大雅·云汉》："周余黎民，靡有孑遗"，是人数少的夸张。刘勰的评论说明《诗经》中的夸张是运用较多的修辞方式；而"词虽已甚，其意无害"，说明夸张修辞具有合理性，有一定的审美功能。正如高尔基所说："真正的艺术，具有夸张的权利。"因此后代的艺术作品中运用得比较多，就不足为怪了。必须指出的是：1. 夸张的运用不是无条件的，言辞可以夸张，但要有情感或现实的基础，李白《秋浦歌》："白发三千丈，缘愁似个长"，因为有难于排遣的忧愁，又年深日久，才有"白发三千丈"的夸张；李益《宫怨》："似将海水添宫漏，共滴长门一夜长"，是失宠宫女愁思失眠的心理反映。鲁迅说燕山雪花大如席，是夸张，但燕山毕竟有雪花；如果说广州雪花大如席，那就成笑话了。2. 夸张是超现实的想象，不能落实。在唐诗中，为了夸富，说"斗酒十千"；为了示贫，说“斗酒十百”。有一个著名的历史学家以此考订唐代酒价的涨落，就失去了可靠的现实依据。岳飞《满江红》：“壮志饥餐胡虏肉，笑谈渴饮匈奴血。”有位教授认为写得太残酷，并以此断定《满江红》不是岳飞所作，其失误是不懂夸张修辞所致。岳飞只是用它表达对入侵者的国仇家恨及必胜信念，“饥餐”和“渴饮”只是消解仇恨的夸张语言，是不用落实的。17世纪德国诗人有一首歌咏杀敌的名诗，诗中说：“德国人以敌人的皮为纸，使刀作笔，蘸血作书于其上。”按照这位教授的逻辑，诗中的德国人不也太残酷吗？

## 八、警策

也称精警，指语言简练而含义精切动人的修辞方式。文中的警策好像人的明眸，格外动人又能传达出人物的神情。我们还可以这样说，一个好的警策就是一种德行，富有哲理，深刻地揭示了事物的本质。《诗经》中有大量的警策，它们是先民智慧的结晶，许多警策至今仍被人们所引用：

关于爱情的警策：1. 窈窕淑女，君子好逑。（《周南·关雎》）2. 实维我仪，之死矢靡它。（《鄘风·柏舟》）3. 岂无膏沐，谁适为容？（《卫风·伯兮》）4. 一日不见，如三秋兮。（《王风·采葛》）5. 榖（生）则异室，死则同穴。（《王风·大车》）6. 执子之手，与子偕老。（《邶风·击鼓》）7. 言念君子，温其如玉。（《秦风·小戎》）8. 所谓伊人，在水一方。（《秦风·蒹葭》）9. 君子好合，如鼓琴瑟。（《小雅·棠棣》）等。

关于亲情与友情的警策：1. 凡民有丧，匍匐救之。（《邶风·

谷风》)2. 投我以木瓜，报之以琼瑶。(《卫风·木瓜》)3. 善戏谑兮，不为虐兮。(《卫风·淇奥》)4. 虽将西归，怀之好音。(《桧风·匪风》)5. 岂曰无衣，与子同袍。(《秦风·无衣》)6. 人之好我，示我周行。(《小雅·鹿鸣》)7. 嘤其鸣矣，求其友声。(《小雅·伐木》)8. 如月之恒，如日之升，如南山之寿。(《小雅·天保》)9. 高山仰止，景行行止。(《小雅·车舝》)10. 中心藏之，何日忘之？(《小雅·隰桑》)

关于工作、学习与修养的警策：1. 如切如瑳，如琢如磨。(《卫风·淇奥》)2. 不忮不求，何用不臧？(《邶风·雄雉》)3. 人而无仪，不死何为？(《鄘风·相鼠》)4. 无已大康，职思其居。(《唐风·蟋蟀》)5. 它山之石，可以攻玉。(《小雅·鹤鸣》)6. 先民有言，询于刍荛。(《大雅·板》)7. 战战兢兢，如临深渊，如履薄冰。(《小雅·小旻》)8. 靡不有初，鲜克有终。(《大雅·荡》)9. 殷鉴不远，在夏后之世。(《大雅·荡》)10. 周虽旧邦，其命维新。(《大雅·文王》)11. 讦谟定命，远猷辰告。(《大雅·抑》)12. 匪面命之，言提其耳。(《大雅·抑》)13. 夙夜匪懈，虔共尔位。(《大雅·韩奕》)14. 日就月将，学有缉熙于光明。(《周颂·敬之》)等。

有一位哲人说过："一个伟大的灵魂，会强化思想和生命。"我们也可以说，一个好的警策，会强化诗词的思想和生命，并对人们的思想和生活以积极影响。因此，《诗经》及后代优秀的诗词都因有其特有的警策而传颂千古。例如屈原《离骚》："路漫漫其修远兮，吾将上下而求索。"曹操《龟虽寿》："老骥伏枥，志在千里。"王勃《送杜少府之任蜀川》："海内存知己，天涯若比邻。"王之焕《登鹳雀楼》："欲穷千里目，更上一层楼。"顾敻《诉衷情》："换我心，为你心，始知相忆心。"秦观《鹊桥仙》："两情若是久长时，又岂在朝朝暮暮。”龚自珍《己亥杂诗》：“落红不是无情物，化作春泥更护花。”等等。这里我们要讨论的是陶渊明《饮酒》其一中的：“采菊东篱下，悠然见南山。”有人根据这一警策把陶渊明说成一位隐逸诗人，也有人认为是陶渊明抒写闲情逸致心情的。我们认为该警策是陶渊明独立人格的写照，并在悠然中得到自我慰藉和确认。因为该诗写于不为五斗米折腰而归园田之后，他在《归园田居》中曾表白：“少无适俗韵，性本爱丘山。”在传统文化中，山和菊花都是人格独立和崇高的象征。“菊残犹有傲霜枝”（苏轼《赠刘景文》诗句），凌寒傲霜的菊花，坚强屹立的南山，不就是陶渊明崇高独立人格象征的自我确认吗？此正是陶渊明值得后人尊敬的地方。

**九、通感**

原为心理学名词，也叫联觉，指一种感官受到刺激时，同时产生两种以上的感官反应。把这种心理现象应用到艺术创作中，能使事物陌生化，新鲜化，从而使审美意象具有诗情画意。例如“一阵响亮的香味迎着你父亲的鼻子叫唤”（约翰·唐），香味能够叫唤，是嗅觉于听觉的通感；“碧空里一簇星星啧啧喳喳，像小鸡似的走动”（巴斯古拉），星星有声音，是听觉于视觉的通感；“像知了坐在森林中一棵树上，倾泻下百合花似的声音”（荷马史诗中的名句），声音像百合花，是视觉于听觉的通感；而美国诗人《幸福》诗中写印度安小马的眼睛：“黑漆漆地充满着柔意”则是从视觉意象转向触觉意象的通感。在中国修辞史上，最早的通感与《诗经》有关，《诗经·关雎序》：“情发于声，声成文，为之音。"《毛诗正义》解释最后两句："使五声为曲，似五色成文。"意思是五种乐音交错成美妙的音乐，就像五种色彩织成的花纹。《左传·襄公二十九年》季扎论乐："为之歌《大雅》曰：曲而有直体。"杜预注："论其声。"都是由听觉向视觉转移的通感。宋代宋祁《木兰花》名句"红杏枝头春意闹"受到李渔的批评："'闹'字可用，则'吵'字、'斗'字、'打'字皆可用矣。"(《窥词管见》)说明李渔对通感这一修辞格不了解。其实用"闹"字在诗词中常见，晏几道《临江仙》："风吹梅蕊闹，雨红杏花香"，陈与义《舟抵华容县夜赋》："三更萤火闹，万里天河横"，陆游《游家圃有赋》："百草吹香蝴蝶闹，一溪涨绿鸬鹚闲"等，虽然闹的意象不同，但都写出意象繁盛的状态。朱自清《荷塘月色》："微风过处，送来缕缕清香，仿佛远处高楼上渺茫的歌声似的"，给人以真切的感受，通感的运用使该句增色不少。

此外，《邶风·击鼓》所用的"逆起得势法"对王维《观猎》和杜甫《画鹰》的起头写作都有一定的影响；王安石《晚春》中的"春残叶密花枝少，睡起茶多酒盏疏"所用的丫叉句法与《小雅·卷阿》中的"凤凰鸣矣，于彼高冈；梧桐出矣，于彼朝阳"也有一定的关联。[4] 所谓丫叉句法，是指句子中应承次序与呼应次序正好相反，其作用让文字错综流动，具有结构的圆美。后代应用这种句法的还有谢灵运《登池上楼》："潜虬媚幽姿，飞鸿响远音；薄霄愧云浮，栖川怍渊沉。"杜甫《大历三年春自白帝城放船出瞿塘峡》："神女峰娟妙，昭君宅有无；曲留明妃惜，梦尽失欢娱。"等。

## 十、几点结论

第一，以上所述只是《诗经》修辞方式的一小部分，可以看出，《诗经》修辞方式繁富多彩，大抵现代修辞学上的主要修辞格几乎一应尽有，除了个别修辞格还处于萌芽状态外，绝大部分修辞格已经十分成熟，并很好地为艺术表现服务，它反映了先民的生命体验和艺术创造力。此外，《诗经》中还有许多修辞理论，如《大雅·抑》:“白圭之玷，尚可磨也；斯言之玷，不可为也”，《小雅·巧言》:“巧言如簧，颜之厚矣”等等，尚有我们加以精心探讨的必要。

第二，古罗马有守门的两面神，一面注视着过去，一面注视着未来。当我们注视着过去中国的修辞研究时，深深感到成绩是大的，而且出了几部有分量的修辞学史。其不足是研究视角局限于古代文献，而不重视艺术作品。其实艺术作品是源，修辞理论是流。经验告诉我们：修辞研究必须以我国的文学作品和文学经验为最基本的认知材料，作为整个体系的架构，并进行现代阐释和重读，只有这样，我国的修辞学才能得到更健康地发展。

第三，借鉴西方的相关艺术理论，以丰富我国的修辞学。我国原本没有专门的修辞学，它是清代末年从西方引进的。杨树达《中国修辞学》中的双关、曲折、夸张、代用等就来源于西方修辞理论。我们认为“移情”就可以加入修辞格的新行列。《诗经》中的移情方式就很多，《静女》中的“匪女（汝）之为美，美人之贻”，《甘棠》中抒写对那株甘棠的爱惜之情，《泮水》最后一章写连猫头鹰的叫声都觉得动听，都是移情方式的运用。在这方面，钱锺书先生是我们的榜样，“通感”就是钱先生最早引进的。又如《郑风·有女同车》：“有女同车，颜如舜华。”有人认为“舜华”是黑色的，用它形容女子面部之美不合适，钱先生认为用黑色或紫色形容女子之美是古今诗文惯常用法，他第一次引进西方语言学家埃尔德曼使用的“情感价值”与“观感价值”这两个概念，认为“紫色”“黑色”或“螓首峨眉”等形容词只有“情感价值”而无“观感价值”，如果只用“观感价值”观赏“螓首蛾眉”，岂不脸上爬满虫子，让人恶心了吗？

**参考文献**

[1] 方玉润 . 诗经原始 [M]. 北京：中华书局，1986.
[2] 扬之水 . 诗经别裁 [M]. 南昌：江西教育出版社，2000.
[3] 宗白华 . 美学与意境 [M]. 北京：人民文学出版社，1987.
[4] 肖鹰 . 美学与艺术欣赏 [M]. 北京：高等教育出版社，2004.
[5] 刘永翔 . 训诂与读书 [D]. 华东师范大学学报，1981（3）.

# 诗经中的爱情美学

诗经中的爱情诗在诗经中占很大比重（有人统计大约占1/4强），它们历来为广大读者所珍爱，也一直是研究者的重要研究对象和资料。但过去对这些爱情诗的研究多从社会学的角度出发，从美学角度去考察的则属少见。李泽厚说："情欲（动物性、原始本能）与观念（社会性、理性意识）的交错渗透，其复杂的性质、功能和形态，是美学应该深入研究的课题。而从已经物态化、对象化了的艺术世界中去探索寻找它们，倒是一条宽广而又可望大有收获的通道。"[①] 看得出，诗经爱情美学的研究，对先秦以至中国美学思想的研究是有一定意义的。这里，我们根据自己的理解，对诗经中的爱情诗所具有的多方面的审美价值，作一粗浅的归纳和论析，就教于方家。

## 一、人性美和情操美

别林斯基在评价普希金的爱情诗时说："普希金的诗，特别是他的抒情诗，总的色调是内在的美和抚慰心灵的人情味。""在

① 李泽厚：《艺术杂谈》，《文艺理论研究》1983年第3期。

普希金的任何感情中，永远有一种特别高贵的、温和的、柔情的、馥郁的、优雅的东西，就这一点说，阅读他的作品是培养人性的最好方法，特别有益于青年男女。”（《别林斯基论文学》）这一评价同样适合于诗经的爱情诗，在诗经的爱情诗里蕴含着人性之美，蕴含着精神文明的魅力。如果把诗经中的爱情诗比作一幅美妙的图画，那么，它的传神之笔便是闪耀其间的情操美和人性美。

《卫风·伯兮》是位女子思念她远征丈夫的爱情诗。诗中唱道：

伯兮朅兮，邦之桀兮。
伯也执殳，为王前驱。
自伯之东，首如风蓬。
岂无膏沐，谁适为容！

可以看出，她之所以深切地思念自己的丈夫，不仅因为丈夫武艺高强，身体魁梧，更重要的是由于丈夫到前线去参加一场维护家邦利益的战争。

培根说：“人的天性在私生活里是没有虚饰的。”（《文艺复兴到19世纪资产阶级哲学家思想家有关人道主义人性论言论选辑》）在《伯兮》中，女主人公把爱丈夫和爱家邦的感情完美地结合起来，自然地流露出来。正是这种发自心底的感情，才显示出崇高情操美的强大生命力。

《周南·关雎》是诗经的第一篇，是首影响深广的爱情诗。第1、2章描述男子对美貌而又贤惠善良的女子的追求；第3章描写追求不到的痛苦思念；第4、5章描写男子在痛苦思念中幻想一旦能够得到她，将千方百计地让她高兴和快乐。这后两章看起来很逼真，其实是诗中主人公的想象。刘大白说得好："凡是一个男子爱上了一个女子的时候，不论是互恋或片恋，他总是在那里预先想象，将来结合以后，怎样怎样地供养她，和她过怎样怎样的快乐生活。所以《关雎》第四第五两章的'琴瑟友之''钟鼓乐之'都是那位单相思的诗人在'寤寐思服'，'辗转反侧'的时候，预先准备着，将来和这位意中人的'窈窕淑女'要过这样的快乐生活，并非已经结合了……此诗的顶点在第三章。因为'求之不得'，所以要'寤寐思服'，所以觉得'悠哉悠哉'而'辗转反侧'，睡也睡不着了。这正是情感最迫切处；所以想象中发生出第四第五章的幻象来了。只消注意到'求之不得'一句，就不会误解作结婚歌了。"(《白屋说诗》)

为了论证这个问题，我们还可用《周南·汉广》作旁证。该诗也是一首抒写一位男子爱慕女子不能如愿的民间情歌。诗中反复咏唱"汉之游女，不可求思"之后，写道：

翘翘错薪，言刈其楚。
之子于归，言秣其马。

这后两句也是在"求之不得"之后的一种愿望，作者希望有朝一日，这位女子出嫁时，他能为她把出嫁时用的马喂得饱饱的。陈铁滨先生说："这个男子追求游女的心怀是非常纯朴和诚挚的，当他在杂木丛生的林间割取荆条和蒌草的时候，浮想联翩，烟云变幻，想到游女的出嫁，还表白出良好的心愿，要喂好她的马和驹，并没有流露忌妒、恨怨等狭隘自私的心意。他的思想境界是高尚的。"(《诗经解说》)"琴瑟友之","钟鼓乐之"和"言秣其马"都是在得不到后的幸福憧憬。正是这种憧憬表现了对女性尊重、平等的道德情操美。《秦风·蒹葭》也表现了同样的情操。舒芜在评论《蒹葭》时写道:"这些都是什么声音?显然,不是女性的声音;不是轻薄调笑的声音,而是真挚严肃的声音;不是施以爱宠的声音,而是祈求允诺的声音;不是'任我去享受她'的声音,而是'惟恐她不理睬我'的声音。"① 这种声音不是比尼采的"是去找女人吗?别忘了带上你的鞭子"的名言高尚几百倍吗?从《关雎》《汉广》到《蒹葭》都表现了这种崇高的道德美学,在男尊女卑的社会里,这种对女性的关心和尊重是很宝贵的,它已积淀于我们民族的道德心理之中,成为我们民族宝贵的文化遗产。

当然,这三首诗的审美价值不仅仅停留于此,从艺术的象征意蕴看,《关雎》中的"淑女"、《汉广》中的"游女"、《蒹葭》中的"伊人",在爱而不可得,望而不可及的悲凉意境中都是人类美好的象征。抒情主人公对她们的不懈追求表现了人的精神对更广阔、更完善境界不懈追求的心态,体现了人类的历史是一部不断追求和不断完善的历史。但由于现实和理想的矛盾,人类的追求是无止境的,他们只能在不断追求和不断完善自己的过程中得到升华。因此,象征着真、善、美最高境界的"淑女""游女"和"伊人"有着无穷的诱惑力,它们引导着人类世世代代永不止息追求的同时,赋予这些诗以永久的艺术生命。

《郑风·出其东门》是人性美的另一种类型:

① 舒芜:《从秋水蒹葭到春蚕蜡炬》,载《光明日报》1983 年 1 月 1 日。

出其东门，有女如云。
虽则如云，匪我思存。
缟衣綦巾，聊乐我员。

余冠英先生说：“本篇也是写爱情的诗。大意说：东门游女虽则‘如云’‘如荼’，都不是我所属意的，我的心里只有那一位缟衣綦巾装饰朴陋的人儿罢了。”(《诗经选》)这首诗表达了爱情的专注美，它体现了古代人民群众坦荡贞纯的情操。在旧时代这种思想也是可贵的。它比起那种“岂其食鱼，必河之鲂；岂其娶妻，必齐之姜？”(《陈风·衡门》)以及“欢乐吧，年轻人，趁着尚未结婚，欣赏每一个女孩子吧，不要只盯住一个，也不要只爱一个。爱情可不是什么好事，爱情会置人于死。火焰燃烧又会熄灭，爱情却燃烧不已。”(瓦西列夫《情爱论》引诗)的爱情观，可谓天南地北，相差万里。

雪莱说：“仿佛要把爱情建立在人类心灵中当作纪念碑，以至战胜肉欲与暴力最辉煌的胜利。”(《十九世纪英国诗人论诗》)《出其东门》在中华民族心灵的历程中也具有纪念碑的性质，其后的《陌上桑》《孔雀东南飞》《上邪》《牡丹亭》《红楼梦》等，都是在其基础之上的踵事增华。

## 二、野性美

野性美是爱情诸美中一种独特的美，它带有某种原始深厚的力度，带有粗犷炽热的气质。如果说，爱情的野性美是开在山岩罅隙之间少见的野花，那么，在诗经的沃土上则随处可见这样的花卉。《郑风·褰裳》就是具有野性美的一首诗：

> 子惠思我，褰裳涉溱。
> 子不我思，岂无他人。
> 狂童之狂也且！

近代学者早已令人信服地推倒了《诗序》对这首诗主旨牵强附会的解释，正确地认定它是一首情诗，是写一位女子热烈而又急切地要求对方前来追求自己。郑振铎先生更指出："《郑风》里的情歌都写得很倩巧婉秀，别饶一种媚态，一种美趣……《褰裳》似是《郑风》中所特殊的一种风调，这种心理，没有一个诗人敢于将她写出来。"(《中国文学史》)这里所说的"特殊的一种风调"就是对温柔敦厚的民族心理的超越，所谓"没有一个诗人敢于将她写出来"正是其野性美的可贵处。"子不我思，岂无他人"表现了旧时代一位女子的自信心和独立意识，表现了不依附于男子的自主精神。这种发自女性的心声，在秦以后的漫长古代社会里是很难听到的。

《鄘风·柏舟》也是一首影响较大，且充溢着野性美的情诗：

> 汎彼柏舟，在彼中河。
> 髧彼两髦，实为我仪。
> 之死矢靡它！
> 母也天只，不谅人只。

远在2000多年前，一个女子能如此坦率热烈地表露自己内心诚挚的感情，不仅反映了古代妇女对理想爱情和家庭幸福的渴望，而且也是向旧婚姻制度的挑战。为了爱情竟然诅咒起父母和老天，这种叛逆行为不是很野吗？它使人想起英国诗人彭斯的名诗《一朵红红的玫瑰》：

一直到四海枯竭，亲爱的，
到太阳把岩石烧化；
我会一直爱你，亲爱的，
只要生命之流不绝。

还有德国诗人海涅类似的名诗《抒情小曲》：

我爱过你，而今还爱你，
即使世界化为灰尘，
从它的瓦砾之中，
还有我的爱火上升。

缪塞说："在一夫一妻制的历史条件下，妇女追求爱情权利的献身精神，常常比男子为了爱情而自我牺牲更富于人性的审美价值，更具有一种高贵纯真而优美的艺术魅力。"(《一个世纪的忏悔》)用这一观点来评价中国古代民歌《鄘风·柏舟》也是完全恰当的。

我们再看《郑风·狡童》：

彼狡童兮，不与我食兮。

维子之故，使我不能餐兮。

根据闻一多先生的研究，诗经中的“食”字多是性欲的廋语。一位少女竟然公开唱出难以启齿的性要求，在道学家看来显然是伤风败俗的事。我们则以为它反映了人的自然天性，具有坦率天真的野性美，而这种美正是诗经时代之后形成的封建礼教所深恶痛绝的。荀子《正名》：“性者，天之就也；情者，性之质也；欲者，情之应也。”这种要求不正是天经地义，性情所归的吗？从艺术手法角度看，这种欲求的表现采用了暗喻的形式，把性欲望艺术化，确实能收到含蓄而又深刻的效果。薄伽丘说：“如果把一个不成体统的故事，用恰如其分的语言写出来，那它一定会使任何人都认为得体。”（瓦西列夫《情爱论》）《郑风·狡童》正是一篇带有野性却又表现得十分得体的诗章，它反映了妇女的正当要求和由于爱情挫折造成的苦痛心理。

像《褰裳》一样，《召南·摽有梅》也是一首女子呼唤爱情，热切希望青年男子趁她青春年华的时候早点来求婚的诗。陈启源曾批评说：“闺中处女何其厚颜乃尔也？”道学家的责难正从反面反映出该诗具有反传统的美学价值。黑格尔说：“爱情在女子身上特别显得最美，因为女子把全部精神生活都集中在爱情和扩成为爱情，她只有在爱情里才找到生命的支持力。”（《美学》第二卷）可见，这种对爱情渴求的艺术是一种纯美，“厚颜”的指斥只不过是封建士大夫的偏见罢了。

朱自清先生说：“中国缺少情诗，有的只是‘忆内’‘寄内’或曲喻隐指之作，坦率的告白恋爱者绝少，为爱情而歌颂爱情的更是没有。”实际上，这种断言是不符合诗经爱情诗所包含的内容的，这也从一个侧面反映出这些以坦率告白为特征的爱情诗，确为中国爱情诗中不可多得的珍品。

## 三、忧伤美

宋永毅、刘绪源在《文学中的爱情问题》一书中指出："一夫一妻制是同文明时代一同到来的，爱情的产生是和妇女在家庭中被奴役的地位一同出现的。所以，过去的爱情史，其实也是妇女的一部血泪史。爱情问题总是和妇女问题，和整个社会的不平等状态纠缠在一起。"这部妇女的血泪史在感情的表达上就是痛苦和忧伤。当然这种妇女的痛苦和忧伤是随着封建制度的发展而愈演愈烈的，但诗经的爱情诗已经开其先例。它们表现为以下四种类型：爱而不得所爱；伤别；弃妇；悼亡。

第一种类型可以《郑风·将仲子》为代表：

> 将仲子兮，无踰我里，无折我树杞。
> 岂敢爱之！畏我父母。
> 仲可怀也，父母之言，亦可畏也！
> …………

有人认为这首诗是写少女叫"仲子"不要来。这是不对的，因诗中一再提到"仲可怀也""父母之言（诸兄之言、人之多言）亦可畏也"。准确地说，这首诗反映了少女内心"怀"与"畏"的矛盾，即少女与"仲子"为一方、与家庭和社会舆论为另一方的矛盾。林兴宅先生对这种矛盾心态进行了仔细的分析："在抒情主人公

（我）的心灵世界里，仲子是爱的对象，父母，诸兄、邻人是恐的对象，而杞、桑、檀则是联系这两种情感的中介物。她的感情就在这个三角形结构中徘徊，形成情感发展的否定之否定的三段论式……她的感情经历了‘之’字形的波折之后，就陷入了无法挣脱的激烈冲突的漩涡。”（《艺术魅力之探寻》）这种分析可谓细致而中肯，但它似乎还停留在单一的层面上。该诗 3 章，表面上是重复，其实是层层深入，仲子由“里”而“墙”而“园”，行动的距离越来越近；由父母，再兄弟，最后到邻人，畏惧的范围越来越广，真切地反映出少女内心矛盾越来越剧烈，内心的苦楚越来越深重的过程。这种动态立体的艺术境界，生动地揭示了旧礼教是少女不得所爱的根本原因。这幕心灵悲剧的揭示，成就了这首诗较高的审美价值。

《王风·君子于役》可以看作伤别诗或怀人诗的出色代表：

君子于役，不知其期。
曷至哉！鸡栖于埘，
日之夕矣，羊牛下来。
君子于役，如之何勿思！
…………

这首诗曾被誉为“闺怨诗之祖”，它的艺术特色前人多所评论，我们则认为其美学价值主要表现在开创了选取黄昏时刻来写怀人这个角度上，方玉润说：“傍晚怀人，真情真境。描写如画。晋、唐人田家诗恐无此真实自然。”（《诗经原始》）王照圆说：“写乡村晚景，睹物怀人如画。”（《诗说》）许瑶光诗云：“鸡栖于桀下牛羊，饥渴萦怀对夕阳。已启唐人闺怨句，最难消遣是昏黄。”（《雪门诗抄·再读诗经四十二首第十四首》）上列诗文都是从这个角度评论这篇诗的。至于诗人为什么要选取黄昏这个特定的时刻来写思念中的愁绪，似可归纳出这样的理由：

第一，从写法上看是反衬，黄昏的时候，鸟归巢、鸡上窝、牛羊入厩，而外出的亲人却未归，这是容易使人触动情怀的。

第二，白天人们往往忙于做事，黄昏一到，消闲下来，悲苦的心绪就难免乘虚而入。

第三，从心理学的角度讲，声音对人的心理有一定的影响，如鼓声使人振奋，角声引人悲哀。同样，颜色也会影响人们的情绪，如暖色使人觉得宽慰，冷色容易发人悲愁。“心之忧矣，视丹如绿”（郭遐叔《赠嵇康诗》）；“寒山一带伤心碧”（李白《菩萨蛮》）；“满眼不堪三月暮，举头已觉千山绿”（辛弃疾《满江红》）等等对此都有深切地体味。黄昏时候，暖色已尽，冷色降临，“愁因薄暮起”就是很自然的事了。

第四，“夕阳无限好，只是近黄昏”，夕阳西下意味着好景不长，青春和美貌很快就要消失，这对闺中少妇来说，怎能不触景伤情，引起迟暮之感呢？

正因为黄昏和忧伤有着如此必然的联系，所以后代诗人在《君子于役》所开创的道路上更相学习，而且青出于蓝而胜于蓝。西汉司马相如为失宠的陈皇后所写的《长门赋》中就有“日黄昏而望绝兮，帐独托于空堂”的句子。西晋潘安仁的《寡妇赋》更看出《君子于役》的影响：

时暧暧而向昏兮，日杳杳而西匿。

群雀飞而赴楹兮，鸡登栖而敛翼。
归空馆而自怜兮，托衾裯而叹息。

到了唐宋，运用这种表现方法的更多，如李白《菩萨蛮》，白居易《闺妇》等。李清照的《声声慢》写道："梧桐更兼细雨，到黄昏点点滴滴，怎一个愁字了得。"辛弃疾《满江红》云："最苦是，立尽黄昏月，栏杆曲。"有趣的是，这种创作用心，外国人也有。马克思收集19世纪无名诗人的诗歌中有首题为《给爱人》的诗写道：

明亮的热闹的白昼刚刚静息，
黑夜的阴影又在大地上降临。
黑夜的忧愁紧紧压住我的心，
我的爱人这时在做什么？

爱情不自由给妇女带来的痛苦远比带给男人的多。这种痛苦既表现在选择情人的问题上，也更多地表现在男子将妇女轻易抛弃的问题上。诗经中的弃妇诗首先唱出这不自由的痛苦。《卫风·氓》《邶风·谷风》已广为传诵，而《邶风·柏舟》一篇还未引起人们的注意。关于该诗的主题向来有不同的说法，有君子在朝失意说，有寡妇守志不嫁说等等。我们则以为它是一篇充满血泪的弃妇诗，其理由如下：

第一，古代妇女被遗弃之后有许多痛苦，其中之一是得不到兄弟的同情。《氓》中弃妇被休回家时："兄弟不知，咥其笑矣。"《孔雀东南飞》中的刘兰芝被休之后唱道："我有亲父兄，性行暴如雷。恐不任我意，逆以煎我怀。”（按：根据诗的下文，其父已亡故，此指亲兄）《将仲子》虽然不是弃妇诗，但诗中“诸兄之言，亦可畏也”也可说明婚姻不自由常与亲兄长联系在一起。而《邶风·柏舟》中也写到“亦有兄弟，不可以据。薄言往诉，逢彼之怒”（按：这里的“兄弟”是偏义复词，实是指兄，古有“父亲不在，长兄为父”的说法），与《氓》和《孔雀东南飞》的情节非常相似。

第二，诗中有“忧心悄悄，愠于群小”的诗句，许多研究者就以此为根据，将该诗断为政治失意诗。朱熹则把“群小”解释为“众妾”。我们以为“群小”是指弃妇被弃之后，邻里间那些善于播弄是非说人坏话的小人。这可从《将仲子》中“人之多言，亦可畏也”得到印证。

第三，诗中的“日”字往往是丈夫的隐指。霍旭东先生指出：“在古代，‘日’往往是情人或丈夫的隐指，单在诗经里就出现很多很多。”（《诗经鉴赏集》）《柏舟》“日居月诸，胡迭而微”中的“日”隐指抛弃她的丈夫是肯定无疑的。

从美学角度讲，《氓》和《谷风》具有更多的阴柔之美，而《邶风·柏舟》虽然也写忧伤，却表现出某些阳刚之美，“我心匪鉴，不可以茹”“我心匪石，不可转也；我心匪席，不可卷也，威仪棣棣，不可选也”。（选，巽。屈挠退让义）主人公虽系弱女子，但在命运面前，表现了凛然不可侵犯的气概，这种不愿做男子附属物，追求独立人格的尊严和价值，是十分感人的。

《陈风·月出》是首写月下怀念美人的爱情诗。该诗最重要的美学价值在于开创了以月衬托美人的意境构成上：

月出皎兮，佼人僚兮。
舒窈纠兮，劳心悄兮。
…………

深深地思念，思念之中不免引起心中的忧伤。诗人有意把美人安排在月光之下，让月光和美人相互辉映，使美人罩上一层朦胧美，实际上这是一种立体的空间艺术。这种艺术表现手法对后代诗人影响极大，例如宋代晏几道的《临江仙》词写道：“记得小苹初见，两重心字罗衣。琵琶弦上说相思。当时明月在，曾照彩云归。”

沈祖棻认为，“当时明月在，曾照彩云归”二句是“回想她宴罢踏着月色归去的情景”。词人也把明月和美人构成一个立体画面，既写出美人之美，又写出见月思人的一派深情。

保加利亚学者瓦西列夫说：“爱情是作为男女关系上的一种特殊审美感而发展起来的。爱情创造了美，使人对美的领悟能力敏锐起来，促进了对世界的艺术化的认识。”(《情爱论》)在爱情基础上创造的诗经爱情诗，确实能给我们以丰富的美的享受，它的情操至今仍能滋润我们的心田。

## 四、诗经时代的审美观

美是爱情的亲和力的重要因素，是爱的持久的高级动力。因此，外貌美和心灵美就成为爱情中的重要标准。然而，审美趣味既有历史的延续性，又有它的变异性。那么，诗经时代，人们择偶标准和审美观念又有什么特点呢？

### （一）评价男女均以身材高大为美

袁梅《诗经译注》在注释《邶风·简兮》“硕人俣俣”句时说：“硕人，美人，美男子。硕：大，美。形容男女皆可。”这种评价男女均以高大为美的审美观，在诗经中例证举不胜举，写男人的如：“考槃在涧，硕人之宽”（《卫风·考槃》），“猗嗟昌兮，颀而长兮”（《齐风·猗嗟》），“啸歌伤怀，念彼硕人”（《小雅·白华》）；写女人的如：“有美一人，硕大且俨”（《陈风·泽陂》），“硕人其颀，衣锦褧衣”（《卫风·硕人》），“彼其之子，硕大无朋”（《唐风·椒聊》）等。这种审美倾向，在古代的东西方都如此，那象征爱与美的女神维纳斯塑像，也是一个身材高大的“硕人”。普列汉诺夫说：“不论在这里或那里，审美趣味的状况可以成为生产力状况的准确标志。”（《艺术论》）在当时的生产条件下，必须高大健壮，才能承担其沉重的体力劳动。这种审美观，正是生产要求在爱情审美观上的反映。当然这种原因在爱情观中是属于表面层次的，从更深的层次讲，男子身体高大才显得更有男子气度，而且与性感也有联系。在女子方面除性感外，还与生育有关。所以瓦西列夫提到：“人们对女性这一生物职能，对她的传宗接代繁衍子孙的任务具有直接的敏感。因此人们审美的主要标准往往在极大程度上同生理效益标准相联系。”（《情爱论》）

### （二）对面貌美的要求

瓦西列夫说：“爱情所具有的审美化集中于面孔的丰富表现，人的生动形象，把男女面孔的精神面貌置身于身体结构的其他生理完善之上。”（《情爱论》）可见，在爱情择偶上，面貌是非常重要的。但在诗经里反映的对面貌美的要求多集中于女性，对男性的要求则集中于威武健壮上。对女性面容的要求，下层人民更喜欢面色红润。民歌《周南·桃夭》写道："桃之夭夭，灼灼其华。"姚际恒说："桃花最艳，故以取喻女子，开千古词赋咏美人之祖。"(《诗经通论》)《郑风·有女同车》唱道："有女同车，颜如舜华。"舜华即木槿花，多为红色和淡紫色。

在肤色的要求上，则多以白为美。《卫风·硕人》描绘庄姜之美道："手如柔荑，肤如凝脂"，《召南·野有死麕》："有女如玉"，《小雅·白驹》："其人如玉"等都以白为美。当时的人们不仅要求貌美，还欣赏精神美，要求眉目传情，具有媚态。《硕人》："巧笑倩兮，美目盼兮"就是媚态笑最好的例子。莱辛说："诗想在描绘物体美时能和艺术争胜，这可用另一种方法，那就是化美为媚，媚是动态中的美。"(《拉奥孔》)可见，东西方对女性媚态的欣赏也是一致的。

在颜面要求上，男女还都以广额为美。《卫风·硕人》："螓首蛾眉。"(《毛传》：螓首，顙（额）广而方。)《鄘风·君子偕老》："杨且之晰也。"(《毛传》：杨，眉上广。)这是女子广额为美的例证。

**（三）对品德美的赞许**

诗经时代在选偶标准方面不仅要求外貌美，而且还注重品德美。《郑风·叔于田》："洵美且仁"，《齐风·卢令》："其人美且仁"，"仁"就是对品德美的高度评价。契诃夫说："面貌的美丽固然是爱情的一个重要因素，但心灵与思想的美丽才是崇高爱情的牢固基础。"可见，诗经时代的人们审美观和爱情观已相当成熟。这种审美要求，再次证明了中国美学的一条重要规律：美善统一，要求审美意识具有纯洁高尚的道德感。这种美善统一的意识表现在爱情观上是外在美和伦理道德的统一。李泽厚、刘纲纪等指出："中华民族是最重视伦理道德作用的民族之一。这一点，深刻地影响了中国哲学和中国艺术，同时也深刻地影响了中国美学。"(《中国美学史》)

# 钱锺书先生《诗经》的心理学阐释

文学艺术作为人类社会一种特殊的精神现象，无论从创作还是欣赏方面，都包含着人的丰富的心理活动；如果不对它做心理的研究，人们对文学艺术的认识是不完全和缺乏深度的。德国美学家弗里·德兰德说："艺术是一种心灵的产物，因此可以说，任何有关艺术的科学必然是心理学的。他虽然可能有其他方面的东西，但心理学却是它首先要涉及的。"[1] 钱先生早在1932年就提出，文学艺术的研究"对日新月异的科学——尤其心理学和生物学，应当有所借重"，[2] 并把借重心理学贯穿于研究之中：1.《史记·老子韩非列传》："(韩)非为人口吃，不能道说，而善著书。"《史记·司马相如列传》："相如口吃而善著书。"西汉大文学家扬雄和《后汉书》的作者范晔也有这个毛病，钱先生指出，这属于心理学"心理补偿反应"。(《管锥编》，中华书局1986年版，第11页。下面见该书只注页数，而钱先生对《诗经》的阐释则大多见于《管锥编·毛诗正义》60则中)了解这种心理特点对我国古代的乐师大多是盲人就好理解了。2.钱先生在论述"得财以发身，而舍身为财者有之，求名以荣身，而杀身成名者有之，行乐以娱身，而丧身者有之"和《列子·杨朱》的"丰屋、美服、厚味、姣色，有此四者，何求于外？"之后，引用了冯特"手段僭夺目的”的心理理论加以诠释（520 页）。当代一些贪官不是“手段僭夺目的”为财色而舍身了吗？ 3.《史记·鲁仲连邹阳列传》鲁仲连曰：“吾始以君为天下之贤公子也。吾乃今然后知君非天下之贤公子也！”“乃今然后”乍看不是重复啰唆吗？钱先生说：“实则曲传踌躇迟疑，非所愿而不获已之心思语气。”又如《水浒传》第12 回：“王伦自此方才肯教林冲坐第四位。”文中正是多了“自此方才”四字，才传达出王伦迟疑和于心不甘，不让林冲坐第四把交椅的心理（321 页）。以上说明不做心理分析是讲不清楚作家艺术用心的，甚至还可能造成误解。4. 对项羽的心理分析，前人根据“霸王别姬”而认为项羽有英雄之气和儿女情长的特征，钱先生根据《史记》的材料，揭示项羽具有以下的特征：“言语呕呕”（说话和气）和“喑恶叱咤”；“恭敬慈爱”与“剽悍滑贼”；“爱人礼士”与“妒贤嫉能”；“妇人之仁”与“屠坑残贼”；“分衣推食”与“玩印不予”（275 页）。如此多相反（可谓人与野兽同在）的心理特征，竟然集合在项羽一身，钱先生说：“科以心学性理，犁然有当。《史记》写人物性格，无复综如此者。”正是借助心理学原理的观照，才使项羽复杂而又矛盾的性格得以显现，并产生很好的影响。[①] 他的研究使我们认识到，所谓智慧，就在于从矛盾

① 易中天说：“曹操可能是历史上性格最复杂、形象最多样的人，他聪明透顶，又愚不可及；奸诈狡猾，又坦率真诚；豁达大度，又疑神疑鬼；宽宏大量，又心胸狭窄。可以说是大家风范，小人嘴脸；英雄气派，儿女情长；阎王脾气，菩萨心肠。看来曹操好像好几张脸，但又长在他身上，一点都不矛盾，这是一个奇迹。”（《中国电视报》2006 年 7 月 31 日）当代历史学家评唐太宗矛盾性格：既伟大又卑劣，既仁厚又残酷，既崇高又平庸，既博大又褊狭，既有成就感，又有罪恶感。（《百家访谈·历史人物的悲剧》）

中发现为人们所忽视或所掩盖的内在统一。我们过去的文艺作品中，存在着写正面人物单一化，写反面人物丑化的现象，钱先生的研究有助于纠正这种弊病。常言道："书从心灵深处香"，我们也可以说，只有揭示心灵深处的文学作品才更具艺术魅力。那么，钱先生是怎样对《诗经》进行心理阐释的呢？

## 一、有关《诗经》创作心理的阐释

所谓创作心理，是指所论文学现象，着重从作者的角度，描述分析创作过程的心理现象，并给予心理学的诠释。

### （一）有关《秦风·蒹葭》中"企慕心理"的阐释

《秦风·蒹葭》是一首广为传颂的诗篇，其意是：一个秋天的早晨，一个男青年在有芦苇的河边，隔着河水遥望他向往已久的心上人。然而，她是那样难求，逆流而上吧，道路崎岖而又遥远；顺流而下吧，她又仿佛在那水中的小岛上，可望而不可求……

这是一首有意境的诗篇，而钱先生关注的重点是该诗的创作心理。他在引用陈启源《毛诗稽古编·附录》"夫说（悦）之必求之，然惟可见而不可求，则慕说益至"之后指出：该诗与《汉广》一样，都抒写了"西洋浪漫主义所谓企慕（Sehnsucht）之情境也。古罗马诗人桓吉尔名句云：'望对岸而伸手向往'，后世会心者以为善道可望难即，欲求不遂之致"（124 页）。这里的"企慕"心理，是指表现所渴望，所追求的对象在远方，在对岸，只能向往，不能达到，从而表达一种悦慕和向往之情。钱先生并用但丁《神曲》中"美人隔河而笑，相去三步，如隔沧海"等诗例加以说明。那么这种企慕心境在创作中有何好处呢？

第一，设置可望而不可即的境界能够增加向往之情，增加诗的张力。这可从《古诗十九首》中的《迢迢牵牛星》和《西厢记》第二折〔混江龙〕“系春心情短柳丝长，隔花阴人远天涯近”等例子看得出来。《史记·封禅书》记载道士用“企慕心理”的方法虚构了可望而不可即的“海上三神山”，难怪骗得秦始皇非到东海寻找不可。[①]

第二，具有象征意蕴，使诗作更具内涵和价值。所谓象征意蕴，是指作品中蕴含的哲理和诗情，是隐秘与深刻的人生精义。《蒹葭》中的“伊人”象征着人类的美好理想，主人公的追求象征着人类对理想的追求。人类的历史正是一部不断自我完善，不断向理想境界靠拢而永远不能到达彼岸的历史。海明威的《老人与海》正是具有如此深刻的象征意蕴而获得诺贝尔文学奖的。

**（二）关于《小雅·车攻》中“同时反衬现象”的阐释**

《车攻》是一首抒写周宣王到东边敖山狩猎（含有军事演习性质）的诗，全诗 8 章，第 7 章抒写狩猎归来大营整肃的景象。钱先生对其中“萧萧马鸣，悠悠旆旌”两句别具会心，认为是以动衬静，以马的嘶鸣声和旗帜的飘动声反衬营地的静谧和队伍的整肃，并用心理学中的“同时反衬现象”（138 页）加以说明，从而揭示该诗句的对立统一关系。在此基础上，钱先生提出文学创作的两条重要规律：“诗人体物，早具会心。寂静之幽深者，每以得声音的衬托而愈觉其深；虚空之辽阔者，每以有事物点缀而

① 《史记·封禅书》记方士言：“（三神山）未至，望之如云；及至，三神山反居水下，临之，风辄引去。……未能至，望见之焉。”

愈见其广。”第一条我们好理解，深夜大厅里铛铛的钟声显得夜特别宁静。此外，如王籍《入若耶溪》：“蝉噪林愈静，鸟鸣山更幽”，杜甫《题张氏幽居》：“伐木丁丁山更幽”等；第二条规律是以小衬大（包括广）而使大更大，鲍照《芜城赋》是抒写广陵（今扬州市）遭受战乱之后的惨状：“直视千里外，唯见起黄埃”，以小小的黄尘反衬广陵的千里荒漠。而更典型的是王维《使至塞上》的“大漠孤烟直”，烽火台燃起的那股直上云霄的浓烟反衬大漠的浩瀚无边。补充一例，杜甫《旅夜书怀》的“星垂平野阔”也是“同时反衬现象”在创作中的运用。钱先生的研究表明，能够揭示心灵奥秘的文学作品往往比较深刻，创作与欣赏都需要辩证的眼光。钱先生的心理美学具有辩证精神，于此可见一斑。

**（三）关于《邶风·静女》“移情”的心理阐释**

“移情”是创作心理学一个重要的概念，它认为美感的产生是由于人们在审美时，把自己的情感投射到审美对象上去；或者是，审美者设身处地与审美对象融为一体，达到物我同一。李白《敬亭山》：“相见两不厌，只有敬亭山”，辛弃疾《贺新郎》：“我见青山多妩媚，料青山见我应如是”，杜牧《赠别》：“蜡烛有心还惜别，替人垂泪到天明”，周邦彦《六丑·蔷薇》：“长条故惹行客，似牵衣带话，别情无极”等都是好例。

“移请说”是由19世纪德国美学家利普斯等人提出来的，而在《诗经》时代，我们聪慧的先民早就运用于创作之中。最早运用“移情说”于《诗经》阐释的正是钱先生。《邶风·静女》是首爱情诗，当男子接收到心爱的人从牧场带来的一支茅草时赞叹道：“匪女（汝）之为美，美人之贻。”钱先生认为《毛诗正义》的解释，把“诗明言物以人重”，解释成“物重于人”是错误的，是颠倒好恶的，正确的解释应该是“此诗人之至情洋溢，推己及他。我而多情，则视物可以如人（T—thou），体贴心印”（86页）。钱先生正是运用移情说使该诗得到正确而明白的诠释。牛希济《生查子》：“记得绿罗裙，处处怜芳草”也是移情的好例。

“移情”的运用在《召南·甘棠》也获得成功。相传召伯曾在甘棠树下断案，持正秉公，后人爱屋及乌，用《甘棠》诗表达对那棵甘棠树的爱惜之情，从而传达了人们对召伯的敬仰和怀念，由此被后人誉为“千古去思之祖”（吴闿生《诗义会通》）。杜甫《古柏行》：“君臣已与时际会，树木犹为人爱惜”抒写了对诸葛亮的怀念与仰慕；辛弃疾《浣溪沙》：“自笑好山如好色，只今怀树更怀人”写思念友人，都有着《甘棠》的影响。

**（四）关于《小雅·正月》的“心理空间”的阐释**

从物理学的角度讲，时间的长短，空间的大小，都具有一定的客观性。然而由于人的情感的主观性，同一时间或空间的主观感觉并不一样。《王风·采葛》：“一日不见，如三秋兮”是心理时间的抒写；而《小雅·正月》：“谓天盖高，不敢不局（弯曲着身）；谓地盖厚，不敢不蹐。”其意是，老天很高远，可我不敢不弯腰；大地很厚实，可我不得不小步走。钱先生认为这段抒写与《小雅·节南山》“我瞻四方，蹙蹙（狭小）靡所骋”一样，都是“国治家齐之境地宽以广，国乱家哄之境地仄以逼。此非幅员（空间）、漏刻（时间）之能殊。乃心情际遇之有异耳”（141页）。说明境地的宽窄，全由心造。钱先生指出，《诗经》中“心理空间”的抒写具有较高的表现力，后人常用，李白《行道难》：“大道如青天，我独不得出。”杜甫《逃难》：“乾坤万里内，莫见容身畔。”柳宗元《乞巧文》：“乾坤之量，包容海岳，臣身甚微，无所投足。”孟郊落第后写道："出门即有碍，谁谓天地宽。"(《送崔纯亮》)而中举后写道："春风得意马蹄疾，一日看尽长安花。"空间的宽窄随心情的不同而不同。钱先生还用王尔德名剧的一个情节，有人劝女主角逃往国外，说："世界偌大。"女答说："大非为我也，在我则世界缩小如手掌尔，且随步生荆棘。"该例说明了"心理空间"的运用具有普适性，适合于悲剧心理的艺术表现。

此外，钱先生还写了《通感》专论(见《七缀集》)，并对《关雎序》中"声成文谓之音"进行"通感"(Synaesthesia)的阐释(59页)。他还以孔子论《诗经》的"诗可以怨"为题写了《诗可以怨》专论(见《七缀集》)，总结出好诗往往是愁苦之音的宣泄等心理规律。

## 二、有关《诗经》接受心理的阐释

所谓接受心理的阐释，是指对于所论的文学现象，从读者的视角，描述接受过程中的心理活动，并加以心理学的阐释。

### (一)有关"情感价值"与"观感价值"的引进与运用

所谓"情感价值"(Gefühlswert)是指情感刺激之后产生的联想，所谓"观感价值"(Anschaungswert)是指用理性观照之后的直觉。这两个心理学概念是钱先生第一次从西方语言学家和美学家艾尔德曼引进并运用于《诗经》阐释的。《郑风·有女同车》："有女同车，颜如舜花。"恽敬《大云山房文稿》认为诗中的"舜"即"蕣"(木槿花)，其色黑，用它形容女子面貌之美不当。他还认为《陈风·东门之枌》中紫赤色的"荍"(锦葵花)形容害羞则可，描绘女貌则非。钱先生认为用黑色或紫色描绘女子的面貌是古今诗文惯常用法。《史记·赵世家》有用紫色的苕花形容美貌女子的,《左传》也有"玄妻"之说。古罗马摹写女人红晕也用"紫羞"。他认为用紫色、黑色或"杏脸桃颊""玉肌雪肤"等形容词,只有"情感价值"而无"观感价值",如果人们在欣赏文学作品时,只用"观感价值",那么女子的脸和桃杏一模一样,这个女子岂不成了怪物,或患有恶疾的人么?《卫风·硕人》用"螓首蛾眉"来写卫庄姜之美,如果太坐实,庄姜头上岂不"虫豸蠢动,不复成人矣"(106页)。钱先生在《读〈拉奥孔〉》中也提到:

> 十八世纪写景大家汤姆森在《四季》诗里描摹苹果花,有这样一句:"紫雨缤纷落白花","白"是实色,"紫"是虚色;歌德的名言:"理论是灰色,生命的黄金树是碧绿的。""黄金"哪里又会是"碧绿呢"?这里的"黄金",正如"黄金时代"的"黄金",是宝贵美好的意思,只有"情感价值",没有"观感价值";换句话说,"黄金"是虚色,"碧绿"是实色,假如改说"落花如雨炫人眼"或"人生宝贵油然绿",也就乏味减色了。(《七缀集》,上海古籍出版社,1994年,第41页)

钱先生的研究告诉我们,在鉴赏诗文时,要着重领会诗文的情感价值,以艺术的眼光看待艺术语言。不能犹如参禅,死在句下。

**(二)关于"意识腐蚀"的阐释**

"意识腐蚀"是西方心理学的一个概念,是指观察事物时,不是从实际出发,而以文本或记忆为依据的思维方式,妨碍对现实的体认。《卫风·淇奥》:“瞻彼淇奥,绿竹猗猗。”说明春秋时代卫国淇水边上盛产竹子,而郦道元《水经注》已经明确记载该地不再有竹子。而高适《自淇涉黄河途中作》之四:“南登滑台上,却望河淇间,竹树夹流水,孤村对远山。”明显是受《淇奥》的影响而作。所以钱先生指出:“殆以古障眼,想当然耳。”(89页)欧阳修《采桑子》的结句:“垂下帘栊,双燕归来细雨中”是传颂的名句,但明显是从谢朓《和王籍怨情》:“风帘入双燕”,冯延巳《采桑子》:“日暮疏钟,双燕归栖画阁中”等借鉴而来,并不说明欧阳修当时有双燕归来。再补一例,晏几道《临江仙》“落花人独立,微雨燕双飞”,被谭献评为“名句千古,千古不能二”(《谭评词辨》卷一),其实它是从五代翁宏《春残》诗中移植过来的。① 基此,钱先生认为:

第一,“从古人各种著作里收集自己的诗歌的材料和词句,从古人的诗里滋生出自己的诗来,把书架子和书箱砌成一座象牙之塔……可以使作者丧失了对具体事物的感受性,对外界视而不见,恰像玻璃缸里的金鱼,生活在一种透明的隔离状态里。”[3] 这是从创作的角度对“意识腐蚀”消极面的分析。

第二,而从接受的角度讲,钱先生说:“诗文风景物色,有得之当时目验者,有出于一时兴到者,出于兴到,固属凭空向壁,未宜缘木求鱼。得之目验,或因世变事迁,亦不可守株待兔。”(90页)这一理论对我们鉴赏诗文也是一副清醒剂,要求我们对具体作品做具体分析,同时说明生活真实与艺术真实是有区别的。

---

① 其诗为:“又是春残也,如何出翠帷?落花人独立,微雨燕双飞。”

### （三）关于“感觉情调”的阐释

《周南·桃夭》：“桃之夭夭，灼灼其华。”《传》：“夭夭，少壮也。”钱先生认为《毛传》的解释并不恰切，并根据《说文》等材料论证“夭夭”即“笑笑”（71页），并用李商隐《嘲桃》：“夭桃唯是笑，舞蝶不空飞”，李白《古风》：“桃花开东园，含笑夸白日”，豆卢岑《寻人不遇》：“隔门借问人谁在，一树桃花笑不应”和安迪生言：“各国语文中有二喻不约而同，以花喻爱情，以笑喻花发”等例加以说明。所谓“感觉情调”，是指人们在观察外物时，其知觉顺序总是先感知事物的整体结构，用钱先生的话说：“见面即觉人的美丑或傲巽（骄傲与谦顺），端详乃辨识其官体容状；登堂即觉家之雅俗或侈俭，审谛乃察别其器物陈设。”（71页）他认为《桃夭》的“花笑”是符合“感觉情调”的，正如《小雅·节南山》：“节彼南山，维石岩岩”，先感觉南山的整体气象，再看到南山石头的形态。[①]

关于接受心理，《管锥编》中还有“兴趣定律”值得一提，南北朝时期的虞龢《论书表》说：“凡书虽同在一卷，要有优劣。今此一卷之中，以好者在首，下者次之，中者最后。所以然者：人之看书，以锐于开卷，懈怠于将半，既而略进。次遇中品，赏悦流连，不觉终卷。”钱先生指出：“体察亲切，苟撰我国古心理学史，道及‘兴趣定律’‘注意事项’者，斯其权舆乎？”（1323页）

① 此外，李白《菩萨蛮》“寒山一带伤心碧”，杜甫《滕王亭子》第一首“清山一带伤心丽”，在描写美景时为何用“伤心”这样的字眼呢？钱先生指出：“心理学即所谓人感受美物，辄觉胸隐然痛，心怦然跃，背如冷水浇，眶有热泪滋等反应。”（949页）说明美感与痛苦有一定的心理联系，是心理学上美感与痛苦相伴生的规律之反映。

他所揭示的“兴趣定律”不仅有助于我国古代心理学史的研究，而且对我们书目、报刊、演出的编排，都有参考价值。

## 三、有关《诗经》普通心理的阐释

### （一）关于“睹草木而生羡”心理的阐释

古人说，人是万物之灵，莎士比亚也说：“人类是一件多么了不起的杰作，多么高贵的理性！多么伟大的力量！多么优美的仪表！多么文雅的举动！在行为上多么像天使，在智慧上多么像一个天神！宇宙的精华，万物的灵长。”（《哈姆雷特》中的台词）然而《桧风·隰有苌楚》的诗人却很反常，羡慕起长得茂盛的苌楚（羊桃树）的“无知”“无家无室”来，这是为什么呢？钱先生指出：“苌楚无心之物，遂能夭沃茂盛，而人则有身之患，有待为烦，形役神劳，为忧用老，不能长保朱颜青鬓，故睹草木而生羡也。”（128页）说明该诗是人生痛苦的一种特殊表达。他还引用了后代的诗例加以说明，姜夔《长亭怨慢》：“树若有情时，不会得青青如许。”鲍溶《秋思》：“我忧长于生，安得及草木？”韦庄《台城》：“无情最是台城柳，依旧烟笼十里堤。”戴敦元《饯春》：“春与莺花都做达，人如木石定长生。”等，我们补充一例，《红楼梦》113回：“紫鹃：算来竟不如草木石头，无知无觉，倒也心中干净。”该诗属于变态心理的范畴，钱先生的研究，说明变态心理在文学创作中有用武之地。

### （二）关于“兄弟之亲胜过夫妇之亲”的心理阐释

《邶风·谷风》是首著名的弃妇诗，当弃妇看到原夫新婚时唱道：“宴尔新婚，如兄如弟。”如果按照现代的心理，夫妇之亲超过兄弟之亲，《谷风》所写新婚的夫妻恩爱如同兄弟之亲，岂不要写夫妻的亲密反而疏远了吗？钱先生从民俗心理的角度加以阐释，他说："盖初民重'血族'（kin）之遗意也。就血胤论之，兄弟，天伦也；夫妇则人伦耳，是以友于骨肉之亲，当过于室家之好。新婚而'如兄如弟'，是结发而连枝。人合而如天亲。观《小雅·棠棣》'兄弟'之先于'妻子'，较然可识。"（84页）并用中西许多例子加以说明，《三国演义》15回，刘备云："兄弟如手足，妻子如衣服。衣服破，尚可缝，手足断，安可续？"郑廷玉《楚昭公》第三折，船小浪大，必须有人下水，昭公夫人曰："兄弟同胞共乳，一体而分。妾乃是别性不亲，理当下水。"他还引用莎士比亚剧中一人闻妻死去的消息很痛苦，旁人宽慰道："故衣敝矣，世多裁缝，可制新好着。"约翰·唐说教云："妻不过夫之辅佐而已，人无重其拄杖如胫股者。"这里的"胫股"比喻天伦之骨肉之亲。

乌鸦今天被看作不祥的凶鸟，钱先生通过对《小雅·正月》"瞻乌爰止，于谁之屋"的考证，认为乌鸦在周代是吉祥的象征，落在谁家会给谁家带来好运（139页）。他的研究说明不懂民俗心理读不懂《诗经》，《诗经》的民俗研究是一个值得开拓的领域。

**（三）有关"当其舍时，纯作取想"心理的阐释**

《卫风·木瓜》："投我以木瓜，报之以琼瑶。"《大雅·抑》："投我以桃，报之以李。"钱先生认为后者是送礼与回报相等，而前者则是送的薄而回报的厚。然而在人情世故中，还有一种"小往而责大来"，"送礼大可生利"的情况，《史记·滑稽列传》记载，淳于髡笑话希望丰收的农民拿着小量的酒和猪蹄祈求上苍保佑，是"所持者狭，而所欲者奢"。这里讲的是祭祀心理，又引张尔岐《济阳释迦院重修记》中讽刺求佛并兼人情世态的是："希冀念炽，悬意遥祈，当其舍时，纯作取想，如持物予人，左予而右索，予一而索十。"（100 页）这段话对求神和送礼的心理揭示可谓入木三分。钱先生曾说，学说应该有补于人心、人世。该则的阐释，对我们认识送礼心理很有好处，特别对当官的更有提醒的意义。

**（四）关于"黄昏生愁"的心理阐释**

《王风·君子于役》是一首妇女思念久役不归的丈夫的诗，扬之水《诗经别裁》评论道："《诗》常在风中雨中写诗，《君子于役》却不是，甚至通常以'兴'和'比'也都没有，它只是用了不着色泽的，极简极净的文字，在一片安宁中写诗。"[4] 很有道理。而钱先生却认为该诗最大特色是选择了在黄昏之时抒写思念与忧愁这一视角，他欣赏许瑶光对该诗的诗评："鸡栖于桀下牛羊，饥渴萦怀对夕阳，已启唐人闺怨句，最难消遣是昏黄。"（《再读诗经二十四》之一）并认为许瑶光是《君子于役》的大解人（101 页）。那么"黄昏生愁"有何心理依据呢？钱先生说："盖死别生离，伤逝怀远，皆于昏黄时分，触绪纷来，'最难消遣'。"所谓"触绪纷来"，是说人们在黄昏时候，最容易触景生情，正如诗中主人公看到牛羊下山，鸡儿回窝，而丈夫却久久不能回家团圆，怎能不悲伤不已呢？为了揭示黄昏与悲愁的联系，钱先生用司马相如《长门赋》、潘岳《寡妇赋》、白居易《闺妇》、赵德麟《清平乐》和丁尼生诗写女子怀想所爱"不舍昼夜，而最憎薄暮日落之际"等例加以说明。我们可以补充几例，李清照《声声慢》："梧桐更兼细雨，到黄昏点点滴滴，这次第，怎一个愁字了得。"《红楼梦》中的《红豆曲》："睡不稳纱窗风雨黄昏后，忘不了新愁与旧愁。”谢冰莹《黄昏》:“最难过的是黄昏，最有诗意的也是黄昏。”我们了解了黄昏与悲愁的关系，对马致远《天净沙·秋思》中的“昏鸦”和“人家”的意象才会有更深的理解。

此外，对《魏风·陟岵》中“客思家而家人也想客”的心理阐释（113页），《王风·采葛》中“官场忧惧进谗”的心理阐释（102页），《郑风·狡童》“见多情易厌，见少情易变”爱情心理的阐释（109页），《卫风·氓》中“女子比男人专贞”的心理阐释（94页），《桧风·山有枢》“及时行乐”的心理阐释（200页），《郑风·女曰鸡鸣》“黎明怨别”的心理阐释（105页），《陈风·衡门》“随缘自足”的心理阐释（125页）等，对《诗经》和我国心理学研究都很有价值。

## 四、钱先生研究的主要特色

18、19世纪之后，随着美学的正式创立和发展，审美活动中的心理阐释成为文学研究的一个重要侧面。从世界学术的眼光看，自古典哲学解体之后，历史学派是19世纪人文学科的主流，而20世纪则由心理学派所取代。可以预言，21世纪应该是这两个学派在各自发展后的统一。而钱先生对《诗经》的心理学阐释，是符合世界学术发展趋势的。从《诗经》研究史的角度看，以寇淑慧编《二十世纪诗经研究文献目录》为例，竟然没有一篇《诗经》心理分析的专论。如果说《诗经》是先民情感心理的一块绿洲，那么钱先生是这块绿洲的开拓者，同时也说明，文学研究和心理学的结合，必将有助于提高作家的艺术表现力和读者的审美鉴赏力。那么先生研究的特色主要表现在哪里呢？

### （一）扎根于《诗经》文本之中

钱先生认为文学中的心理研究必须首先从作品的实际出发，而仅仅搬弄一些新奇术语，故弄玄虚，对解决实际问题没有好处。他曾提及南宋有个蜀妓，写给她情人一首《鹊桥仙》："说盟说誓，说情说意，动则春愁满纸，多应是念得《脱空经》，是哪个先生教的？"对这种"脱空经"我们见得还少吗？美国学者E·潘诺夫斯基说："如果说，没有历史的例证，艺术理论将永远是一个抽象世界的贫乏纲要；如果没有艺术理论方向，艺术史将永远是一堆无法系统表达的枝节。"钱先生正是从作品的实际出发进行理论阐释的，例如他认为1.《郑风·子衿》："纵我不往，子宁不嗣音？"其心理是"薄责己而厚望于人"；2.《郑风·褰裳》："子不我思，岂无他人"，其心理是"强颜自解"；3.《郑风·丰》："悔予不送兮！"其心理是"自怨自艾"。并指出："这三首诗开创后世言情心理描写的三种类型。"（110页）在当代文学理论研究中，人们大多在《文心雕龙》《诗品》《原诗》等著作中讨生活，钱先生从《诗经》等文学作品中提炼出许多鲜活的艺术理论，这个研究方向是值得学习的。

### （二）"邻壁之光，堪借照也"

我国文化的研究生态，有一个不足，即熟悉传统文化的学者大多不了解外国的学术；了解外国文化的学者，大多不熟悉传统文化。而钱先生则有两者兼顾的优长，（有人统计《管锥编》所征引的英、法、德、意、西、拉丁语的作者多达千人，著作近2000种）他常说："邻壁之光，堪借照也。"（166页）他在坚守传统文化的同时，借重了国外的学术文化，从"他者"的立场出发，反观自身以求得对自身更全面更深入的了解，这种研究方向为我们提供了榜样。泰戈尔诗云：星光散去夜儿遥遥，召唤从深处传来："人啊！拿出你的灯来。"钱先生从西方文化中借来的灯光，照亮了古老《诗经》昏暗的角落。除文中提及的"情感价值与观感价值""意识腐蚀""企慕心理"等外，还有"造艺幻想"（938页）、"杂糅情感"（227页）、"比邻联想"（531页）、"情感相反而互转"（204页）等都很有价值。当代文学理论研究不是存在"失语症"吗？钱先生提出的许多理论命题，既是一副纠正"失语症"的良方，又可以充实我国的理论宝库。写在这里，笔者忽发奇想，艺术没有国界，世界诗学早晚要应运而生，在中西艺术理论中寻找共同点，不也在为世界诗学的建立"来吾导夫先路"吗？

**参考文献**

[1] 转见朱狄．当代西方美学 [M]. 北京：人民文学出版社，1987.
[2] 钱锺书．钱锺书散文 [M]. 杭州：浙江出版社，1997.
[3] 钱锺书．宋诗选注 [M]. 北京：人民文学出版社，1982.
[4] 扬之水．诗经别裁 [M]. 南昌：江西教育出版社，2000.

# 钱锺书先生全球视野下的《诗经》研究

钱锺书先生的《管锥编》写作于闭关锁国的“文化大革命”期间，书中大量地引用西方的文化成果，有学者统计，书中征引外国文学、艺术、哲学、心理、宗教、历史、社会乃至军事著作达800余家，1000多种。相传法国总统希拉克赞扬钱先生具有“全球意识”，并在给杨绛的信中称赞钱先生是伟人，向钱先生鞠躬致敬。[1]这说明钱先生不仅属于中国，也属于世界。那么钱先生为什么要花那么多精力到西方寻求借鉴呢？因为从“他者”的立场反观自身才能求得对自身更全面更深入的体认。苏轼《题西林壁》诗，从哲学的层面看，就是要构成一种外在的观点，一种远景思维空间。下面结合钱先生在《管锥编》(中华书局1986年版。下文引用不再注版本，只标页码)中有关《诗经》的研究对这一问题进行深入剖析。

## 一、有关文辞的阐释

文辞阐释是《诗经》学的基础工程，又是《诗经》学的生长点，钱先生的《诗经》研究正是从这里起步的。

**（一）《卫风·氓》："士之耽兮，犹可说也；女之耽兮，不可说也。"**

诗中"说"应如何解释呢？朱熹《诗集传》认为是"说明，辩解"的意思。孔颖达《毛诗正义》则解释为"解脱"，即宽解摆脱之意。从诗歌"语涵双关"的角度讲，两种解说都可通。钱先生的贡献则在于深入分析旧时代男人沉溺于爱情中容易解脱而女人则不容易。他在引用明代院本《投梭记》"常言道：男子痴，一时迷，女子痴，没药医"之后，引用了法国斯太尔夫人的名言："爱情于男是生涯中一段插话，而女则是生命之全书"，和古罗马奥维德名篇以及拜伦致其情妇的诗句加以印证（94页），使我们对旧时代男女不同的生活状况和心理状态有更真切的体会。

**（二）《邶风·谷风》："宴尔新婚，如兄如弟。"**

《邶风·谷风》是首著名弃妇诗，当被遗弃的妻子看到原夫宴尔新婚时唱道："宴尔新婚，如兄如弟。"用现代的观念看，夫妻情比兄弟情更亲，而这里却用兄弟之情形容夫妻的恩爱，钱先生指出："盖初民重血族（Kin）之遗意也。就血胤论之，兄弟，天伦也；夫妻则人伦耳；是以友于（兄弟）骨肉之亲当过于刑于（指夫妻）室家之好。"《三国演义》第15回："刘备说：'兄弟如手足，妻子如衣服；衣服破，尚可缝，手足断，安可续？"西方也有同样的例证，其一，莎士比亚剧中写，一位丈夫听信谗言，派人前去刺杀妻子，妻子叹道："我乃故衣，宜遭扯裂。"其二，约翰·唐说教云："妻不过夫之辅佐而已，人无重其拄杖如其胫股（小腿）者。"其三，莎士比亚剧中一人闻妻子死讯，旁人劝慰之曰："故衣敝矣，世多裁缝，可制新好者！"（84页）

**（三）《周南·汝坟》："未见君子，惄如调（朝）饥。"**

这句意思是，好久没有见到心爱的丈夫到来，好比没吃早餐那样饥饿难耐。诗人为什么要用饥饿比喻情爱的饥渴呢？钱先生引用曹植《洛神赋》"华容婀娜，令我忘餐"、李后主《昭惠周后诔》"实曰能容，壮心是醉；信美堪餐，朝饥是慰"等例之后，又引证了费尔巴哈"爱情乃心与口之啖噬"等例，说明两者在生理快感上有相通之处，才有如此新颖的比喻。此外，用17世纪法国诗人所作《犬塚铭》来诠释《召南·野有死麕》"无使尨也吠"，用西洋名诗句"为情甘憔悴。为情甘辛苦"诠释《卫风·伯兮》"愿言思伯。甘心首疾"等，都能加深对《诗经》本体的体认，从而把文辞诠释作为探究文学现象乃至精神现象的一个起点。

## 二、艺术技巧的诠释

抒情诗是表达人的思想情感的，但情感无所不在而又高度复杂，这就要求在表达时注重艺术技巧。可以这样说，《诗经》的许多艺术技巧是由钱先生首先"瞥见"的。

**（一）比喻的二柄**

所谓"比喻之二柄"是指一个比喻往往具有褒贬、善恶、正反等对立的两极。钱先生提出这一修辞格，除了借鉴先秦法家慎到、韩非的"二柄说"之外，更从斯多葛派哲人所言"万物各有二柄，人手当择所执"参照而来。《大雅·旱麓》："鸢飞戾天，鱼跃于渊。"《大雅·四月》："匪鹑匪鸢，翰飞戾天；匪鳣匪鲔，潜逃于渊。"这两首诗都用"鸢"做比喻，用法恰好相反，"彼言得意遂生，此言远害逃生。又貌同心异者（142页）"。为了说明这种比喻的特征，钱先生还指出，在英语和意语中，都有“使钟表停止”的喻词，意大利一小说云：“此妇人能使钟表停止不行”，这是赞美妇人之美貌，犹如宋之问《浣纱篇》中赞颂西施美貌时所说：“鸟惊入松网，鱼畏沉荷花。”而英国一剧本则说：“然此间有一妇人，其容貌足使钟表不行。”讥讽其容貌之丑，这就好像孤本《元明杂剧》中《女姑姑》禾旦自道其丑时所说：“驴见惊，马见走，骆驼见了翻筋斗。”此外，钱先生认为《召南·桃夭》的“桃之夭夭”就是“桃之笑笑”——安迪生尝言：“各国语文中有二喻不约而同，以火喻爱情，以笑喻花发，未见其三。”（72 页）借用安迪生的理论，就使“桃之笑笑”的新解有了着落，也更显示《诗经》作者的艺术创造力。

**（二）丫叉句法**

《大雅·卷阿》：“凤凰鸣矣，于彼高冈；梧桐生矣，于彼朝阳。菶菶萋萋，雝雝喈喈。”这段关于凤凰和鸣的描写很美，姚际恒评之“镂空之笔，不着色相，斯为至文”。那么这段至文是怎么构成的呢？钱锺书先生从古希腊修辞学中得到启发，认为这是一种丫叉句法（Chiasnms）。指句中应承次序与呼应次序相反，例如民间流传唱词：“做天难做二月天，蚕要暖和麦要寒。种田哥哥要落雨，养蚕姑娘怕阴天。”其作用是让文字错综流动，具有结构的圆美。又如王安石《晚春》：“春残叶密花枝少，睡起茶多酒盏疏。”诗中“密”与“少”属当句对，“密”与“多”、“少”与“疏”是成联对，而“多”紧承“少”，“疏”遥应“密”，属丫叉句法。示图下：

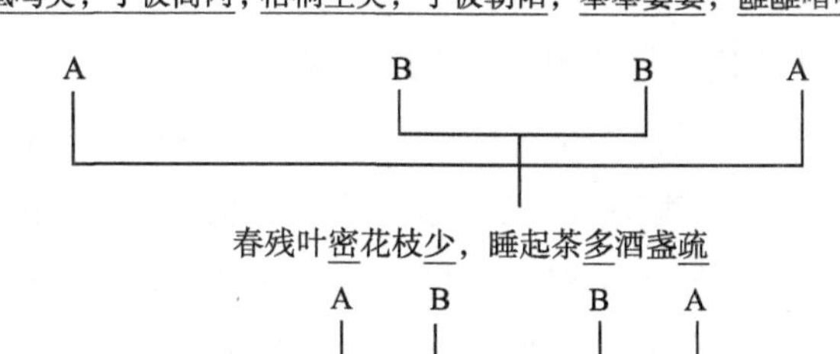


### （三）章法阐释

1.《齐风·鸡鸣》旧说首章“鸡既鸣矣”二句、二章“东方明矣”二句为夫人警君之词，而以首章“匪鸡则鸣”二句、二章“匪东方则明”二句为诗人伸说之词。钱先生认为应作“男女对答之词，更饶情致”（111页），属于对话体结构，并为当代学者所接受。为了说明这种章法特征，他用《罗密欧与朱丽叶》中著名的阳台告别做比勘：“女曰：‘天尚未明，此夜莺啼，非云雀鸣也。’男曰：‘云雀报曙，东方云开透日矣。’”这一比勘，确能收到使《齐风·鸡鸣》章法更加显豁的效果，而且更加生动有趣。

2.《周南·卷耳》一般的解释是首章为妇人思念外出的丈夫，二、三、四章为外出丈夫思念家中的妻子。这种说法有一个矛盾无法解决，即一首诗中妻子和丈夫都自称“我”。由此钱先生认为《卷耳》为“同时情事诗”（68页），并用西方当代“嗒嗒派”（Dada）所创的“同时情事体诗”和《名利场》中写滑铁卢大战的结语：“夜色四罩，城中之妻子方祈天保夫无恙；战场上之夫仆卧，一弹穿心，死矣”等例加以印证。

### （四）诗歌情境的开拓

艺术描写人生，人生有各种境况，上升为艺术就形成各种情境。例如《北梦琐言》记载徐月英诗："枕前泪与阶前雨，隔个窗儿滴到明。"这是最早把泪和雨结合构成情景的诗。后世白仁甫《梧桐雨》第四折唐明皇唱词："斟酌来这一宵雨和人紧厮熬。伴铜壶，点点敲；雨更多，泪不少。雨滴寒梢，泪染龙袍。不肯相饶，共隔着一树梧桐直滴到晓。"宋人曾揆《谒金门》："伴我枕头双泪湿，梧桐秋雨滴。"这种用泪与雨同滴所构成的悲伤情景，把情感外物化，收到良好的效果。钱先生在《诗经》研究中也给予关注。

1. 送别情境。《邶风·燕燕》："瞻望弗及，伫立以泣。"宋人许顗《彦周诗话》："真可以泣鬼神矣！张子野长短句云：'眼力不如人，远上溪桥去。'东坡与子由诗云：'登高回首坡垅隔，惟见乌帽出复没。'皆远绍其意。"这种送别情境后代写得很多，钱先生认为宋人左纬《送许右丞至白沙，为舟人所误，诗以寄之》"水边人独自，沙上月黄昏"，后来居上。他还引用莎士比亚戏剧中女主人送夫远行的一段"极目送之，注视不忍释，虽眼中筋络迸裂无所惜；行人渐远渐小，纤若针矣，微若蠛蠓（一种比蚊子还要小的昆虫）矣，消失于空濛矣，已矣，回眸而啜其泣矣"（78页）加以参证，说明送别的悲哀有着共同的"诗心"。

2. "跼天蹐地"情境。《小雅·正月》："谓天盖高，不敢不局（跼，卷曲着身子）；谓地盖厚，不敢不蹐（小步走）。"意思是，我们说这天很高，可我不敢不弯腰；我们说这地很厚，可我不敢不轻步走。这就反映了诗人特定境遇下的痛苦之情。同时也把当时国家昏乱、民不聊生的景况呈现出来。日本万叶时代著名诗人山上忆良《贫穷问答歌》"虽云天地广，何以我偏狭，虽云日月明，何以照我无焰？"也是这种情境的抒写。钱先生举了歌德名篇“Faust”写一女主角被囚，其情人凭依魔鬼法力使牢门大开，而女主角却谢绝出狱，并说：“我何出为？此生无所望已！”又举王尔德名剧中劝女主角逃亡异国，曰“世界很大很大”，女答曰：“大非为我也，在我则世界缩如手掌小尔，而且随步生荆棘。”（141 页）有了西方两则材料佐证，我们对“跼天蹐地”这一《诗经》所开创的情境不是体会更加深入了吗？

3. 企慕情境。《秦风·蒹葭》：“所谓伊人，在水一方；溯洄从之，道阻且长；溯游从之，宛在水中央。”钱先生在引用陈启源“夫悦之必求之，然惟可见而不可求，则慕悦益至”之后，指出“二诗（兼指《周南·汉广》）皆西洋浪漫主义所谓企慕（Sehnsucht）之情境也”（123 页）。并提及这个企慕情境不光在中国诗中不断出现，而且在维吉尔、但丁、德国古民歌和邓南遮的作品中也反复出现。

所谓企慕情境，是指它表现所渴望追求的对象在远方，在对岸，形成可望而不可即的境界。旧说《蒹葭》的作者是秦襄公未能用周礼，或说贤人难求，都与该诗诗旨不合，钱先生应用西方文艺心理学原理加以重新诠释，显然高出一筹。企慕情境反映了人类不安于现状，不断完善自我，不断追求，不断向理想境界靠拢的心态，具有较高审美价值。艺术情境的开拓说明艺术能够超越历史内容的具体性，而成为人类生活和心灵的象征。

## 三、关于《诗经》诗学的阐释

《诗经》诗学研究是薄弱环节，至今仍停留在“诗言志”“六义说”“美刺说”等旧命题的诠释与论争上。有人针对这种现象提出“失语症”的批评，可谓打中当代诗学研究的要害。钱先生说“邻壁之光，堪借照也”，对《诗经》诗学的开拓，也应借助于“邻壁之光”。

（一）观感价值与情感价值

《郑风·有女同车》：“有女同车，颜如舜华。”有学者认为，诗中的“舜华”就是木槿花，其色黑，用它形容女子颜面之美不当。钱先生指出，用“黑色”或“紫色”来描绘女子的颜容之美，是古今中外诗文惯常手法。《史记·赵世家》：“美人荧荧，颜若苕之荣。”《集解》：“其华（花）紫。”《左传》有“玄妻”之说，《旧约全书·沙罗门情歌》有女子“黑而美”之说，文艺复兴情诗，每每赞颂“黑美人”。为了讲清这个问题，他第一次引进西方语言学和美学家艾尔德曼使用的“情感价值”与“观感价值”两个概念加以区分，指出人们如果欣赏作品只用“观感价值”，那么读《卫风·硕人》中的“螓首蛾眉”岂不是姜庄的头上尽是虫子在头上爬吗？（106页）前日听相声，说古代美人柳叶眉、樱桃小口、杨柳细腰，那不是美女而是妖精。这也是只用“观感价值”而不用“情感价值”所犯的错误。

（二）艺术真实与生活真实

《卫风·河广》：“谁谓河广，曾不容刀。”《周南·汉广》：“江之永矣，不可方思。”为什么长江黄河的宽狭如此悬殊呢？钱先生认为诗中的宽狭不是实景而是由诗人主观情感所决定的，由此提出艺术真实与生活真实的区别问题。他认为诗作中由于情感表达的需要，对所做的夸张和文饰不能当真。有位著名史学家据唐诗中“斗酒十千”和“斗酒三百”考订唐代酒价的涨落或酒质的优劣是错误的。其实说“斗酒十千”是为了“夸富”，说“斗酒三百”

是为了“示贫”，如果不知艺术真实与生活真实的区别，那是“丞相非在梦中，君自在梦中耳”（96页）。为了说明两者的区别，钱先生引用了亚里士多德最早提出的诗文语句非同逻辑命题，无所谓真伪的论述；锡德尼谓诗人不确语，故亦不诳语；维果亦谓“诗歌之真”非即“事物之实”等西方理论加以阐发。（98页）

**（三）阐释之循环**

戴震《东原集》卷九《古经解钩沉序》说：“经之至者道也，所以明道者，其词也。所以成词者，未有能外小学文字者也。由文字以通乎语言，由语言以通乎古圣贤之心志，譬如适堂坛之必循其阶而不躐等。”戴氏的理论，我们可以称之为“循阶论”，反映了乾嘉朴学的最高成就。然而钱先生认为这个理论只讲了一半，由此，他借用西方阐释学的“阐释循环”（Derhermeneuti—sehezirkel）加以补充和修正，他说：“乾嘉朴学（指文字学）教人，必知字之诂，而后识句之意，识句之意，而后通全篇之义；进而窥全书之指，虽然，是特一边耳。亦只初桄（指线圈中的第一圜）耳，复须解全篇之义乃至全书之指（志），庶得以定某句之意（词）。解全句之意，庶得以定某字之诂（文）。……积小以明大，而又举大以贯小；推末以至本，而又探本以穷末；交互往复，庶几乎义解圆足以免于偏枯，所谓阐释之循环者是矣。”（171页）

如果把戴震的循阶论图式为：字→句→篇→书→旨，那么钱先生的阐释循环可图式为右图。

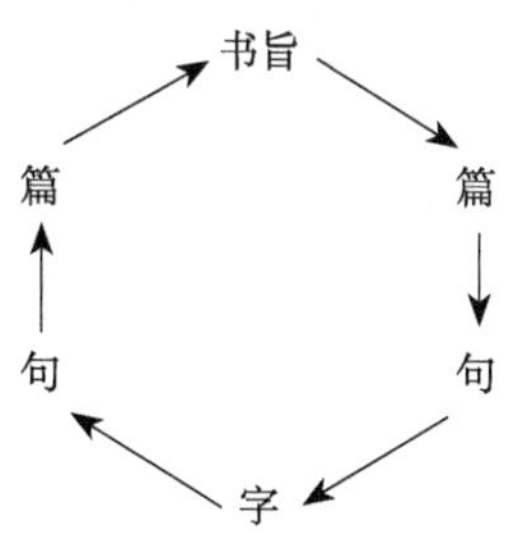


钱先生这一理论不仅有助于《诗经》的诠释，也适用于古代文献的诠释，并可以作为方法论，以研究历史

及各种社会现象。即“自省可以忖人，而观人亦资自知；鉴古足佐明今，而察今亦裨识古”。钱先生的研究表明：有价值的理论具有普适性，借鉴西方的理论以建立环球视野下的《诗经》诗学是必要的，而且是可能的。

此外，钱先生写了《诗可以怨》的专题论文，文章中他旁征博引，用大量资料说明中国和西方都认为最动人的是表现哀伤和痛苦的诗，揭示创作主体的内心痛苦是悲剧艺术魅力形成的动力。

## 余　论

王国维先生在20世纪初就指出：“异日发明光大我国之学术者，必在兼通世界学术之人，而不在一孔之陋儒。”然而现实中真能深入了解东西方文化的学问家并不多，西方有影响的大学问家几乎没有一个精通中国文化，而研究传统文化的学者对西方文化又很有隔膜，因此学贯中西而又博古通今的钱先生是王国维所期待的人选。他的经验证明，《诗经》要取得突破，必须具有全球视野，否则将难以超越前贤。

纵观近百年的中国文化史，在对待西方文化的问题上争论是异常激烈的，有的人承认西方的物质文明可以吸取，但对西方的文化则要另眼看待。钱先生曾经回忆在1931年他和陈衍先生的一次谈话。当陈先生知道钱先生到英国学习的是文学后说：“文学何必向外国去学呢？咱们中国文学不就很好么？”[2] 陈老先生的观点代表着老一辈文人的共同看法。然而许多有识之士反对这种故步自封的观点，郭沫若先生就曾说：“他从小就熟读《诗经》，但丝毫也没有感到它的美感。只是在读了美国诗人朗费罗的诗后，才感到了同样的清新，同样的美妙。”[3]可惜郭老没从这个角度进行深入研究，而由钱先生担负起来了。他的研究代表着当代学术的发展方向。它再次证明：不同文化之间的互相激发，是文化发展的重要动力。从世界史角度讲，希腊学习埃及，罗马借鉴希腊，阿拉伯参照罗马帝国，中世纪的欧洲仿效阿拉伯，正是这种互相学习与借鉴才使世界文明得到长足发展。罗素的名言，文化之间的交流是人类文明发展的里程碑，再次得到证实。从中国历史看，唐代正是“取塞外野蛮精悍之血，注入中原文化颓废之躯”（陈寅恪语）才取得空前的辉煌。严羽在《沧浪诗话》中以禅喻诗，标举妙悟，许多禅宗的概念和术语融入诗歌理论，从而使我们的古典文论更加丰富多彩。从文学研究的角度讲，正是西方理论的融入，为中国文学研究打开新的思路，提供新的视角，有助于发掘新材料，提出新问题。钱先生以自由驰骋的思想冲决一切封闭的精神牢笼，开辟了新的学术空间，为我们带了一个好头。当然，我们要达到钱先生那样的学术境界并不容易，但唯其难，才值得我们去努力实现理想目标。

《围城》里写到三间大学有一位教育部派来指导的官员，崇洋思想严重，谈话中平均每分钟有一句半“兄弟在英国的时候”。这就提出一个问题，在学习西方文化中如何避免媚外的西崽习气。在这方面，钱先生也是我们的榜样。他曾经用一位哲学家席尼察的话说：“博览群书而匠心独运，融化百花而自成一味，皆有来历而别具面目。”这就是说，关键是“匠心独运”，发挥主体的能动作用。好比吃饭，经过自己的消化而转为自身的营养，好比蜜蜂采百花而通过自己的消化力把它酿成蜜，不像蜘蛛只会从自己的腹中吐出丝来织网。黑格尔是一位伟大的哲学家，但他对中国文化缺乏了解，他曾说汉语不宜思辨，因为其中没有融会相反二意的字，如德国“奥伏赫变”（Aufhehen，翻译为扬弃）。钱先生用许多例子批评他“无知而掉以轻心，发为高论，又老师巨子之常态惯技”（2页）①。

法国当代比较权威艾登堡说：“没读《西游记》正像没读过托尔斯泰或陀斯妥耶夫斯基一样，这种人侈谈小说理论可谓大胆。”[4] 这就说明文学作品中相似现象的出现，更多是取决于文学自身的特有规律，而这些规律中西往往相贯通。由此，西方文学理论可以说明中国文学，反过来，中国的诗学也可以说明西方的文学，并可补充西方理论之不足。钱先生正是这样做的，他在引述亚里士多德、锡德尼、布鲁诺、维柯和现代批评家理查兹等论述文学描写的“虚而非伪”（95—98页）的同时，也举出中国文学中许多夸张和虚写的例子加以印证。他的互相激发，是在西方文化映衬下，使中国古老的智慧获得当代性，又在中国古典思辨的接应下，使西方的理论获得新的生长点。

---

① 在中国古代，“诗”字是一个多义词，其中有“之”与“持”这两个相反相成的含义。“之”往也，指情感的抒发；“持”止也，指感情的抒发要有所节制。由此钱先生提炼出一个创作的理论问题——快适度。他说：“夫‘长歌当哭’而歌非哭也。哭者感情之天然发泄，而歌者，情感之艺术表现也。‘发’而能‘止’，‘之’而能‘持’，则抒情通乎造艺，而非徒以宣泄为快。如西人所嘲‘灵魂之便溺’矣。‘之’与‘持’一纵一控，一送一敛，相反而相成。”（58页）这使我们想起古罗马文艺理论家郎加纳斯相关的一段话：“那些巨大激烈的情感，如果没有理智的控制，而任其自己盲目的轻率的冲动所操纵，那就会像一只没有了压舱石而漂流不定的船那样陷入危险。它们每每需要鞭子，但也需要缰绳。”鞭子比喻情感的抒发，缰绳比喻情感的控制，也是相反相成的。

比较文学的研究通常有两种模式，一是影响研究，一是平行研究。而平行研究是研究不同文化体系的异同，以帮助我们认识人类文学乃至人类文化的基本规律，这种比较唯其在不同的文化背景下进行，得出的结论更有普遍意义。钱先生的《诗经》研究也是一种平行研究，研究中西共同的“诗心”和“文心”。但是平行研究还有“异”的比较这一重要方面①，发现东西方的相通之处，自然可会心一笑，但发现东西方的异质之处，也是智慧的收获。不可讳言，钱先生的异质之处的比较很少，不能不说是美中不足。1993 年，美国比较文学学会会长查尔斯·伯恩海默在题为《世纪转折点上的比较文学》的报告中，特别强调“比较学者应对所有民族文化之间的巨大差异保持敏锐的体察，因为正是这种差异为比较研究和批评理论提供了基础”[5]。可惜钱先生已经仙逝，这个缺陷应由后来者加以填补。②

---

① 东西方文化差异是很明显的。中国表示时间的顺序是“年—月—日”，而西方则是“日—月—年”；中国表示空间的顺序是“郡—县—乡”，而西方空间顺序是“乡—县—郡”；女娲抟土造人是没有姓名的一群人，而西方上帝造出的是亚当和夏娃。说明东方强调的是整体性而西方强调的是个性、分析性，具有质的区别。

② 应该强调的是，钱先生的全球视野不光表现在《诗经》研究上，而是贯穿于其他的文艺研究之中。在《诗可以怨》中，引用尼采的“把母鸡下蛋的啼叫和诗人的歌唱相提并论，都是痛苦使然”。在《谈艺录序》中声言：“颇采二西之书，以供三隅之反。”在《汉译第一首英语诗〈人生颂〉及有关二三事》一文中，认为最早介绍到中国的西洋文学作品不是林纾翻译的《巴黎茶花女遗事》（1899 年），而是方溶师翻译美国诗人费郎罗的《人生颂》。当时翻译的目的不是要供中国人借鉴和欣赏，而是想鼓励外国人学习中国文化。这对了解中西文化交流史是有助益的。

**参考文献**

[1] 李明生 . 文化昆仑 [M]. 北京：人民文学出版社，1999.

[2] 钱锺书 . 林纾的翻译 [A]. 七缀集 [C]. 上海：上海古籍出版社，1985.

[3] 郭沫若 . 我的作诗的经过 [A]. 沫若文集 [C]. 北京：人民文学出版社，1957.

[4][5] 乐黛云 . 比较文学与比较文化十讲 [M]. 上海：复旦大学出版社，2004.